Reinhold Ortmann, u. a.

Bibliothek der Unterhaltung und des Wissens

Jahrgang 1897

Reinhold Ortmann, u. a.

Bibliothek der Unterhaltung und des Wissens
Jahrgang 1897

ISBN/EAN: 9783741130670

Hergestellt in Europa, USA, Kanada, Australien, Japan

Cover: Foto ©Andreas Hilbeck / pixelio.de

Manufactured and distributed by brebook publishing software
(www.brebook.com)

Reinhold Ortmann, u. a.

Bibliothek der Unterhaltung und des Wissens

Bibliothek

der

Unterhaltung

und des

Wissens.

Mit Original-Beiträgen

der hervorragendsten Schriftsteller und Gelehrten,

sowie zahlreichen Illustrationen.

Jahrgang 1897.

Erster Band.

———⟨❈⟩———

Stuttgart, Berlin, Leipzig.
Union Deutsche Verlagsgesellschaft.

Zu der Erzählung „Husarenstreiche" von B. v. Lychdorff. (S. 102)
„Originalzeichnung von M. Lebell.

Inhalts-Verzeichnis.

Um Millionen.

Roman von Balduin Möllhausen.

———

Erstes Kapitel.

Bloody Kabin.

Scharfer Wind fegte über den Staat Arkansas hin. Mit sich führte er eisige Regenschauer, untermischt mit zerfließenden Schneeflocken. Unheimlich sang er durch die entlaubten Baumwipfel. Heulend kreiste er hinter den seine Gewalt brechenden Hainen und Waldstreifen. Ungeduldig schien er nach menschlichen Wohnungen zu suchen, die spärlich zerstreut lagen in dem westlichen Teil des Staates, bis wohin erst wenige Squatter und Ansiedler vorgedrungen waren.

Vor einer Stunde hatte der kurze Januartag dem langen Abend die Herrschaft eingeräumt. Der schwer verhangene Himmel und die wiederholten Wolkenniederschläge vertieften die Dunkelheit. Nur auf eine kurze Strecke durchbrach der Schimmer der flackernd erhellten, notdürftig verhangenen Fensteröffnung einer einsam gelegenen Blockhütte die verdichtete Atmosphäre. Wer am Tage auf dem wenig befahrenen Wege dort vorüberkam, der betrachtete das Gehöft vielleicht mit einer Anwand-

lung von Teilnahme, fragte sich auch wohl, was die Er-
bauer veranlaßt haben könne, den kaum gegründeten Herd
wieder aufzugeben. Denn obgleich das Gebälk die Spuren
erst weniger Jahre der Verwitterung zeigte, war die
gänzliche Verwahrlosung der Hütte wie des schuppenartigen
Stalles und der niedergebrochenen Hofeinfriedigung unverkennbar.

Die Ursache dafür mochte in der Bezeichnung: „Bloody
Kabin" — blutige Hütte — zu suchen sein, wie die ver-
ödete Heimstätte von den abwärts lebenden Farmern genannt wurde, ein Name, der sich auf eines jener traurigen
Ereignisse begründete, wie solche damals auf der Indianer-
grenze nicht zu den Seltenheiten gehörten. Jetzt wohnten
wieder Menschen dort, die indessen am wenigsten daran
dachten, daselbst ihren dauernden Aufenthalt zu nehmen.

Vor einigen Tagen waren sie in einem von zwei Pfer-
den gezogenen, mit Segeltuch überdeckten Wagen eingetroffen.
Nach kurzer Beratung hatten sie sich dafür entschieden, im
Schutz der herrenlosen Hütte günstigeres Wetter abzuwarten. Bald darauf brannte in dem aus Feldsteinen
aufgeführten Kamin ein mit Einfriedigungsriegeln und
Pfählen verschwenderisch genährtes Feuer, den zugigen
Raum erträglich durchwärmend. Vor demselben hatte
man eine dem Wagen entnommene Matratze, mehrere
Pfühle und Decken zum Lager für eine schwerkranke junge
Frau und ihr nicht minder sieches fünfjähriges Töchterchen
geordnet. Während ihr Reisebegleiter, welchen die Leidende mit Franklin anredete, den in dem Schuppen unter-
gebrachten Pferden von dem mitgeführten Maisvorrat
zutrug und demnächst auf der Windseite die geöffneten
Fugen zwischen den roh behauenen Blöcken nach Möglichkeit verstopfte, hatte eine ältere Negerin sich mit dem Her-
stellen eines auf den Zustand der Kranken berechneten
Mahles beschäftigt.

Seitdem waren vier Tage verstrichen. Doch wie aufmerksam auch die schwarze Pflegerin ihren Dienst versah, und wie pünktlich Franklin der jungen Frau die Arznei verabreichte: ihre Kräfte schwanden in bedenklicher Weise, bis sie endlich jede Nahrung verschmähte, nur noch ein anscheinend schmerzloses Traumleben führte. Am vierten Abend war ihr Befinden ein derartiges, daß ihre Auflösung stündlich zu befürchten stand.

Es dämmerte bereits, als Franklin, ein unstet blickender Amerikaner mit rotblondem Haar und Bart, die Negerin zu den Pferden schickte und ihr befahl, nicht ungerufen zurückzukehren. Nachdem er das Feuer geschürt hatte, daß die hochlobernden Flammen den düsteren Raum bis in alle Winkel hinein erhellten, trat er vor das Lager hin. Des Kindes nicht achtend, betrachtete er finster grübelnd das abgezehrte Antlitz der jungen Mutter. Kaum wahrnehmbar entwand der Atem sich den leicht geöffneten farblosen Lippen. Ihre Augen mit den langen schwarzen Wimpern waren wie zur ewigen Ruhe geschlossen. Endlich röchelte sie leise; kurzes Husten folgte. Mit mattem Griff überzeugte sie sich von der Nähe der Kleinen, und das lange blonde Haar von der Stirne zurückstreichend, sah sie wie geistesabwesend um sich. Ihre Blicke fielen auf den vor ihr Stehenden.

„Wie fühlst du dich?" fragte dieser im Tone ernster Teilnahme.

„Wäre mein armes Röschen nicht, hieße ich den Tod willkommen," antwortete die Leidende kaum verständlich.

„Verliere nicht den Mut," fuhr Franklin eigentümlich zögernd fort, „du wirst dich erholen, sobald du erst zur Ruhe gelangst. Versuche es noch einmal mit den Tropfen."

Die Kranke gab ein abwehrendes Zeichen.

„Sei nicht thöricht," hieß es weiter, „kann deren Wirkung doch nicht abgeleugnet werden."

Als hätte sie ihn nicht gehört, schloß die Leidende die
Augen. Franklin zog einen knöchernen Löffel aus der
Tasche und entkorkte eine Flasche mit brauner Flüssigkeit.
Er war im Begriff, die Tropfen in den Löffel zu zählen,
als ein heftiger Windstoß polternd in den Schlot hinein=
fauchte und Funken und Rauch zu ihm herüber sandte.
Franklin erbleichte. Die Hand mit der Flasche zitterte.
Erst nachdem er einen argwöhnischen Blick um sich ge=
worfen hatte, fuhr er in seinem Beginnen fort.

„Hier, Rosa," sprach er, den Löffel deren Lippen
nähernd, in beinahe strengem Tone.

Diese sah auf. Einige Sekunden lauschte sie ängstlich
auf das Toben des Wetters. Da drang das leise Wim=
mern der Kleinen zu ihren Ohren, und hastig schlug sie
den Löffel zur Seite, daß der Inhalt sich über die Decke
ergoß.

„Ich will nicht," lispelte sie angewidert, „auch mein
Röschen verschone mit der Arznei. Sie wirkt wie Gift.
Sie betäubt. Seitdem ich sie zum erstenmal nahm, fühle
ich mich elender."

In Franklins Zügen leuchtete es unheimlich auf. Wie
von der Abwesenheit der Negerin sich überzeugend, spähte
er nach der Thür hinüber.

„Zwingen kann ich dich nicht, wohl aber mag ich dich
daran erinnern, daß dein verstorbener Mann mein Bruder
gewesen, ich also naturgemäß die berechtigtsten Ansprüche
an dein Vertrauen erheben darf."

„Täglich giebst du mir das zu hören, und doch warst
du es, der mich trotz der rauhen Jahreszeit zu einer Reise
überredete, die binnen kurzer Frist mich und das zarte
Geschöpfchen aufreiben muß. Was soll das Ende davon
sein? Wohin bringst du mich?"

„Auf deines Mannes ausdrücklichen Wunsch zu guten
Leuten in Texas, wie oft soll ich es wiederholen. Inner=

halb dreier Tage sind wir dort. Sorgfältige Pflege und
die reine Luft werden deine Heilung bald vervollständigen."
Rosa war in Bewußtlosigkeit zurückgesunken. Unruhe
prägte sich in den Zügen ihres Schwagers aus. Aber=
mals schnob der Wind geräuschvoll in die Kaminglut.
Dadurch aus seinem Brüten aufgestört, begann er von
neuem: „Rosa, hörst du mich?"

Die Angeredete öffnete die Lippen, jedoch ohne einen
Laut hervorzubringen, und Franklin fuhr fort: „Ich weiß
es, du rechnest mit der Möglichkeit deines Todes, und
dazu liegt noch keine Veranlassung vor. Andererseits table
ich nicht, wenn du mit der Zukunft dich beschäftigst.
Dabei aber darfst du nicht vergessen, daß die letzten
Wünsche und Verfügungen eines teuren Verstorbenen dir
heilig sein sollen; doch auch nicht, daß er zu deren Er=
füllung jemand erkor, der allein sein vollstes Vertrauen
besaß."

Die Unglückliche sah ihn groß an. Argwohn und
Grauen webten in ihren Augen.

„Du setzest Zweifel an deiner Person bei mir vor=
aus?" fragte sie herbe.

„Die sind unmöglich. Lerntest du mich bei Lebzeiten
deines Mannes nicht kennen, so brachte er mich doch be=
dachtsam in die Lage, mich vor dir ausweisen zu können,"
erklärte Franklin. Unwillkürlich wich er ihren Blicken
aus. Ein Weilchen starrte er in die knisternde Glut und
fügte beinahe klanglos hinzu: „Auf meinen Schultern ruht
viel. Weiß ich dich und dein Töchterchen erst sicher ge=
borgen, dann rufen heilige Verpflichtungen mich von deiner
Seite fort. Das Ordnen der Hinterlassenschaft Sidneys,
um sie dir und eurem Kinde auf alle Zeiten zu sichern,
erfordert Zeit und große Mühewaltungen, die nicht auf=
geschoben werden dürfen."

„Sidney war ein zu gewissenhafter Gatte. Lag der=

gleichen in seiner Absicht, so hätte er mich brieflich darüber
verständigt."

„Unfehlbar wäre das geschehen, hätte er sein Ende
geahnt. So aber blieb ihm nichts anderes übrig, als
seinem Bruder, der ihm die Augen zudrücken sollte,
die Sorge für Weib und Kind ans Herz zu legen. Du
wirst daher, um meine schwere Aufgabe zu erleichtern,
mir gewiß gern die zuletzt empfangenen Papiere anver=
trauen."

„Nimmermehr," flüsterte Rosa mit schwindender Geistes=
klarheit und schloß die Augen, „Sidneys Hinterlassenschaft
ist als unumschränktes Eigentum auf mich und mein Kind
übergegangen. Sollten wir beide sterben, so sind meine
Geschwister die einzigen berechtigten Erben. Kein anderer
ist befugt, ordnend in die Verhältnisse einzugreifen —"
Damit waren die infolge der heftigen Erregung aufflackern=
den Kräfte erschöpft.

Enttäuschung beherrschte das Gesicht Franklins, wurde
aber alsbald durch den Ausdruck tiefer Erbitterung ver=
drängt. Wie ein Unheil brütender Höllengeist stand er
da, ungeduldig darauf harrend, daß die dem Tode Ver=
fallene seinen Ratschlägen noch einmal zugänglich werde.
Der Wind heulte unterdessen mit verstärkter Gewalt um
die Hütte. Abwechselnd über den Schornstein hinweg= und
wieder hineinfahrend, offenbarte sein Groll sich in der
Kaminglut, die in der einen Minute bewegliche Flammen
in den schwarzen Schlot hinaufsandte, in der anderen das
Gemach mit feinen Aschenteilchen erfüllte. Endlich regte
die Leidende sich wieder, und sich ihr zuneigend, erneuerte
Franklin seine Vorstellungen.

„Du bist Herrin deines Willens," hob er begütigend
an, „um deiner selbst willen aber muß ich darauf bestehen,
Auskunft darüber zu erhalten, ob der Wegweiser nicht
etwa verloren gegangen —"

„Was weißt du von einem Wegweiser?" einte es sich mit dem röchelnden Atem der Gemarterten.

„Nicht mehr und nicht weniger, als daß Sidney in nie schlummernder Fürsorge für die Seinigen ihn mir, seinem Bruder, einst zeigte und mich für den traurigsten Fall verpflichtete, darüber zu wachen, daß er nicht in ge= wissenlose Hände gerate."

„Er konnte nicht verloren gehen," hieß es nach län= gerem Zögern schwer verständlich zurück. „Laß mich schlafen — lieber würde ich ihn vernichten — so lautete Sidneys Wille — lieber vernichten, als — laß mich schlafen — ich bin müde — so müde —" Mit dem letzten Wort neigte sie das Haupt ihrem Töchterchen zu, wie um nicht mehr zu erwachen.

Franklin ergriff die auf der Decke liegende Hand und prüfte den Puls. Jeder neue Schlag schien der letzte sein zu sollen. Zweifelnd betrachtete er das stille, bleiche Antlitz. Behutsam schlug er die Decke ein wenig zurück, dadurch auch den anderen Arm freilegend. Sobald er aber die festgeschlossene Hand berührte, wurde sie mit Heftigkeit zurückgerissen und wieder unter der Decke geborgen.

„Was willst du von mir?" fragte Rosa und sah ent= setzt zu ihrem Peiniger auf.

„Deine Ruhe beängstigte mich," antwortete Franklin beschwichtigend, „ich muß durchaus Gewißheit darüber haben, ob nicht dein Zustand zu bedenklich ist, um die Reise fortsetzen zu dürfen, und die kann nur ein Arzt bieten. Ich habe mich daher entschlossen, einen solchen herbeizurufen, und begebe mich sofort auf den Weg. Halte dich daher aufrecht. Bis zur letzten Ansiedlung, die wir berührten, ist's eine weite Strecke. Vier Stunden ge= brauche ich mindestens bei dem grauenhaften Wetter. Doch koste es, was es wolle: ärztliche Hilfe schaffe ich zur Stelle. Hast du mich verstanden?"

Träumerisch, mit einem gewissen Ausdruck der Be=
friedigung lispelte die arme Dulderin: „So beeile dich —
vielleicht hilft er meinem Röschen — ich möchte allein
sein — ungestört bleiben — säume nicht —"

Franklin trat ins Freie hinaus. Die aus der Thür
fallende Beleuchtung streifte den Wagen. Nachdem er
kurze Zeit in demselben gesucht hatte, schritt er, mit zwei
Sätteln belastet, nach dem Schuppen hinüber. Auf seinen
herrischen Ruf meldete sich die Negerin. Fröstelnd und
von Angst geschüttelt kauerte sie in einem Winkel. Wäh=
rend sie ihm in der Dunkelheit beim Satteln und Auf=
zäumen hilfreiche Hand leistete, erklärte er streng: „Mit
meiner Schwägerin sieht es traurig aus. Ich fürchte das
Aergste für sie und ihr Kind. Nur ein Arzt kann noch
helfen. Während meiner Abwesenheit weichst du nicht
auf eine Minute von ihrer Seite. Achte auch genau auf
ihre Worte, um sie mir wiederholen zu können. Gieb ihr
fleißig von den Tropfen, ebenso dem Kinde. Die sind
sehr heilsam. Sie lindern den Schmerz und fördern den
Schlaf."

Gleich darauf schwang er sich in den Sattel, und den
Mantel dicht um sich zusammenziehend trabte er davon,
neben sich das zweite für den Arzt bestimmte Pferd.

Die Negerin begab sich unverweilt in die Hütte, wo
sie sich neben dem Schmerzenslager auf einen Koffer nieder=
ließ. Die Kranke hatte sich ermuntert. Die Abwesenheit
Franklins wirkte offenbar erleichternd auf sie ein. Mit
geisterhaftem Ausdruck sah sie in das mitleidige schwarze
Gesicht.

„Nelly," fragte sie ängstlich, „ist er fort?"

„Nach dem Doktor geritten, meine gute Lady; ist der
erst hier, hilft er erstaunlich schnell," antwortete Nelly
tröstlich.

„Nein, Nelly, mir hilft kein Arzt mehr. Für mich

giebt es nur noch den Tod, auch mein Röschen wird
sterben — was sollte es auf der Welt ohne seine Mutter,"
und ihre schmerzliche Erregung bekämpfend, flüsterte sie
in kurzen Sätzen weiter: „Verraten und betrogen von
dem eigenen Bruder meines Mannes — er kann mein
Ende nicht erwarten — ich weiß es — eisig durchrieselt es
mich — und kein Mensch in der Nähe, dem ich einen letzten
Auftrag erteilen, mein armes Kind anvertrauen könnte."

„Als wir am letzten Reisetage jemand um den Weg
befragten," versetzte Nelly klagend, „erzählte er von der
Farm eines Reverend Dixon. Ich sah sie liegen hart an
einem Hain. Sonst weit und breit kein Haus. Wäre
der Reverend hier, möchte er wohl christlich auf die gute
Lady einreden und sich ihres Kindes erbarmen."

Die Sterbende schien durch diese Mitteilung ermutigt
zu werden.

„Ist das weit von hier?" fragte sie, vor Spannung
schwer nach Luft ringend.

„Eine halbe Stunde gemächlichen Einherschreitens, vermute ich."

„So könnte er in einer Stunde hier sein?"

„Sicher, wenn's ihm einer sagte."

„Findest du den Weg zu ihm? Die Nacht ist schwarz
— hör, wie der Sturm tobt — er raubt dir den Atem."

„Ich fände ihn, rechne ich, aber der Franklin — er
befahl mir, keinen Schritt aus der Hütte zu thun. Kehrt
er heim und ich bin nicht da, bringt er mich um."

„Er bleibt fort weit über Mitternacht hinaus. Bis
dahin ist der Reverend hier gewesen und wieder gegangen.
Weiß er um mein armes Kind, läßt er es nicht aus den
Augen."

„Ich darf die gute Lady nicht hilflos liegen lassen. Sie
ist sehr krank. Es wäre grausam, stürbe sie, ohne einen
um sich."

„Du mußt ihn rufen, wenn du selbst auf die Barmherzigkeit des Himmels hoffst," flehte die Aermste ver-
zweiflungsvoll, „meine Zeit ist bald abgelaufen — ich be-
schwöre dich, bringe mir jemand, der mich zu meinem
Heimgange einsegnet und mein Kind rettet."

„Ich will, ich will," versetzte Nelly mit aller Macht
gegen einen Ausbruch ihres Jammers kämpfend, „ich
will; möchte aber zuvor noch etwas für die süße Lady
thun."

Rosa spähte todesmatt um sich. Ihre Blicke fielen auf
die Arzneiflasche.

„Reich mir die Tropfen," lispelte sie dringlich, „über-
mannt mich Atemnot, nehme ich davon. Ich darf nicht
sterben, bevor der Reverend hier gewesen — dir hat's
Gott eingegeben, daß du an ihn dachtest — lege reichlich
Holz auf die Glut — mich fröstelt. Und noch eines, Nelly,"
und der Eifer, der sie beseelte, schien ihre gesunkenen Kräfte
anzufachen, „kommst du allein zurück und findest mich tot,
dann nimm den Brief aus meiner Hand und verbrenne
ihn." Sie hob den unter der Decke verborgenen ab-
gezehrten Arm und damit ein eng zusammengeknifftes
Papier in den Schein des Feuers und fuhr hastiger fort:
„Begleitet dich aber der Geistliche, so vertraue ihm denselben an — und jetzt eile, gute Nelly, bevor es zu spät
ist — mein heißester Segen soll mit dir sein."

Das anhaltende Sprechen wie die damit geeinte
krankhafte Erregung hatten einen ohnmachtähnlichen Zustand herbeigeführt. Nur die schläfrig geöffneten Augen
verrieten noch Leben. Aengstlich überwachte sie die schwarze
Pflegerin, die nach Erfüllung ihrer Wünsche eine Decke
um die Schultern schlang und in das Unwetter hinaus-
schlüpfte. Eine Weile starrte sie noch auf die notdürftig
schließende Thür. Kürzer wurde dabei ihr Atem. In
ihrem leisen Stöhnen verrieten sich körperliche Schmerzen

und geistige Qualen. Wie Linderung bei ihm suchend,
zog sie ihr welkes Töchterchen dichter zu sich heran, und
nach der Flasche greifend, schlürfte sie nach Gutdünken aus
derselben. Die Wirkung davon war eine fast augenblick=
liche. Wie betäubt schmiegte sie ihre Wange an das
Haupt des leise wimmernden Kindes. Ueber ihr marmor=
bleiches Antlitz aber huschten, von dem Kaminfeuer ent=
sendet, rötliche Reflexe, ihm vorübergehend lebenswarme
Farben verleihend. Deutlicher zeichnete sich dagegen in
den traurig erschlafften Zügen eine Welt des Leids und
des Kummers aus. Dazu prasselte schwerer Regen auf
das schadhafte Schindelbach nieder. Es heulte der Wind,
indem er immer wieder das Feuer suchte und das dumpfe
Poltern der sich unwirsch aufbäumenden Flammen ver=
schärfte. Das war die Totenklage um eine Sterbende,
die von einem unbarmherzigen Geschick dazu auserkoren
war, nach einem kurzen Lebensabschnitt reiner irdischer
Glückseligkeit bis in das Grab hinein verfolgt und ge=
martert zu werden.

Und noch auf einer anderen Stelle durchbrang der
Schein eines erhellten Fensters die dunsterfüllte Atmo=
sphäre bis zu der in mäßiger Entfernung vorüberführenden
Landstraße hin. Ein älterer Mann saß dort vor einem
einfach hergestellten Tisch tief über ein aufgeschlagenes
Buch geneigt. Mit dem Licht der ruhig brennenden Lampe
einte sich die flackernde Beleuchtung des Kaminfeuers.
Außer einer wenig künstlerisch gezimmerten Bettstelle, gefüllt
mit weichem Maishülsenstroh und darüber hingebreiteter
Bisonhaut nebst einigen wollenen Decken, standen mehrere
Schemel, eine Bank und ein aus gekrümmten Aesten
sinnig zusammengefügter Armstuhl umher. Auf Brettern,
von in die Blockwände getriebenen Pflöcken getragen,
reihten Bücher und kleinere Haushaltungsgegenstände sich

aneinander. Was sonst noch zu dem bescheidenen Herd eines westlichen Ansieblers gehörte, Kleider, Jagdzeug und Küchengeräte, das hing an Nägeln oder hatte seinen Platz neben dem geräumigen Kamin gefunden.

Der Besitzer des Gehöftes übte dagegen trotz des rauhen Anzuges kaum den Eindruck eines schwer arbeiten= den Ackerbauers aus, vielmehr den jemanbes, der die Mehrzahl seiner Mitmenschen geistig überragt. Die breite Stirn verriet Scharffinn, während ein hoher Grad von Menschenfreundlichkeit das bartlose, wettergebräunte Ge= sicht charakterisierte. Obwohl der Inhalt des Buches seine ungeteilte Aufmerksamkeit fesselte, richtete er sich zuweilen auf, um eine kurze Bemerkung niederzuschreiben oder über das Gelesene nachzubenken. Dann aber schauten zwei hellblaue Augen so ruhig und vertrauenerweckenb ins Leere, wie nur möglich, wenn man nichts entbehrt, das geeignet ist, die Zufriedenheit des Gemütes zu erhöhen.

Das war der Reverend Dixon, ein presbyterianischer Geistlicher, der trotz eines seine Unabhängigkeit gewähr= leistenben namhaften Vermögens mit seltener Selbstver= leugnung und Entsagung sich zur Lebensaufgabe gemacht hatte, gleichsam als Wanderprediger den in weitem Um= kreise spärlich zerstreuten Ansieblern das Evangelium zu erklären und das fehlende Bethaus durch Zusammenkünfte unter freiem Himmel zu ersetzen.

Ein Pflegesohn teilte sich mit dem früh verwitweten kinderlosen väterlichen Freunde in die Bewirtschaftung der Farm, um zugleich aufs sorgfältigste in den höheren Wissenschaften unterrichtet zu werden. Wie die alternde Haushälterin, hatte auch der junge Mann nach ländlicher Sitte sich frühzeitig zur Ruhe begeben. Stille herrschte daher in der Hütte, nur zeitweise gestört, wenn der Wind, über den Schornstein hinstreichend, einen tiefen Orgelton erzeugte oder die kohlenden Holzteile knisterten und knackten.

Dixon hatte sich eben wieder in ernste Betrachtungen versenkt, als plötzlich unverkennbar dringlich an das Fenster geklopft wurde. Ungesäumt trat er vor die nur mittels eines hölzernen Fallriegels geschlossene Thür hin und öffnete.

Sein erster Blick begegnete einer Gestalt in triefender Decke, aus deren Falten ein von der herausfallenden Beleuchtung gestreiftes schwarzes Gesicht hervorlugte.

„Komm herein," redete er Nelly mitleidig an, als diese ihn mit den heftig ausgestoßenen Worten unterbrach: „Der Reverend muß mich begleiten. Ich bin in erstaunlicher Eile. Eine sterbende Lady verlangt nach dem Reverend. Ihr Kind ist ebenfalls todkrank. Sie ist in schrecklicher Sorge und Not, möchte nicht sterben ohne christlichen Zuspruch —"

„Gut, gut," schnitt Dixon das weitere gütig ab, „zuvor setze dich neben das Feuer und erwärme dich —"

„Keine halbe Minute Zeit zum Durchwärmen," eiferte Nelly ängstlich, „in einer halben Stunde müssen wir da sein, oder es giebt ein grausames Unglück."

„Sei unbesorgt," beschwichtigte Dixon sie, indem er einen alten Militärmantel vom Nagel nahm, „wer dich an mich abschickte, soll nicht vergeblich nach mir rufen haben. Wohin führt unser Weg?"

„Nach der Bloody Kabin. So nannte sie jemand, den wir um ein Obdach befragten."

Dixon hielt mit dem Ueberstreifen des Mantels inne und sah erstaunt in das schwarze Gesicht.

„Bloody Kabin?" meinte er zweifelnd, „die liegt ja unbewohnt, seitdem die Wilden sie überfielen und ausplünderten."

„Nach keiner anderen Stelle," bestätigte Nelly ungeduldig.

„Ein unheimlicher Aufenthaltsort für eine Schwerkranke," versetzte Dixon, den Filzhut durch ein um die Ohren geknüpftes Tuch auf dem Haupt befestigend, „und wer ist die Unglückliche? Wie heißt sie und woher kommt sie in diese einsame Gegend?"

„Das weiß ich nicht. Sie reiste mit ihrem Schwager Franklin, der nannte sie Rosa. Sie hatten die Wärterin abgelohnt und zurückgeschickt — zwei Wochen mag es her sein — da nahmen sie mich in ihren Dienst. Ich wollte nicht; aber die Lady bat so jammervoll, und das kleine Ding war so elend, daß mir das Herz brechen wollte, und ich zog mit fort."

Dixon griff nach einem Knotenstock und schritt der Thüre zu, als eine Bewegung zu seinen Häupten ihn veranlaßte, aufzusehen. Er gewahrte einen ungewöhnlich kräftig gebauten krausköpfigen jungen Mann, der durch eine Oeffnung in der Plankendecke den Bodenraum eilfertig verließ. Die zu solchem Zweck in die Balkenwand getriebenen Pflöcke mit wunderbarer Beweglichkeit als Leitersprossen benutzend, überwand er die letzten im Sprunge.

„Ich hörte alles," redete er Dixon mit einer gewissen ehrerbietigen Entschiedenheit an, „Sie dürfen nicht fort bei solchem Wetter. Ich will statt Ihrer gehen; oder besser, Sie warten bis zum Anbruch des Tages —"

„Wähnst du, die scheidende Seele, die sich nach Trost sehnt, harre auf das Einschlummern des Sturmes oder das Heraufziehen des Morgens?" fragte Dixon verweisend.

„Und gar nach der Bloody Kabin," fuhr der junge Mann dringlicher fort, „die ist verrufen und verabscheut. Nur Gesindel kann da eingezogen sein, wo Skorpione und giftige Hundertfüße in allen Ritzen ihren Winterschlaf halten. Vor einer Woche sah ich's mit meinen Augen."

„Du sprichst unverständig. Was du behauptest, ist doppelter Grund für mich, dahin zu eilen, wo man vielleicht in Todesangst meiner Ankunft entgegensieht. Wollte

Gott, es gelänge mir, die Kranke samt ihrem Kinde hier=
her zu schaffen."

„So begleite ich Sie —"

„George, du bleibst," entschied Dixon strenger, „schon
allein unsere gute Pearson bedingt diese Rücksicht."

„Ich will ein Pferd für Sie satteln —"

„Was soll ich damit, wenn ich gezwungen bin, mit
dem ehrlichen Geschöpf gleichen Schritt zu halten?" er=
widerte Dixon und fuhr, zu Nelly gewendet, fort: „Komm,
komm. Wir säumten schon zu lange. Was du noch auf
dem Herzen hast, magst du mir unterwegs erzählen."
Dann trat er nach einem gütigen „Auf Wiedersehen",
gefolgt von Nelly, ins Freie hinaus.

Eine Weile blickte George von der Schwelle aus den
in der Finsternis Entschwindenden nach. Des ihn hart
treffenden Schneeschlammes achtete er nicht. Gern wäre
er heimlich nachgegangen, allein Dixons Willensäußerung
gegenüber wagte er es nicht. Tief beunruhigt schloß er
die Thür. Anstatt sein Lager wieder aufzusuchen, schob
er den Armstuhl vor das Kaminfeuer, und sich nieder=
lassend, überwachte er die züngelnden Flammen, hin und
wieder die Glut schürend und Holz auflegend. Die Sorge
um den väterlichen Freund, der ihm seit seinen Knaben=
jahren Eltern und Heimat ersetzte, wollte indessen nicht
von ihm weichen. Wie eine böse Ahnung lastete es auf
seinem Gemüt. Es prägte sich in dem von wirrem braunen
Gelock überragten hübschen Gesicht aus, welches durch
den jugendlich weichen dunklen Bart noch gewann. So
ruhte auch in seinen dunkelblauen klugen Augen ernste
Entschlossenheit, der nur dann Unruhe sich beigesellte,
wenn der Sturm heftiger an dem festen Bau rüttelte, Regen
und Schnee schärfer auf die Fensterscheiben hämmerten.
Im Geiste begleitete er seinen Wohlthäter, der zu der=
selben Zeit mit aller Macht gegen das Unwetter kämpfte.

Zweites Kapitel.

Reverend Dixon.

Mit dem Winde im Rücken war es den beiden Wan-
derern erleichtert gewesen, den durch die Nässe ungangbar
gewordenen Weg zu überwinden. Als sie dann endlich
die aus der Blooby Kabin herausfallenden Lichtstreifen
vor sich sahen, blieb Nelly stehen.

„Der Reverend muß hier säumen eine Minute und
eine halbe," wendete sie sich geheimnisvoll an diesen. „Ich
will hin und auskundschaften, ob der schreckliche Schwager
schon da ist. Entdeckte der Sie, gäb's ein blutiges Unglück. Ist alles sicher, winke ich," und hastig schritt sie
davon.

Dixon brauchte nicht lange zu warten, bis die in der
Hütte Verschwundene wieder auf der Thürschwelle erschien
und, vor dem erhellten Hintergrunde erkennbar, beide
Hände über dem Haupte schwang.

„Ich kann's nicht glauben," raunte sie ihm entsetzt
zu, sobald er vor ihr eingetroffen war, „aber ich mein',
sie ist gestorben. Kein Atem mehr zu merken — wenn
der Reverend nur helfen könnte —"

„Schüre das Feuer," gebot Dixon, und gleich darauf
kniete er neben der Leidenden. Die Decke hatte sie bis
unters Kinn heraufgezogen, so daß der Kopf der Kleinen
neben dem ihrigen nur ein wenig hervorragte. Diese gab
noch Lebenszeichen, wenn auch nur matte, von sich.

Aufmerksam betrachtete Dixon das zarte bleiche Antlitz
der Mutter. Erst als die Flammen, erhöhte Helligkeit
verbreitend, wieder emporschlugen, legte er die Hand auf
die feuchtkalte Stirn, mit dem Daumen das Lid des einen
Auges sanft zurückschiebend. Obwohl glanzlos, war es
noch nicht gebrochen, und wie durch die Berührung ermuntert, öffnete die Aermste auch das andere. Sie er-

kannte Nelly, und flüsternd entwand sich ihren Lippen: „Nelly — bist du noch da?" — Eile — eile — mich fröstelt — die Kälte schleicht nach der Brust herauf —"

„Der Reverend ist schon hier," kam Nelly der Anrede Dixons halb erstickt vor Wehmut zuvor.

Dixon, tief erschüttert durch das sich ihm bietende trostlose Bild, begegnete dem erstaunt fragenden Blick der jungen Frau und legte abermals die Hand auf ihre Stirn. Ihn schauderte, indem er die grauenhafte Lage der Sterbenden mit ihrem Zustande verglich.

„Ich folgte Ihrem Ruf," begann er schmerzlich bewegt, „möge es mir nur beschieden sein, Ihnen im vollsten Umfange diejenige Beruhigung zu erteilen, die Sie von mir erwarten."

Rosa schien den Zweck seines Kommens vergessen zu haben. „Nur etwas Wärme," flehte sie ergreifend, und mit dem letzten Wort umnachteten sich ihre Sinne.

Auf Dixons Rat begann Nelly mit einem über den Flammen erwärmten Stück Zeug die Füße zu reiben. Aehnlich verfuhr er selbst mit den Armen und Händen. Die dem Tode Verfallene rührte sich nicht. Erst als er die um das zusammengeknitterte Papier krampfhaft geschlossene Hand mit sanfter Gewalt öffnete, schrak sie wieder empor.

„Den Brief," stieß sie unter Aufbietung der letzten Kräfte angstvoll hervor, „mein Eigentum — kein anderer —"

Sie sah mit erwachendem Verständnis in das über sie hingeneigte milde Antlitz und fuhr beschwörend fort: „Retten Sie ihn und meinen Engel. Alles hängt davon ab. Stirbt mein Kind, dann sind meine Geschwister die alleinigen Erben — so bestimmte es Sidney — man will uns berauben — Nelly, entferne das Eis von meinen Füßen —" neue Worte erstarben in unverständlichem Lispeln.

Auf Dixons Geheiß hatte Nelly das Reiben eingestellt.
Traurig überwachte er das abgezehrte Antlitz, das binnen
kurzer Frist der Verwesung anheimfallen sollte. Unter
der prüfenden Hand klopfte das Herz kaum noch fühlbar
in unregelmäßigen Zwischenpausen. Seine letzte Hoffnung
gipfelte darin, daß die Unglückliche nach kurzer Rast noch
einmal erwache und die abgebrochenen Bemerkungen, die
unverkennbare Seelenangst ihr erpreßte, vervollständige.
Aufschauend gewahrte er die Flasche auf der anderen
Seite des Lagers, und sie öffnend, sog er den ihr ent=
strömenden Duft ein. Dann prüfte er den Inhalt mit
der Zunge. Wie ein düsterer Schatten glitt es über sein
Antlitz. Er war hinlänglich ausgerüstet mit medizinischen
Kenntnissen, um den hoffnungslosen Zustand der vor ihm
Liegenden auf die Wirkung der ihr verabreichten Arznei
zurückzuführen. Ihn graute bei dem Gedanken, daß die
vor kurzem vielleicht noch blühende junge Frau und Mutter
das Opfer eines schwarzen Verbrechens geworden. Als
eine Bestätigung seines Argwohns erschienen ihre wirre
Andeutungen wie die unnatürliche Schlafsucht, die sich
noch ausgeprägter in dem Verhalten des jungen Wesens
an ihrer Seite offenbarte. Mit gleichsam atemloser Span=
nung harrte er daher auf weitere Kundgebungen, die es
ihm ermöglichten, ihr einen letzten freundlichen Trost mit
ins Jenseit hinüberzugeben.

Doch die Zeit entschwand. Minuten gingen dahin
und wurden zu einer halben Stunde, ohne daß die Lei=
bende äußerlich Lebenszeichen von sich gegeben hätte. Nelly
wurde unruhig. Angestrengt lauschte sie ins Freie hin=
aus, um nicht zu überhören, wenn Hufschlag die Rückkehr
des gefürchteten Mannes verkündete. In ihrer Not schickte
sie sich an, das Reiben der erstarrten Füße der Besinnungs=
losen zu erneuern, und schon nach der ersten Berührung
lispelte diese träumerisch, ohne die Augen aufzuschlagen:

„Fort mit dem Eis von meiner Brust — Reverend — beschützen Sie mein armes Kind — behüten Sie den Brief — sorgen Sie dafür, daß meine Geschwister ihn lesen — er ist Millionen wert —"

Bei diesen anscheinend von wirren Phantasien geborenen Wahnvorstellungen ermannte Dixon sich zu dem feierlichen Ausspruch: „Ihre Wünsche und Anordnungen, vor allem die Wohlfahrt Ihres Töchterchens, sollen mir heilig sein. Was in den Kräften eines schwachen Sterblichen liegt, das soll redlich aufgeboten werden, um in Treue und Gewissenhaftigkeit Ihre Hoffnungen der Verwirklichung entgegenzuführen. Aber Ihren Namen lassen Sie mich wissen und die Ihrer Geschwister, um es mir zu ermöglichen, in Ihrem Sinne zu wirken."

„Rosa nannte er mich, seine süße Rosa," floß es, wie im Schlummer gesprochen, von den verblaßten Lippen; „er war so unendlich gut — mußte so früh und so fern von mir und unserem Röschen sterben — jetzt erwartet er mich — ich höre seine Stimme, wie er mich ruft — Monika heißt meine Schwester — Raimund der ältere Bruder — der andere —"

„Aber Ihre Heimat? Sie sind eine Deutsche; wie lautet Ihr Vatersname? Wo wohnen Ihre Geschwister?" forschte Dixon bringlicher.

„Bei unserer Tante, der Bumbootwachtel — außerhalb der Stadt — ein alter Logger —" hieß es einem Hauch ähnlich zurück, und was die Aermste noch hinzufügen wollte, wurde durch die sie überwältigende Müdigkeit abgeschnitten.

Dixons Besorgnis nahm zu. So schwer es ihm wurde, die letzten Gedanken einer Sterbenden weltlichen Dingen zuzuwenden, so drang er doch in sie: „Das genügt nicht, meine arme liebe Freundin. Bangen Sie um die Zukunft Ihres Töchterchens und der Geschwister, so versetzen Sie mich vor allen Dingen in die Lage, zu deren

Gunften erfolgreich eingreifen zu können. Nennen Sie
wenigstens die Stadt —"

„Gott segne Sie," lispelte die Sterbende, die seinen
Worten nicht mehr mit Verständnis zu folgen vermochte;
„Sie haben den Brief — lesen Sie — grüßen Sie alle —
Lieben —" Sie öffnete die Augen weit und starrte ins
Leere. Dixon wagte kaum zu atmen. Plötzlich hob sie
die Arme empor. Ein Ausdruck der Verklärung glitt
über das marmorähnliche Antlitz.

.   „Sidney," sprach sie vernehmbar mit rührender Innig-
keit, „da bist du selber — so unerwartet — und Röschen
blühend an deiner Hand — wer hätte das geahnt — so —
viel Glück —"

Die Arme sanken auf die Decke zurück. Die Augen
schlossen sich halb. Das Haupt neigte sich auf die Brust;
sie hatte ausgelitten.

Nach alter Weise tobte der Sturm, aber der Wolken-
schleier war zerrissen. Durch die entstandene Oeffnung
flimmerten geheimnisvoll die Sterne, wie um einer dem
gemarterten Körper sich entwindenden reinen Seele einen
feierlichen Empfang in lichten Höhen zu bereiten.

Einige Minuten wartete Dixon auf ein letztes Lebenszeichen, aber vergeblich. Nur das Kind wimmerte leise,
beruhigte sich indes alsbald wieder unter Nellys schmeicheln-
der Berührung. Sanft drückte er der Entschlafenen die
Augen zu. „Der Herr segne deinen Ausgang und
deinen Eingang," sprach er bewegt über sie hin, indem
er die Hand auf die erkaltende Stirn legte; „der Friede,
der dir auf Erden versagt geblieben, mögest du ihn in
reichstem Maße vor dem Throne des Allmächtigen finden.
Was ich dir angelobte, ich will es getreulich halten. Dein
Kind, sofern es mir gelingt, es in meinen Besitz zu
bringen, soll das meinige sein. Seine Rechte will ich
vertreten bis zum letzten Atemzuge."

Trübem Sinnen hingegeben, zog er den Goldreifen vom vierten Finger der rechten Hand der Toten. Die Buchstaben S. T. nebst Jahrestag waren auf der Innenseite eingestochen. Zögernd, als wäre er über die Rechtlichkeit seiner Handlung in Zweifel gewesen, kehrte er sich Nelly zu. Sie stand in der Thür und lauschte, den Kopf weit nach vorn gestreckt, in die Ferne. Plötzlich führte sie eine Entscheidung herbei.

„Er kommt!" rief sie herbeieilend entsetzt aus, „zu spät zur Flucht — ihrer zweie sind es und erschrecklich nahe obenein. Sie sind verloren, wenn Sie aus der Thür treten."

„Für eine Handlung der Barmherzigkeit sollte ich verantwortlich gemacht werden?" fragte Dixon ruhig, „weshalb ihm nicht offen begegnen —"

„Sie kennen ihn nicht," fiel Nelly von Todesangst geschüttelt ein, „er ist erstaunlich grimmig. Gehen Sie ihm aus dem Wege oder Sie sind ein toter Mann — schnell, schnell! Ich höre ihn — hier nach oben hinauf —" und sie wies auf eine Oeffnung zwischen den als Zimmerdecke nebeneinander geschichteten Holzriegeln.

Dixons Einwendungen schnitt sie dadurch ab, daß sie unterhalb der Oeffnung den Koffer aufrichtete, und so bringend lauteten ihre Beschwörungen, daß er, nachdem er Ring, Brief und Arzneiflasche auf seinem Körper geborgen hatte, wie unbewußt den Koffer als Leiter benutzte, von wo aus er die Plankenlage gerade mit den Händen erreichte. Schnell entschlossen umfaßte Nelly seine Kniee, und ihn emporhebend, half sie so weit nach, daß er ohne große Mühe in das Versteck hineingelangte. Während sie ihm darauf den Knotenstock zureichte, die letzten verräterischen Spuren beseitigte und neben der Toten niederkauerte, überzeugte Dixon sich, daß die Lehmfüllungen zwischen den Holzteilen fortgebröckelt waren, er also durch

die nächste breitere Fuge den unten liegenden Raum not=
dürftig zu überblicken vermochte. Sich vorsichtig ausstreckend,
hatte er eben eine erträgliche Lage gefunden, als die Reiter
vor der Thüre anhielten.

Wie er zu unterscheiden glaubte, führte der eine die
Pferde nach dem Schuppen, wogegen Franklin schnellen
Schrittes eintrat und den durchnäßten Mantel zurückwarf.

Dixon gewann dadurch den Anblick eines finster ver=
schlossenen Gesichtes, aus welchem die Augen, heftige Er=
regung verratend, wie glühende Kohlen hervorfunkelten.
Der ohnehin tückische Ausbruck wurde noch besonders
durch den Unterkiefer verschärft, der, ungewöhnlich stark
ausgebildet, an die Kopfform blutlechzender Raubtiere vom
Katzengeschlecht erinnerte. Außerdem entdeckte er das
Fehlen des Mittelfingers der rechten Hand, den Eindruck
vervollständigend, daß seine Vergangenheit in Kreisen zu
suchen sei, in denen gefährliche Thätlichkeiten zu Hause
gehörten.

Die Stellung Nellys belehrte den Eintretenden, daß
der Tod sein Opfer gefordert habe. Er hatte es offenbar
vorausgesetzt; denn eine mitgebrachte Schaufel neben der
Thür an die Wand lehnend, begab er sich nach der Leiche
hinüber. Ohne irgend eine Regung zu verraten, sah er
auf sie nieder. Erst nachdem er Holz auf die Kaminglut
geworfen hatte, fragte er ausdruckslos: „Wann starb sie?"

„Vor einer Viertelstunde," lautete die zitternd erteilte
Antwort, „es kann auch länger her sein. Eine gute Zeit
lag sie still, daß ich meinte, sie schliefe."

Wie Messerklingen blitzten die tückischen Augen auf
das schwarze Gesicht, bevor Franklin fortfuhr: „Sprach sie
noch? Mach keine Umschweife, du weißt, ich verstehe
keinen Spaß. Von deiner Gewissenhaftigkeit hängt viel ab."

„Nicht einen Ton. Sie winselte nur und stöhnte
grausam."

„Nahm sie von den Tropfen?"

„Zweimal. Ich vermute, sie dienten ihr nicht."

Einen wütenden Blick schleuderte Franklin auf die schaubernde Negerin. Dann betrachtete er die sich durch die Decken hindurch abzeichnende abgezehrte Gestalt mürrisch, ebenso das hagere Gesichtchen des Kindes. Da trat sein Genosse, eine Erscheinung, die nicht im entferntesten an den Beruf eines Arztes erinnerte, neben ihn hin.

„Es ist vorbei mit ihr," bemerkte Franklin vollkommen gefühllos.

„Das Beste, was sie thun konnte," versetzte der Genosse gleichmütig.

„Das Kind macht ebenfalls nicht lange mehr." Er ließ die Blicke über das Sterbebett hinschweifen.

„Wo ist die Flasche?" fragte er drohend.

„Ich weiß es nicht," antwortete Nelly, indem sie sich erhob. „Sie forderte sie und gab sie nicht zurück."

Franklin neigte sich über die Tote hin und ergriff deren geschlossene Hände. Leicht öffnete er sie, und sich der Negerin zukehrend, fragte er mit Unheil verkündender Ruhe: „Sie hielt ein Papier in der Hand. Es ist verschwunden. Du nahmst es. Gestehe die Wahrheit, wenn ich deinen verdammten Wollschädel nicht zertrümmern soll."

„Ich berührte es nicht. Ich kann's beschwören, Herr."

„Auch der Ring fehlt. Du hast ihn gestohlen."

„Nichts stahl ich, nichts rührte ich an. Aber ich will's bekennen: Als sie lag, daß ich meinte, sie wäre gestorben, richtete sie sich noch einmal auf. Ich fürchtete mich vor ihr, so erstaunlich groß waren ihre Augen, und ihre Hände regten sich erschrecklich. Die Flasche wickelte sie in ein Stück Papier, dazu den Ring, und bevor ich's hindern konnte, hatte sie alles ins Feuer geworfen."

Betroffen sah Franklin in die lauernden Augen des Genossen.

„So hätte sie alles vernichtet, und uns bliebe das leere Nachpfeifen," bemerkte dieser mit giftigem Hohn.

Franklins Besonnenheit war zurückgekehrt.

„Nur der Brief kann verloren sein," erwiderte er zuversichtlich, „der mag allerdings Wichtiges, aber nichts Unentbehrliches enthalten haben. Die Hauptsache hätte in beiden Händen keinen Platz gefunden." Unruhig wandelte er einigemal auf und ab. „Nein, nein, die muß noch vorhanden sein," fügte er stehenbleibend hinzu, „sie kannte deren Wert zu genau, um sie ebenfalls zu verbrennen." Sein Blick streifte Nelly, die anscheinend seinen Worten aufmerksam lauschte. Mit einem wilden Fluch händigte er ihr den Spaten ein, sie zugleich auffordernd, ihm zu folgen.

Um die Hütte herum begab er sich nach dem äußersten Ende des einstigen Gartens. Dort wies er ihr zwischen dem Gesträuch eine freie Stelle an, wo sie mit dem Auswerfen einer Grube beginnen sollte.

„Da hinein soll die Tote. Kannst also Länge und Breite leicht berechnen," erklärte er im Davonschreiten. Gleich darauf befand er sich wieder bei dem Genossen.

„Ich traue der schwarzen Hexe nicht," redete er ihn ingrimmig an; „während der wenigen Tage ihrer Dienstleistung hatte sie sich wie eine Klette an Mutter und Kind gehangen. Es ist also nicht ausgeschlossen, daß sie hinter meinem Rücken einen Auftrag in Empfang nahm. Verdammt! Dadurch könnte sie gefährlich werden. Sie mitzunehmen und unter den Augen zu behalten, änderte wenig daran."

„Was liegt an dem schwarzen Vieh? Betten wir sie zu der Toten, ist sie am sichersten aufgehoben."

„Mein eigener Gedanke. Doch dazu ist's Zeit im letzten Augenblick. Wer weiß, was wir zuvor aus ihr herauspressen; vielleicht den Brief."

Nachdem die beiden Raubgesellen sich derartig verständigt hatten, gingen sie ans Werk, die dürftig bekleidete Tote peinlich genau zu untersuchen. Nicht die Strümpfe auf den Füßen verschonten sie. Zum Schluß versicherten sie sich einer ledernen Handtasche, die der Besitzerin so lange als erhöhende Unterlage für den Kopf gedient hatte. Unter den mißtrauischen Blicken des Gefährten öffnete Franklin sie. Vergeblich suchte er zwischen den mancherlei kleinen Gegenständen nach Briefschaften. Plötzlich wich die fieberhafte Unruhe aus seinem Wesen. An deren Stelle trat das Gepräge wilden Triumphes. Deutlich unterschied Dixon, daß sein Gesicht sich rötete, als hätte das aufkochende Blut sich einen Ausweg durch die Augenhöhlen bahnen wollen.

Ganz zu unterst hatte er einen ledernen Umschlag entdeckt, der einen mehrfach zusammengefalteten Bogen steifen Papiers enthielt. Ohne ihn hervorzuziehen, bog er ihn auseinander, und ein eigentümlicher Ton wilder Befriedigung entquoll seiner Kehle, als er einiger sich kreuzender Linien ansichtig wurde.

„Jetzt mag der Teufel alles holen," sprach er heiser vor Aufregung, indem er das rätselhafte Dokument wieder verwahrte, „wir aber dürfen uns rühmen, unser Geld und unsere Mühe nicht umsonst verschwendet zu haben."

Der Genosse, der ihm so lange argwöhnisch auf die Finger sah, antwortete nicht, legte aber eifrig Hand an, als es galt, die Leiche in mehrere Decken einzuschnüren. Damit fertig, begaben sie sich zu Nelly hinaus, um, die Arbeit beschleunigend, abwechselnd mit ihr den Spaten zu handhaben. Bevor sie den düsteren Raum verließen, warf Franklin einen prüfenden Blick auf das Kind, dessen abgezehrtes Antlitz unter einem Pfühl hervorragte. Sein Leben hing augenscheinlich nur noch an einem Fädchen. Mit wüstem Griff riß er die Decke von ihm fort, dadurch

die kleine beinahe unbekleidete Märtyrerin der erstarrenden
Nachtluft preisgebend. —

Eine Viertelstunde verstrich bei regem Schaffen, und
die Gruft war zur Aufnahme der stillen Bewohnerin
nahezu fertig, als Franklin Nelly abschickte, um einige
flackernde Scheiter und Holz zu einem leuchtenden Feuer
herbeizuholen.

Zitternd vor Todesangst trat Nelly in die Hütte.
Die leisen Klagetöne der bis zur Ohnmacht erstarrten
Kleinen lenkte ihre Aufmerksamkeit auf sie hin. Mit einem
gedämpften Weheruf eilte sie hinüber, um die halbnackte
zarte Gestalt einzuhüllen und zu erwärmen. Doch bevor
sie sich bückte, drang Dixons Stimme durch die offene
Fuge zu ihr nieder.

„Nelly," sprach er leise, jedoch mit nicht mißzuver=
stehender Dringlichkeit, „ist dir an deinem Leben und der
Rettung des Kindes gelegen, dann beeile dich, mit ihm
von hier fortzukommen."

Wie eine Bildsäule stand Nelly. Entsetzen hatte sie
gelähmt. Sie gelangte erst wieder zu klarem Denken,
als Dixon wiederholte: „Beeile dich um Gotteswillen!
Fliehe, solange es noch Zeit ist. Du kennst den Weg
nach meiner Farm; dort bist du sicher — fort mit dir!
Die nächste Minute kann verhängnisvoll für dich und die
Kleine werden!"

„Aber der Reverend —" stöhnte Nelly auf dem Gipfel
ihrer Verzweiflung.

„Kümmere dich nicht um mich — hier oben sucht mich
keiner," erwiderte Dixon förmlich drohend, „nur fort,
fort mit dir!"

Mit flinken, kundigen Griffen hüllte Nelly nunmehr
den anscheinend leblosen Körper in eine Decke, und in
dem nächsten Augenblick schlich sie mit der leichten Bürde
aus der Thür.

In marternder Erwartung laufchte Dixon ihr nach.
Eine Minute verstrich und noch eine, ohne daß ein auf»
fälliges Geräusch die Entdeckung ihrer Flucht verkünbet
hätte. Und neue Minuten gingen hin, die dem Reverend,
der die eigene verhängnisvolle Lage nicht unterschätzte, wie
eine Ewigkeit erschienen, als endlich schnelle Schritte sich
der Hütte näherten und Franklin in der Thür auftauchte.
„Nelly, in der Hölle Namen, wo steckst du?" schnaubte
er über die Leiche hin. „Satanshexe, verdammte —" er
verstummte. Bestürzt fah er um sich. Nirgend war eine
Spur von ihr und dem Kinde zu entdecken. Seine Wut
steigerte sich bis zur Raserei. In die Thür tretend, rief
er sie laut beim Namen. Niemand antwortete. Nur der
Wind heulte schärfer, indem er die letzten Wolkenfetzen
vom Sternenhimmel fortfegte. Einen Feuerbrand aus
dem Kamin reißend, eilte er nach dem Schuppen. Auch
dort suchte er sie vergeblich. Sein Verbündeter, durch das
Rufen beunruhigt, hatte sich ihm zugesellt, und wiederum
durchforschten sie die nächste Umgebung, bis endlich die
letzten Zweifel schwanden, daß Nelly mit dem Kinde das
Weite gesucht habe, die noch herrschende Finsternis aber
das Nachsetzen unmöglich machte. Verwünschungen auf
Verwünschungen folgten, indem sie sich gegenseitig mit
Vorwürfen überhäuften. Der eine verschwor seine Seele
dem Teufel darauf, daß die Entwichene sie belauscht und
ihr Todesurteil verstanden habe, wogegen der andere als
eine Dummheit bezeichnete, der Verräterin, die unfehlbar
Ring und Brief entwendete, beim ersten Wiedersehen nicht
eine Kugel durch den Kopf gejagt zu haben.

Unter Grauen vernahm Dixon die fürchterlichen Worte,
die kaum anderthalb Ellen gerade unter ihm gewechselt
wurden; unter Grauen beobachtete er, wie die beiden Un=
holde mit rohen Griffen die Leiche zur Beförderung her=
richteten. An sich selbst dachte er nicht; nicht daran, daß

nur ein gelockertes Lehmbröckchen auf die Verruchten nieder=
zusinken, nur ein unbewachter Atemzug seiner Brust sich zu
entringen brauchte, um ihn beinahe ebenso schnell einem
schrecklichen Lose verfallen zu lassen. Aber sich dazu ver=
dammt zu sehen, machtlos Zeuge einer der denkbar scheuß=
lichsten Handlungen sein zu müssen, raubte ihm fast die
Besinnung. Trotz des in seinem Leben vielfach bewährten
Mutes perlte der Angstschweiß auf seiner Stirne. Auf=
schreien hätte er mögen angesichts einer Scene, in der Ge=
mütsroheit und Verworfenheit immer wieder grauenhaft
zum Ausdruck gelangten.

Endlich nahmen die verbrecherischen Gefährten die
mumienähnlich verschnürte Last zwischen sich und entfernten
sich mit ihr. Erst nach Ablauf einer Viertelstunde er=
schienen sie wieder in der Hütte. Dort suchten sie alles
zusammen, was noch an ihr unglückseliges Opfer hätte
erinnern können, und häuften es samt der Matratze, den
Pfühlen, Decken und dem geöffneten Koffer über der
Kaminglut auf. Damit nicht zufrieden, schichteten sie
flammende Feuerbrände hier und da neben den Wänden
übereinander, und jetzt erst, nachdem sie sich überzeugt
hatten, daß der Brand seinen Fortgang nahm, beeilten
sie sich, die Pferde vor den Wagen zu spannen.

Dixon überwachte unterdessen mit schwer zu schildernden
Empfindungen, wie die ausgedörrten Wandblöcke allmählich
zu glimmen begannen und endlich Flammen an ihnen
hinaufleckten. Mehr und mehr von dem aufsteigenden
Rauch bedrängt, glaubte er, seine Lebensdauer nach den
kürzesten Zeiträumen berechnen zu müssen. Mit aller
Macht gegen wiederholte Erstickungsanfälle kämpfend,
drohte das wild rasende Blut die Kopfadern zu sprengen.
In seinen Schläfen hämmerte es. Betäubendes Sausen
erfüllte die Ohren, während er angestrengt ins Freie hin=
auslauschte, wo man das Anspannen offenbar beschleunigte.

Doch anstatt den Wagen sofort zu besteigen, traten die beiden Mordgesellen noch einmal in die Hütte.

Grauenhaft spöttelnd begrüßten sie, daß der Brand weiter um sich griff. Hohnlachend und in Begleitung lästerlicher Reden, aus denen teuflischer Triumph hervorbrang, füllten sie ihre Tabakspfeifen, dadurch die Todesqualen Dixons bis zur äußersten Grenze verlängernd. Wäre das Knistern und Knattern des gierig fressenden Feuers nicht gewesen, so hätten sie das Geräusch unterscheiden müssen, mit welchem der eingeengte Atem sich seinen Lungen entwand. Erst nachdem sie die Pfeifen an dem nächsten schwelenden Balken in Brand gesetzt hatten und Dixon bereits die letzte Hoffnung verlor, begaben sie sich hustend und fluchend nach dem Wagen hinaus. Dann noch eine Minute, und das Knallen der Peitsche und Stampfen der Hufe verrieten, daß die Pferde anzogen.

Jetzt ertrug Dixon es nicht länger. Zu dem erstickenden Rauch und dem durchbringenden Duft sengender Federn und Wolle gesellte sich die wachsende Hitze der bereits bis zur Decke hinaufschlagenden Flammen. Was ihm auch beschieden sein mochte: in der fürchterlichen Lage gab es kein Bedenken mehr. Durch einen Sprung gelangte er in den unteren Raum hinab. Schwer schlug er auf, um sich, Erleichterung suchend, niederzuwerfen. Es geschah in demselben Augenblick, in welchem die Pferde langsam dicht um die Giebelwand herum bogen.

„Die Balken stürzen schon,“ hörte er Franklin sorglos bemerken, „nur noch eine halbe Stunde scharfen Wind, und der Teufel soll aus der Asche herauslesen, was das erloschene Kaminfeuer beleuchtete.“

„Wenn das schwarze Weibsbild nicht wäre,“ hieß es zurück.

Mehr verstand Dixon nicht. Unbekümmert um die etwaigen Folgen, bot er die letzten Kräfte auf, kriechend

der nächsten Gefahr zu entrinnen. Kaum im Freien, galt
sein erster Blick dem Wagen. Das Feuer hatte eben die
Giebelwand durchbrochen, seinen flackernden Schein weithin
entsendend. Deutlich zeichnete das rötlich beleuchtete
Wagenverdeck sich aus. Er erkannte sogar Kopf und
Schultern eines unterhalb desselben hervorlugenden Mannes;
dann schwanden ihm die Sinne. Erst das Krachen und
Poltern stürzender Balken brachte ihn wieder zum Bewußtsein. Mühsam richtete er sich auf. Fühlte er sich
gerettet, so erwachte die Erinnerung an die Erlebnisse
der letzten Stunden dafür mit erschütternder Gewalt.
Schwermütig betrachtete er den lobernden Trümmerhaufen.
Indem er sich vergegenwärtigte, wie nahe er einem gräß-
lichen Ende gewesen, zitterten in seinem Inneren die letzten
Worte der sterbenden jungen Mutter nach, der die Rettung
aus der Gewalt verworfener Missethäter von einem grau-
samen Geschick versagt geblieben. Er erneuerte das
heilige Gelübde, wenn es im Bereich menschlicher Kräfte
lag, das seiner Verwirklichung entgegenzuführen, was als
letzter treuer Wunsch sie in die Heimat der Seligen hinüber begleitete, an der kleinen Waise zu sühnen, was um
Rache zum Himmel schrie.

Von der flammenden und rauchenden Stätte sich ab-
wendend, trat er den Heimweg an. Er war nicht weit
gegangen, als der Galopp eines scharf getriebenen Pferdes
zu seinen Ohren drang. Ein wenig später sprengte George
Brabbon neben ihn hin. Mit einem Ausruf überschwenglicher Freude begrüßte er den väterlichen Freund. Ab-
steigend berichtete er mit kurzen Worten, daß die Negerin,
auf den Armen ein anscheinend lebloses Kind, atemlos
und nur noch mit Mühe sich aufrecht erhaltend, zu Hause
eingetroffen sei und er nach deren Schilderung das Aergste
befürchtet habe. Sich ohne Zeitverlust auf den Weg be-
gebend, war er eine kurze Strecke geritten, als der Feuer-

schein ihn bewog, die Eile des Pferdes bis aufs äußerste zu beschleunigen. Fürsorglich half er dem vollständig Er=schöpften in den Sattel, und neben ihm einher schreitend vernahm er eine Kunde, die ihn erbeben machte.

„Jetzt nichts mehr davon," antwortete Dixon auf eine neue Frage „ich muß zuvor mit dem Gedanken vertraut werden, daß die grauenhaften Begebenheiten nicht Erzeugnisse eines wüsten Traumes gewesen, und das erfordert Zeit."

Schweigend legten sie den Rest des Weges zurück. Der Morgen war unterdessen heraufgezogen. Der Wind hatte mit den letzten Wolkenresten aufgeräumt. Unter seinem erstarrenden Hauch bildeten sich Eisscheiben auf den Regen=pfützen, Eiszapfen an den Dachschindeln. Erst angesichts der friedlichen Heimstätte atmete Dixon wieder auf. Schon aus der Ferne erkannte er Frau Pearson, eine rundliche Vierzigerin, die ihn auf der Thürschwelle angstvoll er=wartete. Neben ihr stand Nelly. Erbsengroße Thränen rollten ihr über die schwarzen Wangen. Nach Entdeckung des Feuerscheins hatte sie die Hoffnung aufgegeben, ihren Lebensretter noch einmal wiederzusehen.

Unter ihren und Frau Pearsons eifrigen Bemühungen hatte die warm gebettete kleine Waise wieder verheißendere Lebenszeichen von sich gegeben, so daß von der aufmerk=samen Pflege das Beste zu hoffen stand. Auch Dixon gewann im Verkehr mit den treuen Hausgenossen seine freundliche Ruhe bald zurück. Es trat in den Vorder=grund das Verlangen, sich Aufschlüsse über das zu ver=schaffen, wodurch das traurige Ende der schutzlosen Frau herbeigeführt worden. Der Inhalt der Flasche war aller=dings kein schnell tötendes Gift, wie er anfänglich arg=wöhnte; er besaß sogar, wenn in gewissen Fällen mit Vorsicht angewendet, Heilkraft; das schloß indessen nicht aus, daß er durch ruchlose Hand eine Beimischung er=halten hatte, die einen ohnehin schwächlichen Körper binnen

kurzer Frist, zumal bei übermäßigem Gebrauch, gänzlich
aufreiben mußte. Die Erwartung, durch den Brief
wenigstens einigermaßen aufgeklärt zu werden, erfüllte sich
dagegen nicht. Aus dem Inhalt ging sogar unzweideutig
hervor, daß der Schreiber die Möglichkeit des Mißbrauches
seiner Mitteilungen durch Unberufene vorgesehen und mit
unverkennbarer Absichtlichkeit einen bestimmten Umstand nur
dem Empfänger verständlich berührt hatte. Der Brief
war etwas über ein halbes Jahr alt und lautete:

„Meine süße Rosa! Ich schreibe in dem Städtchen
Taos in den Rocky Mountains. Die Reise von Pike's
Peak herunter bis hierher war eine mühselige, sogar gefährliche. Fortgesetzt wurde ich von Verrätern überwacht,
die mich kaum aus den Augen ließen. Was sie bezweckten,
errätst Du. Mein letzter Brief, den Du hoffentlich ver-
nichtetest, wird Dir Klarheit verschafft haben. Erst hier
gelang es mir, der betreffenden Gegenstände mich zu entledigen. Gingen sie unterwegs nicht verloren, was bei
meiner Vorsicht kaum denkbar, so befinden sie sich binnen
absehbarer Frist im Besitze Deiner Tante. Dort sind sie
am sichersten aufgehoben, bis wir sie persönlich zurück-
fordern und solche Einrichtungen treffen, daß sie uns nicht
mehr verderblich werden können. Wäre ich weniger miß-
trauisch und vorsichtig gewesen, möchte es mir längst schlecht
ergangen sein. Ich warte nur noch auf eine Gelegenheit,
unbemerkt von hier zu entkommen und zu Dir zurückzukehren. Bruder Franklin wird nächstens von hier verschwinden. Der Sicherheit halber schlägt er eine Richtung
ein, die entgegengesetzt von der meinigen. Ich fühle mich
gesund und rüstig, und das ist die geeignetste Zeit, auch
böse Möglichkeiten ins Auge zu fassen; in meiner jetzigen
Lage ist es sogar um Deinetwillen geboten. Hörst Du
eines Tages, was Gott verhüten mag, von meinem Ende,
und sollte auch Franklin verhindert sein, Dir seinen Schutz

zuzuwenden, dann setze Dich unverzüglich mit Deiner
Tante in Verkehr. Am ratsamsten wäre es, Du scheutest
die Reise nach Deutschland nicht. Denn Deine Brüder
sind neben der guten Bumbootwachtel die einzigen Menschen,
denen Du Dich anvertrauen darfst. Nebenbei ist Raimund
alt und erfahren genug, um Dir in allen Dingen mit
Rat und That zur Hand zu gehen. Beiliegende Kopie ist
für den Fall des Verlustes des Originals berechnet. Mit
Bedacht beförderte ich letzteres von den anderen Sachen
getrennt an die Tante. Für jeden Uneingeweihten ist
die Kopie vollkommen wertlos. Wie sie nutzbar zu machen,
schrieb ich Dir früher und möchte ich hier nicht wiederholen. Auch unsere Bumbootwachtel setzte ich davon in
Kenntnis. So ist alles aufs beste geordnet, und wir
brauchen keinen Augenblick zu zagen und zu zweifeln.
Küsse für mich unser Röschen. Kein Tag vergeht, an dem
ich Dich wie unseren kleinen Engel nicht tausendfach segne.
Hoffe daher auf glückliche Zeiten und sei innig umarmt
und geküßt von Deinem getreuen Sidney."

Dem Schluß waren mit feinen Zügen eine lange
Reihe regellos geordneter Ziffern beigefügt.

Nachdem Dixon den Brief gelesen hatte, sah er lange
grübelnd auf ihn nieder. Endlich seufzte er tief auf, und
wie häufig, wenn er sich zu einer Predigt vorbereitete,
sprach er auch jetzt halblaut vor sich hin: „Hoffe zuversichtlich auf glückliche Zeiten! Mit welchen Empfindungen
wurde das niedergeschrieben, und wo blieben die gewiß
bescheidenen Wünsche und Hoffnungen? Er im Verfolg
eines geheimnisvollen Unternehmens trotz aller Umsicht
unzweifelhaft ein Opfer seiner Feinde geworden, und sie,
die Vereinsamte, Schutzlose, um derselben Ursachen willen
von demjenigen hingemordet, der als Bruder des Gatten
ihr ein Hort hätte sein sollen. Wo finde ich den Schlüssel
zur Lösung des verhängnisvollen Rätsels? Wo aber und

wann Gelegenheit, die durch ein heiliges Gelöbnis ge=
weihten Verpflichtungen zu erfüllen? Wo weilt ihre
Tante, wo leben ihre Brüder? Deutschland, Bumboot=
wachtel, Monila, Raimund," wiederholte er die von der
Sterbenden kaum verständlich geflüsterten Namen, die zwar
durch den Brief bestätigt worden waren, jedoch nicht den
kleinsten erläuternden Zusatz erfuhren. „Ein Logger die
Wohnung und dann die Zahlenreihe; wer ahnt deren Be=
deutung? — Wie alles in meinem Kopfe durcheinander
wogt; und doch darf ich nicht ermüden in dem Trachten,
eine Aufgabe zu lösen, die sich wie ein mit sieben Siegeln
verschlossenes Buch vor mir erhebt. Getreuer Sidney —
süße Rosa — weshalb mußte der Tod die auf deinen
Lippen schwebenden Worte zurückscheuchen? Herr, Herr!
Unerforschlich sind die Wege, auf welchen du die Deinen
führst! Aber ich will nicht zweifeln; neue Kraft will ich
schöpfen nach jeder Enttäuschung aus der Erinnerung an
das bange Flehen einer gerechten und treuen Märtyrerin,
aus dem Anblick des in dem unschuldigen Kinde mir
hinterlassenen Unterpfandes."

Er erhob sich und begann auf und ab zu wandeln.
Das Haupt geneigt und die Hände auf dem Rücken in=
einander gelegt, hatte er sich in schwermütige Betrach=
tungen versenkt, als George eintrat und ihn um eine ge=
ringfügige Sache befragte.

Sinnend betrachtete er den jungen Mann, der mit
dem offenen Blick und der zuversichtlichen Haltung das Bild
frischer Jugendkraft und verwegenen Jugendmutes darbot.
Er mochte sich vergegenwärtigen, in ihm jemand zu be=
sitzen, der, in seinen Bewegungen bedachtsam gelenkt, mit
Begeisterung alles daran setzen würde, Vorgänge aufzu=
klären, die wie ein Alp auf seinem Gemüt lasteten. —

Seitdem war ein volles Jahr verstrichen. Röschen
hatte sich nach Ueberstehen des heimtückisch erzeugten Siech=

tums doppelt lieblich entwickelt und beglückte alle Hausgenossen durch ihr kindlich holdes Vertrauen und die
rührende Zärtlichkeit, mit der sie an jedem einzelnen hing.
Vergeblich hatte man dagegen versucht, Erinnerungen in
ihr zu beleben, die vielleicht irgend einen Anhalt geboten
hätten. Und so umwebte nach wie vor undurchdringliches
Dunkel jene grauenhaften Ereignisse, deren Eindruck auf
Dixon trotz des Entschwindens der Tage nie die leiseste
Abschwächung erfuhr.

Die ersten in der Landschaft angestellten Nachforschungen
hatten ergeben, daß in der Entfernung einer halben Tagereise von der eingeäscherten Hütte der umgestürzte Wagen
in einer Regenschlucht zurückgelassen worden war und die
Spuren der von dort aus gerittenen Pferde sich auf dem
nächsten Landwege verloren. Ebenso blieben die in ent-
gegengesetzter Richtung aufgewendeten Mühen erfolglos.
So viel man fragen oder sich erkundigen mochte: nirgend
entsann sich jemand, das beschriebene Fuhrwerk gesehen
oder von den Reisenden selber gehört zu haben. Es galt
als Beweis, daß sie von weit her gekommen und stets
peinlich Bedacht darauf genommen hatten, die Richtung
ihrer Fahrt zu verheimlichen und etwa Nachfolgende in
die Irre zu führen. Die Mitteilungen Nellys aber, die
als Röschens gewissenhafte Pflegerin im Hause Dixons
eine Art Heimat fand, konnten nur unwesentliche sein,
indem ihre Dienstleistungen bei der Kranken sich auf kaum
zwei Wochen beschränkten, und Franklin, der seine Schutz-
befohlene vollkommen beherrschte, im Verkehr mit ihr
teuflisch berechnend neben tyrannischer Strenge die größte
Vorsicht walten ließ.

Doch Dixon konnte dadurch nicht entmutigt werden;
ebensowenig erlahmte der Eifer, mit dem George Brabbon
sich den ihm erteilten Aufträgen unterzog, unbekümmert
darum, wohin und wie weit fort sie ihn führten. Und

erschwert wurden sie noch besonders dadurch, daß der ver-
heerende Bürgerkrieg seit Jahren wütete und ihn vielfach
in seinen Bewegungen hemmte. Aber auch die einsame
Schläferin in dem einstigen Garten der Blooby Kabin
war nicht vergessen worden. Eine feste Einfriedigung
schützte den sorgfältig mit Rasen belegten Grabhügel,
unter dem sie in einem Sarge sanft gebettet lag, gegen
den Andrang weidender Rinder. Zu Häupten erhob sich
ein einfach gezimmertes Kreuz mit dem Namen Rosa und
der Angabe des Todestages. So oft Dixon mit seinem
Schützling nach dorthin wallfahrtete: niemals versäumte
er, die Kleine über die Einfriedigung zu heben und sie
ein Kränzlein auf das Grab der Mutter legen zu lassen.

Drittes Kapitel.

Auf der Fährte.

Im Quellgebiet des Rio Grande und von der großen
Prairie durch die Sierra Blanca, ein mächtiges Gebirgs-
joch der Rocky Mountains, geschieden, liegt das neu-
mexikanische Städtchen Taos, in welchem von jeher, neben
Handelskarawanen, fast ausschließlich Fallensteller, Jäger,
Pelztauscher und Rinderhirten verkehrten. Erst seit Entdeckung der Goldadern in der Nachbarschaft des mehrere
Tagereisen entfernten Pike's Peak verdoppelten Minen-
arbeiter und Abenteurer zu bestimmten Jahreszeiten die
Einwohnerzahl. Eine angenehme Zugabe bildeten sie nicht;
allein sie brachten Geld unter die Leute, und ob recht-
schaffene Arbeiter oder Gesindel: es fiel nicht ins Gewicht,
sofern es sich um klingenden Gewinn handelte. Schließlich waren die guten Bürger von Taos selber eine rauhe
Sorte, die es verstand, sich ihrer Haut zu wehren.

Zu den Angesessenen zählte Basil Monjoye, ein er-

grauter kanabischer Trapper, der nach einem langen mühe=
vollen Leben in den Wildnissen sich endlich mit seinem
Ersparten zur Ruhe gesetzt, eine Art Gastwirtschaft ge=
gründet und mit dieser Pelzhandel vereinigt hatte. Unter
den Jägern von Texas bis nach Kanada hinauf als heiterer
Gesellschafter und erfahrener Ratgeber berühmt, betrachtete
jeder einzelne es als einen Vorzug, von dem alten Basil
zu längerem Aufenthalt willkommen geheißen zu werden.

An dem heutigen milden Märznachmittage saß er vor
der Thür seines niedrigen unförmlichen Lehmhauses, mit
dem gerunzelten wettergegerbten Gesicht, dem weißen Haar
und Bart und mit der kurzen Thonpfeife zwischen den
Zähnen das Bild innerer Zufriedenheit und eines unend=
lichen Behagens. Bei ihm befand sich George Brabbon,
der durch sein treuherziges und doch mannhaft entschlossenes
Wesen seine besondere Vorliebe erworben hatte.

Obschon seit mehreren Tagen sein Gast, waren die
Ursachen, die ihn nach Neu=Mexiko führten, in ihren Ge=
sprächen noch nicht berührt worden. Beobachtete Brabbon
grundsätzlich eine gewisse Zurückhaltung, so war Basil
nicht der Mann, Neugierde durchblicken zu lassen. Heute
fügte es indessen der Zufall, daß Brabbon, an eine Be=
merkung des Alten anknüpfend, mehr aus sich heraus
ging und frei über seinen Aufenthalt in den Minen=
distrikten berichtete. Er schloß mit der Erklärung, die Ge=
legenheit benutzt zu haben, im Auftrage eines Freundes
nach zwei Brüdern zu forschen, die vor mehreren Jahren
dort geweilt haben sollten. Alle seine Bemühungen seien
erfolglos geblieben, fügte er mißmutig hinzu; weder über
einen Franklin noch über einen Sidney habe er die leiseste
Auskunft erhalten.

„Besaßen sie denn keinen ehrlichen Vatersnamen?"
meinte Basil, und durchbringend heftete er die klugen
grauen Augen auf ihn.

„Leider muß ich einräumen, daß er meinem Gedächtnis
gänzlich entschwand."

Basil heizte seine Pfeife schärfer an, sann nach und
erwiderte spöttelnd: „Ich will verdammt sein, wenn Sie
wie jemand aussehen, der 'ne Sache leicht vergißt. Aber
immerhin: kann ich Ihnen auf die richtige Fährte helfen,
soll's nicht an mir liegen, wenn Sie so klug von dannen
ziehen, wie Sie gekommen sind. Jetzt passen Sie auf:
Klang er vielleicht wie Tracy oder so herum?"

„Tracy, Tracy?" wiederholte Brabbon nachdenklich,
und die dem Ringe der verstorbenen jungen Frau ein=
gestochenen Buchstaben sich vergegenwärtigend, fuhr er fort:
„Sidney Tracy? Das klingt in der That vertraut," und
gespannt überwachte er das verwitterte Gesicht des alten
Jägers.

„So wird die Angelegenheit stimmen," versetzte Basil
bereitwillig, „Sidney — genau so, und nicht anders,
redete sein Bruder ihn an —"

„Sie verkehrten persönlich mit ihnen?" fiel Brabbon er=
regt ein.

„Sie schliefen unter meinem Dach und stellten die Füße
unter meinen Tisch," bestätigte Basil, und sichtbar erfreut,
seinem Gast dienen zu können, fuhr er redselig fort: „und
zwei gute Burschen waren sie obenein, Gentlemen erster
Klasse, namentlich der ältere, den ich näher kennen lernte.
Den anderen sah ich nur zweimal. Bei Gott, die hätten
freilich Gescheiteres thun können, als sich unter die Sorte
am Pike's Peak zu mischen. Denn unerfahren waren sie
und scheu, daß ich oft meinte, sie müßten 'nen Totschlag
oder 'ne andere Missethat auf dem Gewissen tragen, und
doch lag dergleichen nicht in ihnen drinnen. Schade,
schade um sie."

„Weshalb schade?"

„Sollte es nicht zu beklagen sein, wenn Ihr Sidney

auf der Heimreise kaum eine Tagereise weit von hier er-
mordet und ausgeraubt aufgefunden wurde?" erklärte Basil
unwirsch. „Ich hatte schon immer meinen Argwohn, und
von Anbeginn mißfiel's mir, daß sie nicht die Männer
dazu waren, unverlangte Freundschaft abzuschütteln. Da
war nämlich ein gewisser John Kelly, ein berüchtigter
Rowdy. Wo sie sich befanden, da war der nicht weit,
und hängen will ich, wenn der nicht 'ne Hand mit in dem
Mord drinnen hatte. Beweisen konnt's ihm freilich keiner,
und wenn er etwas später hier eintraf, um 'nen abgeschossenen
Finger auszuheilen, so verschärfte das nur den Verdacht
und nicht mehr. Er behauptete, durch eigene Unvorsichtigkeit um das Glied gekommen zu sein, und ihm das
zu bestreiten, hätte man gewärtig sein müssen, mit 'ner
Pistolenkugel bezahlt zu werden. Die Angelegenheit kam
in Santa Fé vors Gericht, wurde aber nicht der Mühe
wert gehalten, sie weiter zu verfolgen. Die Herren da
hätten viel zu thun, wollten sie jeden Totschlag in diesem
Teil des Landes zu 'ner Sache aufbauschen."

„Wo nahm er sein Ende?" fragte Brabbon, der sein
Erstaunen kaum zu bemeistern vermochte.

„Der fand's heut noch nicht, kalkulier' ich, oder der
Satan müßte seine Lieblingskinder nicht in besondere
Obhut nehmen. Ob um des ihm anhaftenden Verdachtes
willen, oder weil die wunde Hand ihn hinderte, das hätte
kein Teufel aus ihm herausgeholt — genug, eines Tages
schloß er sich einer an den Missouri bestimmten Karawane
an, und hier am Ort war man froh, ihn auf gute Art
losgeworden zu sein. Doch die Freude hielt nicht vor.
Nach acht, neun Monaten war er wieder da, und zwar in
Begleitung eines Mannes, dem der Galgenvogel auf dem
Gesicht geschrieben stand. Sie verweilten indessen nur
wenige Tage, und nachdem sie sich gehörig ausgerüstet
hatten, schlugen sie den Weg nach den Minen ein.

Und abermals verstrichen Monate, als sie plötzlich
wieder vor mir standen und mich um Quartier für 'ne
Woche angingen. Am liebsten hätte ich ihnen 'nen Fuß=
tritt gegeben, aber ich bin alt genug, um den Frieden
zu lieben, und so forderte ich sie auf, sich in meinem
Hause komfortabel einzurichten. Lange sollte ihr Aufent=
halt ja nicht dauern."

„Sie hatten Ursache, ihre Pläne zu verheimlichen,"
versetzte Brabbon, in dessen Phantasie die verwegensten
Vorstellungen Leben gewannen.

„Im Gegenteil," hieß es zurück, „mitteilsam waren
sie, wie unschuldige Kinder, und da gehörte nur 'ne
Pinte Whisky für jeden dazu, ihre niederträchtigen Zungen
noch beweglicher zu machen. Ob sie mich anlogen, kann
ich nicht verbürgen, aber bei allen sieben Todsünden — und
die waren ihm geläufig — beschwor John Kelly, er habe
es satt, tagtäglich um ein paar Unzen Gold sich zu schinden,
wie 'n Nigger unter der Peitsche, und wolle lieber in
den Straßen New Yorks Zeitungen austragen oder
Handlangerdienste verrichten. Als ich bedachtsam Zweifel
kundgab, geriet er in Eifer; er sah nicht zu seinen Worten,
und so erfuhr ich, in Deutschland lebe eine reiche Vater=
schwester von ihm, die zu beerben nicht mehr koste, als
'ne Kleinigkeit Schönthun. Er meinte noch, mit seinem
Virginia=Deutsch falle ihm das nicht schwer."

„Nach Deutschland?" rief Brabbon in maßlosem Er=
staunen aus.

„So behauptete er, und drei=, viermal wiederholte er
es mit der ganzen Aufrichtigkeit eines Bezechten."

Brabbon hatte seine Ueberlegung zurückgewonnen und
versetzte lachend: „Da wünsche ich der ehrenwerten Tante
viel Glück zu dem gut geratenen Neffen —"

„Still davon," unterbrach Basil ihn mit nicht mißzu=
verstehendem Ernst, indem er mit dem Daumen über die

Schulter wies, „da kommt jemand, der nicht zu wissen braucht, daß wir uns mit dem John Kelly beschäftigen. Der ist nämlich einer seiner Kollegen, und solange der zwischen hier und den Minen vermittelt, steht zu erwarten, daß John Kelly noch einmal bei uns auftaucht. Hab's nämlich im Gefühl, daß es sich um einen großen Schurken= streich handelt und dieser Sykes, wie er heißt, nur zurück= blieb, um irgend 'ne Sache nicht aus den Augen zu verlieren."

Braddon antwortete nicht, sondern kehrte seine Auf= merksamkeit dem Fremden zu, der in Begleitung eines Eingeborenen gemächlich näher schritt.

In seinem Aeußeren unterschied er sich nicht von jenen Abenteurern, die stets da zusammenströmen, wo sich Ge= legenheit bietet, mühelos auf die eine oder auf die andere Art in den Besitz von Reichtümern zu gelangen. Aehn= liches war in seinem breiten Gesicht ausgeprägt, dem sich indessen noch ein eigentümlicher Ausdruck frechen Selbst= bewußtseins beigesellte. So gehörte auch sein Begleiter augenscheinlich zu einem der verkommensten Seitenstämme der Apaches, die allmählich die Natur scheuer und daher um so gefährlicherer Raubtiere angenommen haben. Klein, jedoch sehnig gebaut war er, und seine ganze Ausrüstung bestand aus einem zersetzten Lederhemde, bis zu den Waden hinaufreichenden ledernen Mokassins, einer zerrissenen Na= vahoedecke und einem kurzen Bogen nebst gefülltem Köcher. Starrend in Staub und Schmutz, hatte seine graubraune Physiognomie, überragt von einem Wust wirren Haares, etwas Krötenartiges. Dieser Eindruck wurde noch ver= schärft durch die kleinen breieckigen schwarzen Augen, die zugleich stumpf und tückisch jedem auf sie gerichteten Blick auswichen.

„Hallo, Sykes!" redete Basil den Fremden wenig zuvor= kommend an, als er bis auf wenige Schritte vor ihm einge=

troffen war, „welcher Wind hat Sie gerade heut hierher geblasen und obenein in 'ner Gesellschaft, der jeder räudige Hund vorzuziehen?"

„Ich gebe Ihnen recht, Freund Basil," antwortete Sykes lachend; „ist der Bursche keine Augenweide, so bleibt er doch ein Menschengebilde, dem man seine Barmherzig- keit nicht versagen soll."

„Verdammt christlich sind Sie plötzlich geworden," versetzte Basil spöttisch, „wenn's nur vorhält. Doch heraus mit Ihrem Anliegen, denn ohne ein solches möchten Sie wohl schwerlich vor meine Thür geraten sein."

„Ein Anliegen, das Ihnen Gewinn einträgt," erklärte Sykes anscheinend gut gelaunt, und Brabbon entging nicht, daß er jede Gelegenheit benutzte, ihm einen arg- wöhnisch prüfenden Blick zuzuwerfen; „da kommt nämlich dieser elende Hungerleider seine anderthalbhundert eng- lische Meilen über die Kieswüsten, um vier Biberfelle für etwas Mehl und einige Ellen Kalikot hinzugeben, wobei für mich wohl eine Gallone Branntwein und einige Pfund Tabak abfallen dürften."

„Das ist Sache Ihres Apachefreundes," erwiderte Basil mürrisch, „an ihn zahle ich, was die Bälge wert sind, das heißt, zuvor sehen," und auf einen Wink Sykes' überreichte der Apache ihm die Bälge, die er auf dem Rücken an seinem Gürtelriemen befestigt hatte.

Basil prüfte sie flüchtig und erhob sich.

„Schneller Handel ist guter Handel," bemerkte er, in- dem er den beiden Gästen vorauf ins Haus schritt. Eine Viertelstunde weilten sie daselbst. Als sie, der Apache mit seinen Schätzen beladen, wieder im Freien erschienen, begegnete Brabbon abermals einem jener seltsam forschenden Blicke Sykes'. Er gab sich indessen das Ansehen, die ihm gezollte Aufmerksamkeit nicht zu gewahren; trotzdem empfand er eine gewisse Erleichterung, als er sich mit dem Apache entfernte. War ihm doch, als ob irgend welche rätselhafte Beziehungen, die eine abermalige Begegnung voraussetzen ließen, sich zwischen ihnen und ihm selber gewebt hätten.

„Ein schlauer Hund," meinte Basil, nachdem er sich wieder zu ihm gesetzt hatte, „aber ich war der Mann dazu, ihm zu dienen. Was kümmert's ihn, wen ich in meinem Hause beherberge? Doch es ist, wie ich sagte: die Angelegenheit hängt mit dem John Kelly zusammen, und meine Seligkeit möchte ich darauf verwetten, daß es sich um ein Geheimnis handelt, von dem die Schurken fürchten, daß es unter die Leute kommen könnte."

„So erkundigte er sich nach den Ursachen, die mich hierher führten?" fragte Brabbon.

„Nun ja, wie schon mehrfach früher, wenn ein Fremder bei mir vorsprach, aber auf Umwegen. Zum Henker mit ihm. Durch sein Herumspionieren bringt er's so weit, daß er aus unserem Ort verwiesen wird; wir hier haben 'ne eigene Art, einem Unbequemen auf den Weg zu helfen."

„Trat John Kelly in der That die Reise an, oder beruhten seine Mitteilungen auf leerer Prahlerei?" knüpfte Brabbon an das zuvor abgebrochene Gespräch an.

„Keine Prahlerei," erklärte Basil, „und wenn sonst nie in seinem ruchlosen Leben, so meinte er es dieses Mal aufrichtig. Denn kaum eine Woche hatten sie hier gehaust, als er samt seinem Freunde Green 'ne gute Gelegenheit zur Fahrt über die Ebene benutzte."

„Wie lange ist das her?"

„Ungefähr vier Wochen."

„So könnten sie zur Zeit am Missouri eingetroffen sein."

„Höchstens den halben Weg legten sie hinter sich. Bei Gott, Mr. George Brabbon, die Schurken scheinen sich in Ihren Gedanken festgesetzt zu haben."

„Nicht fester, als sie es wert sind. Näher liegt mir, Zuverlässiges über das Schicksal des verschollenen Franklin Tracy zu erfahren."

„Franklin Tracy?" meinte Basil gedehnt, und den formlosen Filzhut nach dem Hinterkopf hinaufschiebend, wühlte er mit den gekrümmten Fingern in seinem buschigen weißen Haar, „verdammt wenig ist's, das zu meiner Kenntnis gelangte, und unverbürgt obenein —" er brach ab; wie um schärfer zu sehen, neigte er den Kopf nach vorn. Ein Weilchen spähte er die staubige Straße auf= wärts, dann rief er mit unverhohlener überschwenglicher Freude aus: „Gott, segne meine Augen! Nennen Sie mich blind, wie den elendesten Maulwurf, der im Sonnen= schein keine halbe Elle weit sieht, wenn's nicht der Pierre Durillon selber ist, der da angeritten kommt," und sich hastig erhebend, fügte er frohlockend hinzu: „Man sollt's nicht glauben! Wie gerufen! Denn der einzige Mann in der Welt ist's, der Ihnen Bescheid erteilen kann."

Brabbon hatte sich dem so begeistert Angemeldeten zugekehrt und betrachtete ihn verwundert. Bot er doch das Bild eines Banditen, dem er, wenn ihm an einsamem Ort begegnend, gewiß höflich ausgewichen wäre. Nach= lässig, wie jemand, dem alle Schrecknisse der Welt ebenso gleichgültig, wie das eigene Aeußere, hing er auf dem Sattel, wodurch man über die Länge seiner Gestalt ge= täuscht wurde. Oben mit einem verschlissenen farblosen Flanellhemde angethan, das durch einen breiten Gurt um die Hüften zusammengeschnürt wurde, vervollständigten nach indianischem Muster geschnittene Lederbeinkleider seinen Anzug. Fettig glänzend, brettartig verhärtet und mit dem Besatz langer feiner Riemen auf den Nähten, erschienen sie wie ein Hohn auf die Perlenstickerei der noch wohlerhaltenen Mokassins. Von dem hageren schwarz= bärtigen Gesicht, über welches das unter dem zerknitterten

Filzhut hervorquellende Haar bis zu den Brauen nieder=
fiel, war nicht mehr zu sehen, als Augen, Nase und die
etwas vorspringenden sonnverbrannten Backenknochen.
Hinter ihm ritt nach Männerart eine vom Kopf bis zu
den Füßen in verschossenes Scharlachrot gekleidete junge
Indianerin, der drei mittels Fangleinen hintereinander
vereinigte hochbeladene Mustangs folgten.

Schon aus einiger Entfernung hatten die beiden alten
Freunde geräuschvolle Grüße ausgetauscht. Als Pierre
aber vom Pferde sprang, vor Basil hintrat und ihn
stürmisch umarmte, meinte Brabbon nie einen Mann ge=
sehen zu haben, der trotz der langen knochigen Gestalt
mehr Geschmeidigkeit und Selbstbewußtsein in Haltung
wie Bewegungen offenbart hätte.

„Bei Gott!" rief Pierre begeistert aus, „den granitenen
Basil wiederzusehen ist mir eine wahre Herzstärkung.
Hab' oft an dich gedacht da oben am Yellowstone,
wenn ich in 'ner Falle drinnen saß und meine liebe Not
hatte, samt Firefly und den Mähren ungeschunden wieder
herauszuschlüpfen. Der Satan über die Blackfeets."

„Das liegt hinter dir," erwiderte Basil lachend, „ob
ein goldener Kronleuchter über dem Schädel schwebt oder
ein Tomahawk, macht keinen Unterschied, solange man
sich 'ne undurchlöcherte Haut bewahrt. Scheinst trotz aller
Blackfeets von 'ner guten Jagd reden zu können," und er
wies auf die beladenen Pferde.

„Von einer erträglichen, und Firefly hat das Ihrige
dazu beigetragen," bestätigte Pierre, „denn die ist beim
Fallenstellen und Verwittern doppelt so viel wert, wie
drei weiße Partner, mit denen man sich in den Profit
teilen muß. Hallo, Firefly! Herunter von dem Gaul
und begrüße deinen alten Freund," und schüchtern, jedoch
bereitwillig folgte die junge Indianerin seinem Befehl.
Und weiter, nachdem sie von Basil herzlich willkommen

geheißen worden war: „Jetzt rege die Hände und sorge
zunächst für die Tiere —"

„Und ich will des Henkers sein, wenn ich dulde, daß
deine Frau auf meinem Grund und Boden wie ein Peon*)
arbeitet," fiel Basil lebhaft ein. Er pfiff auf dem Finger
und fuhr fort: „Eine Schande wär's für mich, aber auch
für dich, denn wo du bleibst, da findet auch die braune
Lady ein gemächliches Unterkommen." Er erteilte zwei
herbeigeeilten jungen Mexikanern seine Anweisungen, und
wandte sich wieder an Pierre: „Ist dir's recht, so schaffen
wir die Ballen in den Magazinraum. Um Irrtümer zu
vermeiden, mögen wir nachher die Bälge auszählen —"

„Zähle du und der Teufel," unterbrach Pierre ihn
leichtfertig, „ob's dreißig oder vierzig sind ohne die Hirsch-
häute und einige Bärendecken im Winterhaar, kümmert
mich wenig. Berichtige alles auf deine Art und laß mich
ungeschoren. Nur drei Elfhäute behalte ich für mich; die
hat Firefly so weich gegerbt, daß eine Gouverneurstochter
sie als Hembenlinnen benutzen könnte, ohne sich Splitter
in den Leib zu reißen."

„Wie du sagst, soll's geschehen," versetzte Basil sorglos, „aber bei der ewigen Versöhnung! Da stehen wir
mit trockenen Zungen und reden, als befänden wir uns
allein auf der Welt, während ein Gentleman aus den
Staaten darauf wartet, näher mit dir bekannt zu werden.
George Brabbon wird er gerufen, nebenbei ein Mann,
der um sich weiß und kein Wort redet, ohne es vorher
ordentlich überlegt zu haben."

Einen scharf prüfenden Blick senkte Pierre in Brabbons Augen. Dann klärte sein Gesicht sich auf, und ihm
die Hand reichend, fragte er verwundert: „Mich kennen
zu lernen?"

---

*) Pferdeknecht.

„Ich hörte und sah genug von Ihnen in diesen Minuten, um es selbst dann bringend zu wünschen, wenn unser gemeinschaftlicher Freund es mir nicht angeraten hätte."

„Geschah das," versetzte Pierre, wieder in sein leicht= fertiges Wesen verfallend, „so hatte er auch Ursache dazu."

„Und eine gute Ursache obenein," bestätigte Basil, „aber davon mehr, nachdem wir 'nen festen Trunk zu uns genommen haben. Hallo, Firefly, geh zu meiner Alten hinein und vermelde, sie möchte ein halb Dutzend Pfund Fleisch herrichten. Kannst ihr dabei zur Hand gehen, denn der Rheumatismus steckt ihr in den Gliedern, daß sie so steif geworden, wie 'ne gedörrte Büffelhaut," und der sich Entfernenden ins Haus folgend, ließ er sich mit seinen Gästen vor einem schwer gezimmerten Tisch nieder, den binnen kurzer Frist alles zu einem Grog Er= forderliche beschwerte. Bald darauf klirrten die Gläser, und ungesäumt führte Basil die Fortsetzung des Gespräches herbei, in welchem er durch Pierres Ankunft unterbrochen worden war.

„Ja, der Franklin Tracy," ging dieser sofort zu Brad= don gewendet darauf ein, „und wenn es je einem Menschen unverdient schlecht erging, so war er es. Viel mag er selber dadurch verschuldet haben, daß er nicht nur keinem traute, sondern auch in jedem einen Todfeind witterte, und gerade durch seine Aengstlichkeit verbarb er alles. Dabei war er ein Mann, der's mit 'nem Grizzly auf= genommen hätte. Sahen aber alle auf ihn hin, wie auf einen Missethäter, der Entdeckung fürchtet, so standen der John Kelly und sein Partner zu ihm, und hängen will ich, wenn nicht gerade das ihm zum Verderben gereichte. Daß die Schurken es nicht ehrlich mit ihm meinten, lag auf der Hand, und so erwachte in mir der Argwohn, er habe vielleicht um eine ihrer Hauptschandthaten gewußt

und fürchte daher, aus dem Wege geräumt zu werden.
Und ein großes Geheimnis trug er auf dem Herzen, dar=
über konnte ich mich während meines kurzen Verkehrs mit
ihm nicht täuschen; doch wie ich es auch anstellen mochte,
ihn zum Reden zu bringen: trotz des Vertrauens, das er
mir bewies, ließ er nie ein Wort darüber verlauten. Nur
einmal gestand er, daß er sich unter der Gesellschaft am
Pike's Peak nicht sicher fühle und daher zu flüchten beab=
sichtige. Ich wendete zwar ein, daß ein ehrlicher Mann
überhaupt nicht zu flüchten brauche, sondern frei gehen
könne, wohin es ihm beliebe, allein er wollte nicht heraus
mit der Sprache. Eigensinnig bestand er darauf, daß
man ihm heimlich nachstelle und es für ihn keine andere
Rettung gebe, als sich unbemerkt aus dem Staube zu
machen, und zwar auf einem Wege, wo ihn nicht leicht
jemand suche. Dann bat er mich, ihm in der Richtung
nach den Moquistädten davon zu helfen, und bekannte
offenherzig, von dort aus 'ne Gelegenheit nach dem Gila=
strom hinunter zu suchen, wo die Straße nach 'nem
kalifornischen Hafenplatz offen vor ihm liege. Erst nach
langem Hin= und Herreden sagte ich zu. Ich war ihm eben
von Herzen zugethan, und so brachen wir in einer hellen
Mondnacht auf und Firefly mit. Meinten wir aber,
unentdeckt entkommen zu sein, so hatten wir uns getäuscht;
dafür erhielt ich später unwiderlegliche Beweise, und leider
zu seinem Schaden.

Fünf Tage ritten wir ohne viel Rast, als wir end=
lich in Mooshahneh, der nächsten Moquistadt, eintrafen.
Dort war ich bekannt und zugleich befreundet mit Kiawe,
einem der angesehensten Häuptlinge. Von ihm wurden
wir gastlich aufgenommen und blieben noch mehrere Tage
beisammen. Franklin schien's in dem wunderlichen Bau
ausnehmend zu gefallen; vor allem fühlte er sich gegen
Nachstellungen gesichert, so daß er beschloß, daselbst zu

überwintern. An den Winter war aber noch lange nicht zu denken; und so mag er in der Besorgniß, daß durch ein unbewachtes Wort die vermeintlichen oder wirklichen Feinde auf seine Fährten gelenkt werden könnten, seine Pläne mit Bedacht sogar vor mir verborgen haben. Wunderbar, wenn ein gesunder Mann überall Gespenster sieht und keinen Schritt ohne Furcht thut. Wunderbarer aber noch muß das Geheimniß gewesen sein, das ihn um den klaren Menschenverstand brachte, seine Feinde dagegen zu Anstrengungen trieb, für die ich beim besten Willen keine Erklärung zu finden wüßte.

Als ich von ihm schied, sprach er von Wiedersehen, und für meine Gefälligkeit dankend, bot er mir ein Stück Geld für geleistete Dienste. Ich verschmähte es schon allein aus Freundschaft und weil ich Mitleid mit ihm hatte. Beim alten Kiawe wußte ich ihn gut aufgehoben, und das genügte mir. Seitdem sah und hörte ich nichts mehr von ihm.

Auf dem Rückwege nach Taos waren wir zwei Tage geritten und es dunkelte schon, als wir, nach einer geeigneten Lagerstätte auslugend, hinter einem Busch Feuer= schein entdeckten. Wir ritten darauf zu und fanden keinen anderen, als John Kelly, der sich daselbst mit zwei Ge= fährten für die Nacht eingerichtet hatte. Sie behaupteten, sich auf dem Wege nach der Sierra de la Plata zu be= finden, um nach ergiebigen Silberadern zu forschen. Nach Franklin fragte er nicht, und ich selber erachtete es für überflüssig, seinen Namen zu nennen. Folgenden Morgens zogen die drei Lumpen westlich, wogegen ich und Firesly die Richtung auf Taos hielten.

Meine Zeit hier beim Basil war beinahe abgelaufen, als John Kelly plötzlich wieder auftauchte und von 'ner erfolglosen Reise zu erzählen wußte, und das weitere er= fuhren Sie bereits. Als das Gerücht von dem gewalt=

samen Tode des älteren Tracy in Umlauf kam, hatte ich bereits ein Stück Prairie hinter mich gelegt. Wenn aber der Verdacht des Mordes auf John Kelly lastet, so liegt der Argwohn nahe, daß der Franklin ebenfalls durch ihn ums Leben kam. Damit wäre das Geheimnis begraben, das ihn zu dem doppelten Verbrechen trieb und den beiden Brüdern bis zu ihrem Ende keine ruhige Stunde gönnte."

„Trotzdem liegt mir viel daran, Zuverlässiges über das Schicksal des unglücklichen Franklin auszukundschaften," versetzte Brabbon, als Pierre seine Erzählung schloß.

„Sie kennen das Geheimnis, das den beiden zum Verderben gereichte?" fragte Pierre gespannt.

„Das nicht, aber es giebt Menschen, die ihnen sehr nahe standen und noch heute um sie trauern, und die sind es, in deren Aufträge ich mich zur Zeit hier befinde. Sie vertretend, bin ich entschlossen, das Äeußerste aufzubieten, die Ursachen zu ergründen, die ihnen verhängnisvoll wurden."

„Vielleicht fänden Sie Aufschlüsse in Mooshahneh bei meinem Freunde Kiawe. Er sah den jungen Tracy zuletzt, muß also um seinen Verbleib wissen."

Brabbon sann nach. Seine nächste Regung war, auf den Vorschlag einzugehen. Dem aber stand gegenüber, daß er alles daran setzen mußte, auf die Spuren des berüchtigten John Kelly zu gelangen und, wenn irgend möglich, auf die eine oder die andere Art jenes Geheimnis von ihm zu erpressen und damit zugleich die Beziehungen kennen zu lernen, die sich zwischen ihm und den beiden Brüdern webten. Dies erwägend, antwortete er erst nach einer Weile: „Gern würde ich meine Nachforschungen in den Moquiftädten fortsetzen, wäre ich nicht durch Verpflichtungen gebunden, die mich nach dem Osten rufen. Den von Ihnen angeregten Plan gebe ich indessen nicht auf; wohl aber mag Jahr und Tag darüber hingehen, bevor ich hierher zurückkehre."

„In Jahr und Tag bin ich wieder Gast meines Freundes Basil," erwiderte Pierre leichtfertig, wie jemand, der nicht mit Zeit oder Entfernungen rechnet, „und wenn jemand in der Welt, so sind Sie es, dem zuliebe ich mich zu einem abermaligen Besuche der wunderlichen Städte entschließe. Auch mir liegt daran, Aufschluß über Franklins Ende zu erhalten, oder ich erlebe noch, daß John Kelly, der mich zuletzt in seiner Begleitung beobachtete, mir selber die Verantwortlichkeit für sein Verschwinden zuwälzt."

Damit war das Uebereinkommen abgeschlossen, und lustig klirrten die Gläser aneinander, als die drei Männer, die so auffällig drei verschiedene Lebensabschnitte veranschaulichten, es in gutem El-Pasowein besiegelten. —

Die Tage, die Brabbon noch im freundschaftlichen Verkehr mit den Jägern verbrachte, benutzte er dazu, ausführlich an Dixon zu berichten und ihn davon in Kenntnis zu setzen, daß er seine Entscheidung und ferneren Ratschläge in New York erwarte. Sein nächster Weg führte ihn südlich nach Santa Fé, von wo aus eine regelmäßige Post zwischen Neu-Mexiko und dem Missouri vermittelte.

Viertes Kapitel.

Heimliche Feinde.

Verhältnismäßig schnell hatte Brabbon die Reise nach New York zurückgelegt. In dem ihm fremden überstürzten Getriebe der Millionenstadt fühlte er zunächst seinen Mut sinken. Doch einmal auf der Fährte, versäumte er nichts, wodurch die ihm zugefallene Aufgabe hätte gefördert werden können. Täglich besuchte er die Bureaus der Dampfschiff-

fahrts=Gesellschaften, um die Listen der abgehenden Reisen=
den einzusehen, und immer erfolglos. Außerdem versäumte
er nie, so oft ein nach Deutschland bestimmter Dampfer
zur Abfahrt aufheizte, sich rechtzeitig einzustellen, um die
an Bord gehenden Passagiere vor sich vorüberschreiten zu
lassen.

So waren drei Wochen verstrichen und die ihm von
Dixon zugefertigten Ausweise wie die erforderlichen Geld=
mittel befanden sich in seinem Besitz, als er abermals
durch einen Dampfer angelockt wurde, der, wie das weit=
hin leuchtende Brückenschild verkündete, nach einer deut=
schen Hafenstadt bestimmt war. Mehr aus Pflichtgefühl,
als nach den vielen Täuschungen noch von ernsteren
Hoffnungen beseelt, trat er vor den die Landungsbrücke
abschließenden Schlagbaum hin. Dort trennten ihn nur
drei Schritte von dem schmalen Durchgang, in welchem
die Passagiere ihren Fahrschein vorzuzeigen hatten. All=
mählich wurde er von Leuten eingeengt, die Neugierde
herbeiführte oder scheidenden Freunden und Bekannten das
Geleite bis dahin gegeben hatten. Selbst wenig bemerk=
bar, überwachte er jeden nach der Brücke Hinaufschreitenden
aufmerksam. Sogar die Kofferträger prüfte er argwöhnisch.

Eine Stunde verstrich. Schriller entwanden die ge=
knechteten Dämpfe sich den Sicherheitsventilen; heftiger
zerrten die mächtigen Schaufelräder an ihren Fesseln und
lichter wurde die Reihe der an Bord eilenden Passagiere.
Mißmutig zur Seite schauend, fiel ihm ein Herr auf, der
offenbar den Schutz der vor ihm Stehenden suchte und
zwischen deren Köpfen hindurch gleich ihm den Durchgang
im Auge behielt. Für die geräuschvolle Umgebung schien
er keinen Sinn zu haben. Es ruhte sogar eine gewisse
Stumpfheit auf seinen Zügen, die in seltsamem Wider=
spruch mit der Beweglichkeit seiner Augen stand. Nach
einer Weile abermals auf ihn hin sehend, gewahrte er,

daß er den Kopf ein wenig zur Seite neigte, um in seiner beengten Stellung eine freiere Aussicht zu erhalten. Unwillkürlich folgte Brabbon der Richtung seiner Blicke. Dieselben ruhten auf drei Männern, die eine kurze Strecke vor der Barriere die letzten Scheidegrüße wechselten. Zwei derselben kehrten ihm den Rücken zu und verdeckten zugleich den vor ihnen stehenden dritten.

„Platz da vorn!" hieß es aus der sich stauenden Reihe der Gepäckträger.

Die beiden ersteren traten in die zur Vermittelung des Verkehrs dienende Oeffnung. Während der vordere den Fahrschein hervorsuchte, fand Brabbon Gelegenheit, seine Erscheinung eingehender zu prüfen, und glaubte seinen Sinnen nicht trauen zu dürfen, als er Merkmale an ihm entdeckte, die mit den genauen Beschreibungen Dixons und Basils übereinstimmten. Beide waren nach Art vornehmer Amerikaner gekleidet und trugen wie solche eine gewisse Nichtachtung der mit ihnen demselben Ziel Zustrebenden zur Schau. Als hätte das Glück Brabbon noch besonders begünstigen wollen, zeigte der von ihm mit atemloser Spannung Beobachtete über die Schulter seines Begleiters hinweg dem beaufsichtigenden Beamten den Fahrschein, eine Bewegung, die es ihm ermöglichte, sich zu überzeugen, daß an der gehobenen rechten Hand der Mittelfinger bis auf einen kurzen Stumpf fehlte.

Bei diesem Anblick, der die letzten Zweifel ausschloß, bemächtigte sich seiner gleichsam lähmende Bestürzung, und bevor er, in dem unbestimmten Drange, ihn aufzuhalten, sein Verfahren erwog, hatte er den Namen John Kelly laut ausgestoßen.

Die beiden Reisenden, die bereits einige Schritte nach der Brücke hinauf gethan hatten, fuhren herum. Doch anstatt Brabbon, faßten sie, sichtbar betroffen, jenen Herrn ins Auge, der ihnen bis dahin nachgespäht hatte,

jetzt aber teilnahmslos über die sich langsam vorwärts
schiebenden Fahrgäste und Gepäckträger hinweg nach dem
Dampfer hinüber sah. Ihr bisheriger Begleiter, der sich
in dem Gedränge verlor, wendete dagegen keinen Blick
mehr von dem eigentlichen Rufer.

Für jeden anderen war der Name ungehört oder un=
beachtet verhallt. Auch auf die beiden Genossen schien er
keine weitere Wirkung ausgeübt zu haben. Wie einen
Irrtum belachend und sorglos heitere Bemerkungen aus=
tauschend, begaben sie sich an Bord.

Unter dem Eindruck des eben Erlebten hatte Brabbon
sich nicht mehr gerührt. Schwebte ihm vor, um sie nicht
aus den Augen zu verlieren, sich ihnen anzuschließen, so
stand er vor einer Unmöglichkeit. Die öffentliche Aufmerk=
samkeit aber auf sie hin zu lenken, hätte höchstens dazu geführt,
daß sie ihm gewissermaßen unter den Händen verschwanden.
Es blieb ihm daher nur übrig, bis zum Schluß auf seinem
Posten auszuharren und sich zu überzeugen, daß sie nicht
dennoch im letzten Augenblick an Land zurückkehrten.

Doch angestrengt, wie er spähen mochte: nachdem sie
in dem Gewühl gewissermaßen versunken waren, bemerkte
er nichts mehr von ihnen. Erst eine halbe Stunde später,
als nach den üblichen Glockensignalen die Laufplanke ein=
gezogen wurde und das mächtige Schiffsgebäude sich von
der Brücke trennte, begab er sich nach einer Stelle hinüber,
von wo aus er dem scheidenden Dampfer noch eine Weile
nachzusehen vermochte. In ernste Betrachtungen über die
nunmehr von ihm einzuschlagenden Schritte vertieft, ent=
ging ihm, daß ein noch verhältnismäßig junger Mann
von unansehnlicher Gestalt mit scharfem Fuchsgesicht,
schwarzem Haar und ähnlichem dünnen Bart aus der
Ferne ihn fortgesetzt argwöhnisch überwachte. Seiner
früher ansichtig zu werden, hatten die in dem Gedränge
mit ihm verkehrenden Genossen Brabbon gehindert.

Die Leute vor der Landungsbrücke hatten sich zerstreut. Auch Brabbon trat seinen Weg in die Stadt hinein an, der ihn dicht an dem ihn Beobachtenden vorüberführte. Neben ihm eingetroffen, grüßte dieser höflich, woran er die Frage nach irgend einer beliebigen Straße schloß. Flüchtig betrachtete Brabbon die sich wenig empfehlende Erscheinung, die an ihrem Englisch als Deutscher nicht zu verkennen. Er empfing offenbar einen unangenehmen Eindruck; denn seinen Weg fortsetzend, antwortete er ablehnend: „Ich bin selber unbekannt hier."

Anstatt Verdruß zu verraten, blickte der Fremde ihm eigentümlich lauernd nach, worauf er, eine Strecke zurück= bleibend, dieselbe Richtung mit ihm verfolgte.

Mit den kühnsten Plänen beschäftigt, die durch das zwar längst erhoffte, jetzt aber dennoch unerwartete Zu= sammentreffen mit den Gesuchten wachgerufen worden, war Brabbon in die nächste Querstraße eingebogen, als von hinten ein Mann neben ihn hin trat, in dem er so= fort denselben Herrn wiedererkannte, der ihm schon in dem Gedränge aufgefallen war. Unwillkürlich wich er ein wenig zur Seite, als jener sich ihm abermals näherte und ihn höflich, jedoch mit einer gewissen Entschiedenheit anredete.

„Sie haben wohl die Güte, mich zu begleiten," sprach er, und den leichten Sommerüberzieher öffnend, lenkte er Brabbons Aufmerksamkeit auf ein silbernes Schild, durch welches er sich als Sicherheitsbeamten auswies. Er ent= deckte peinliches Erstaunen in den Zügen des verwundert Zurücktretenden und fuhr beinahe gebieterisch fort: „Bitte, vermeiden Sie Aufsehen. Lassen Sie uns freundschaftlich nebeneinander bleiben, wie Leute, deren Ziel die nächste Trinkhalle. Wir mögen unterdessen die Zeit mit sorglosem Geplauder verkürzen; allzuweit haben wir nicht."

„Aber wohin, wenn ich fragen darf?" versetzte Brab= bon befremdet.

„Beunruhigen Sie sich nicht. Vielleicht genügt, wenn ich Sie betreffs eines rätselhaften Ereignisses um Auskunft ersuche: Sie riefen einen der sich an Bord des Dampfers begebenden Reisenden, den sie unzweifelhaft seit Stunden und heute nicht zum erstenmal erwarteten, mit dem Namen John Kelly an. Ich setze voraus, Sie sind näher bekannt mit ihm."

Brabbon atmete auf und gab eine kurze Erklärung, ohne indessen entlassen zu werden, und der Beamte sprach weiter: „Sie scheinen in der That nicht zu wissen, daß dieser John Kelly, der nach langer Abwesenheit vor fünf Wochen plötzlich wieder hier auftauchte, als ein Herr Franklin Tracy Deutschland zu beglücken beabsichtigt."

„Franklin Tracy?" wiederholte Brabbon erstaunt, und hätten wirklich noch Zweifel über die von den beiden Missethätern verfolgte Zwecke gewaltet, so wären sie jetzt zerronnen.

„Franklin Tracy," bestätigte der Beamte, „Bill Green heißt sein Genosse, und beide zählen zu den listigsten und verruchtesten Gaunern, die es je verstanden, der Gerichtsbarkeit sogar die kleinste Handhabe zu ihrer Verhaftung vorzuenthalten. Sie wurden von einem jungen Mann angeredet, einem Deutschen, der zwischen den Verbrechern auf dieser Seite des Ozeans und denen auf der anderen vermittelt; sahen Sie ihn je zuvor?"

„Niemals. Meinen Widerwillen gegen den zudringlichen Burschen gab ich durch eine kurze Abfertigung zu verstehen."

„Man kann Widerwillen heucheln, eine Bemerkung, die aus dem Munde eines Detektivs sicher gerechtfertigt. Für Sie spricht, daß Sie durch den Ausruf seine Aufmerksamkeit auf sich lenkten. Schwerlich ahnen Sie, daß er Sie seitdem nicht aus den Augen verlor, Sie auch jetzt noch in Ihrem Verkehr mit mir argwöhnisch überwacht. Er kennt mich vom Ansehen so genau, wie ich ihn."

„Trotzdem geht er frei umher?"

„Wir gebrauchen ihn noch. Ohne ihn, der kaum einen Schritt unbewacht thut, möchte es uns weniger leicht gelungen sein, auf die Fährte des berüchtigten John Kelly zu geraten. Seine Schlauheit stempelt ihn übrigens zu einem der gefährlichsten Gegner. Sie sind Neuling hier, ich ermahne Sie daher dringend, solange Sie in New York weilen, auf der Hut zu sein, keinem Unbekannten zu trauen. Es verschwanden schon früher Menschen hier spurlos und zwar um geringerer Ursachen willen, als die Kenntnis eines mit Bedacht verheimlichten Namens."

Eine größere Strecke legten sie schweigend zurück, der Detektiv seinen unfreiwilligen Begleiter fortgesetzt beobachtend, Brabbon in dem beruhigenden Bewußtsein, vom Zufall begünstigt, den ersten verheißenden Schritt zur Lösung einer Aufgabe gethan zu haben, die ihm bisher als schwer, wenn nicht gänzlich unerfüllbar vorschwebte. Seine weit in die Zukunft schweifenden Gedanken fanden ihren Abschluß, als sie vor dem Polizeibureau eintrafen, wo er dem Chef der Kriminalabteilung vorgeführt wurde.

Dort mußte er abermals ein strenges Verhör über sich ergehen lassen. Seine offenherzigen Antworten nahmen für ihn ein, zumal er alle Aussagen mit vollgültigen Beweisen zu belegen vermochte. Dagegen erregten seine ausführlichen Schilderungen in um so höherem Grade Erstaunen, als man keine Erklärung für die Ausdauer fand, mit der John Kelly unter den erdenklichsten Opfern eine ganze Familie bis ins Grab hinein verfolgte und nunmehr ohne Zweifel seine Nachstellungen auf die jenseits des Ozeans lebenden Verwandten zu übertragen beabsichtigte. Hegte man Mutmaßungen, die durch Brabbons Aufschlüsse wachgerufen worden, so wurden sie bedachtsam vor ihm verheimlicht. Andererseits billigte man seinen Plan, den beiden Verbrechern nach Europa zu folgen und sich dort gewissermaßen an ihre Fersen zu heften. Seine Hoffnung gipfelte darin, durch sie vor die Thür der rätsel=haften Bumbootwachtel geführt zu werden, dann aber in die Lage zu geraten, die Rechte der verstorbenen Rosa Tracy und ihrer Tochter und Geschwister mit allen ihm zu Ge=bote stehenden Mitteln zu vertreten.

Auf seine Frage, weshalb man sich der beiden berüch=tigten Abenteurer nicht bemächtigt habe, erfolgte eine aus=weichende Erklärung. Man räumte nur ein, daß sie Mit=glieder einer über beide Erbteile verbreiteten Verbrecher=bande seien, in deren finsteres Treiben man zunächst einen klaren Einblick zu gewinnen wünsche. Zum Schluß wurde er ohne Angabe einer Ursache verpflichtet, während der Dauer seiner Anwesenheit in der Stadt zu einer bestimmten Stunde des Morgens und des Abends sich auf dem Bureau zu melden, außerdem in dem von ihm gewählten Gasthofe genau zu hinterlassen, wohin der eine oder der andere Ausflug ihn geführt habe. —

Fünf Tage waren seitdem verstrichen, und innerhalb der nächsten vierundzwanzig Stunden sollte der Dampfer, auf dem zu reisen gedachte, den Hafen verlassen. Obwohl in der Riesenstadt stündlich immer neuen Abwechse=lungen begegnend, meinte er doch, den Zeitpunkt des Auf=bruchs nicht erwarten zu können. Unablässig folterte ihn die Besorgnis, seinen Bestimmungsort zu spät zu er=reichen, um von den Angehörigen der hingeopferten jungen Frau ein größeres Unglück abzuwenden. Der Abend war hereingebrochen und die Stunde schlug, zu der er sich in dem Polizeibureau vorzustellen hatte. Hin und wieder einen Blick auf die Uhr werfend, wandelte er in seinem Zimmer unruhig auf und ab, als ein geschlossener Wagen vor dem Hause anhielt und bald darauf ein Kriminal=beamter bei ihm eintrat.

„Ich komme im Auftrage des Chefs," redete er ihn

mit dringlicher Hast an, indem er eine dessen Namen
tragende Karte überreichte; „ich soll Sie ersuchen, mich
umgehend zu begleiten. Neue Entdeckungen in der Ihnen
bekannten Angelegenheit erfordern gebieterisch, Sie Personen gegenüber zu stellen, in deren Hände die Fäden
des verderblichen Gewebes zusammenlaufen, um demnächst einen entscheidenden Schlag zu führen. Um keine
Zeit zu verlieren, begab der Chef in Begleitung einiger
zuverlässiger Männer sich bereits auf den Weg. Er erwartet sie an Ort und Stelle. Nicht nur die größte Eile
ist geboten, sondern auch die peinlichste Vorsicht, um zu
verhüten, daß das Unternehmen vielleicht im letzten Augenblick noch scheitert."

Er sprach noch, als Brabbon, seinen Eifer teilend,
schon gerüstet vor ihm stand. Eine Minute später be-
stiegen sie den Wagen, der alsbald in scharfer Gangart
davon rollte. Auf das von Brabbon angeregte Gespräch
ging der Beamte bereitwillig ein; vergeblich aber suchte
er Näheres über das geheimnisvolle Unternehmen zu erfahren. Nur bis zu einer bestimmten Grenze kam sein
Führer ihm mit kurzen Mitteilungen entgegen, sich darauf
berufend, selbst nicht weiter unterrichtet zu sein.

Eine halbe Stunde waren sie der hell erleuchteten und
reich belebten Hauptstraße nachgefolgt, als Brabbon eine
Frage nach der Dauer der Fahrt hinwarf. Die Antwort
lautete, daß diejenigen, denen der nächtliche Angriff gelte,
nicht in den Schlupfwinkeln verrufener Gassenviertel zu
suchen seien, sondern außerhalb der Stadt, wo sie Nachstellungen weniger zu befürchten brauchten. Und weiter
ging es und immer weiter, bis endlich das letzte geräuschvolle Treiben hinter ihnen zurückblieb, nur noch hier und
da aus Gartenanlagen vereinzelte erleuchtete Fenster zu
ihnen herüberblinzelten.

Auf einer Stelle, wo statt der bisherigen Gitter und

Mauern einfachere Einfriedigungen die Landstraße be=
grenzten, bog der Wagen in einen schmalen Weg ein, den
Bretterzäune und Hecken einengten, über die hier und da
Baummassen hinausragten. Es war eine Gegend, bis
wohin die höhere Verwertung des Grund und Bodens
noch nicht zur Anlage von Villenkolonien geführt hatte.
Noch zweimal bog der Wagen von der innegehaltenen
Richtung in kurzen Zwischenpausen ab, bevor er endlich
zum Stillstand gelangte.

Als Brabbon, dem Beamten folgend, den Wagen
verließ, fielen seine Blicke auf ein kleines einstöckiges
Haus mit hohem Erdgeschoß. Wie er notdürftig unter=
schied, bestand es aus massiven Ziegelsteinmauern, die noch
aus den holländischen Zeiten herzurühren schienen. Der
Vorplatz war nicht eingefriedigt, sondern mit verwildertem
Gebüsch bewachsen. Es erzeugte den Eindruck, als ob
das vereinsamte Gebäude der letzte Ueberrest eines Farm=
gehöftes, dessen Ackerland in den Besitz von Spekulanten
übergegangen. Zu beiden Seiten des Einganges, zu dem
sechs oder sieben Stufen hinauf führten, lagen je zwei
Fenster, deren Laden dicht geschlossen. Die Treppe er=
steigend, ließ der Beamte den rostigen Meldehammer zwei=
mal mit gemäßigter Schwere auf seinen Amboß fallen.
Die Thür öffnete sich und vor ihnen stand eine sauber
gekleidete weibliche Gestalt, das gehobene Licht mit der
Hand beschattend, daß dessen Schein die beiden Herren
voll traf, ihr eigenes Gesicht dagegen sich nur matt aus=
zeichnete.

„Ist der Chef anwesend?" fragte der Beamte, seine
Stimme beinahe bis zum Flüstern dämpfend.

„Vor einer Stunde fuhr er vor," hieß es ebenso vor=
sichtig zurück; „den Wagen schickte er fort. Dann ent=
fernte er sich mit den beiden Gehilfen."

„Hinterließ er keinen Auftrag?"

„Er meinte, die Dauer seiner Abwesenheit hänge von
Umständen ab. Der Zeuge müsse ihn hier erwarten."

„Und ich?"

„Sie sollen ihm auf dem bekannten Wege folgen."

„Ist Ihr Vater zu Hause?"

„Er schloß sich als Führer an. Die Herren beabsich=
tigten, einem Pfade über die Felder zu folgen; der ist in
der Dunkelheit leicht zu verfehlen."

Der Beamte sann nach und wendete sich an Brabbon,
ihn höflich auffordernd, einzutreten. Bevor er sich ent=
fernte, fragte er, ob für Erfrischungen gesorgt sei.

„Alles bereit," erklärte das Mädchen eintönig, „Ihr
Chef meinte, die Nacht sei lang und der Zeuge vielleicht
um sein Abendessen gekommen."

„Dann auf Wiedersehen, Herr Brabbon," versetzte der
Beamte, „hoffentlich wird Ihre Geduld auf keine zu lange
Probe gestellt," und die Treppe hinuntersteigend, begab
er sich nach dem Wagen hinüber. Ein kurzes Gespräch
führte er mit dem Kutscher, die Zeit seiner Rückkehr mit
ihm vereinbarend, worauf dieser die Pferde antrieb. Er
selbst schlich noch einmal zurück und drehte den in der
Hausthür steckenden Schlüssel vorsichtig. Ebenso behutsam
schlüpfte er die Treppe hinunter und, sich durch das Ge=
büsch drängend, nach dem Hausgiebel herum. Dort öffnete
er einen angelehnten Fensterladen des Erdgeschosses, und
durch die enge Nische sich rückwärts hindurchwindend, stieg
er auf der anderen Seite gegen fünf Fuß tief hinab.
Kurze Zeit tastete er im Finstern umher. Eine Thür
knarrte leise. Matter Lichtschein erhellte flüchtig den keller=
artigen Vorraum. Gedämpfte Männerstimmen ertönten,
verhallten aber sogleich wieder.

Obwohl befremdet durch die Art der Vorbereitungen
zur Verhaftung wenn auch nur verdächtiger Personen,
jedoch nicht im entferntesten beunruhigt, war Brabbon

seiner Führerin in ein kleines dumpfiges Zimmer gefolgt,
dessen nackte Wände und sehr einfache, heillos vernach=
lässigte Ausstattung einen unfreundlichen Eindruck erzeugten.
Sein erster Blick fiel auf einen runden Tisch, auf welchem,
von einer trübe brennenden Lampe melancholisch beleuchtet,
mehrere Teller mit kalten Speisen, zwei volle Flaschen
und mehrere Weingläser standen. Nachlässig kehrte er
seine Aufmerksamkeit der Bewohnerin der abgeschiedenen
Häuslichkeit zu, die, unverkennbar mit Widerwillen, sich
an dem Tisch zu schaffen machte. Ihm entging nicht, daß
sie mit Fleiß vermied, seinen Blicken zu begegnen. Kaum
sechsundzwanzig Jahre alt, waren die Reize, die ihr Ant=
litz ursprünglich in höherem Grade schmückten, doch schon
gewelkt. Eine eigentümliche Bitterkeit lagerte statt deren
auf den krankhaft bleichen Zügen, während ein tiefer
Leidenszug zu beiden Seiten des Mundes gleichsam um
Mitleid flehte.

In dem Gefühl, daß sie für eine Unterhaltung unzu=
gänglich, begann Brabbon auf und ab zu schreiten. Em=
pfand er wirklich das Seltsame seiner Lage, so wurde es
überwogen durch Mutmaßungen über die Ursache, wegen
deren man ihn zu dem geheimnisvollen Verfahren heran=
gezogen hatte. Die schweigsame Person schien er ver=
gessen zu haben. An das Sofa gelehnt stand sie und
verfolgte seine Bewegungen mit Blicken, in denen abwech=
selnd finstere Entschlossenheit und mildere Anwandlungen
sich spiegelten. Es war ersichtlich, die kräftige Mannes=
gestalt mit der zuversichtlichen Haltung und dem von wohl=
wollender Ruhe beherrschten Gesicht flößte ihr an Be=
wunderung grenzende Achtung ein. Dann kam es wieder
über sie, als habe sie irgend welcher Regungen sich ge=
schämt und den Dämonen der Weltverachtung und bösen
Hohnes in erhöhtem Grade unumschränkten Einfluß auf
sich eingeräumt. Mehrfach öffnete sie die Lippen, doch

bevor ein Laut sie verließ, schienen ihre Züge unter einem eisigen Hauch zu erstarren.

Endlich blieb Brabbon vor ihr stehen und bemerkte freundlich: „Sie wohnen recht einsam. Es ist um so beklagenswerter, weil Sie nicht dagegen geschützt sind, in häßliche Ereignisse — wenn auch nur mittelbar — verwickelt zu werden."

Das Mädchen hatte die Farbe gewechselt. Der Ton, in welchem Brabbon zu ihr sprach, übte offenbar eine einschneidende Wirkung aus, denn sie erwiderte mit tiefem Organ rauh: „Habe ich um Ihr Mitleid gebeten?"

„Man kann Teilnahme hegen, auch wo sie nicht verlangt wird," versetzte Brabbon, „was die Lippen nicht aussprechen, verraten die Augen oft mit nicht mißzuverstehender Deutlichkeit."

„Das mag sein. Jeder Mensch trägt an seinem Leib und muß zusehen, wie er damit fertig wird."

Brabbon nahm seinen Gang wieder auf. Bei der Totenstille, die in dem feuchten Hause herrschte, war es, als ob seine Schritte in allen Winkeln geisterhaften Wiederhall weckten. Da ertönte kurz abgebrochenes Scharren. Es klang, wie aus dem Erdgeschoß herauf gesendet. Brabbon blieb stehen und fragte: „Sind noch andere im Hause anwesend?"

„Nur ein Hund. Um die eintreffenden Herren gegen die geräuschvollen Angriffe des bösen Tieres zu schützen, wurde es in den Keller gesperrt," erklärte die seltsame Hauswirtin. Sie mochte fühlen, daß das Blut ihr zu Kopfe gestiegen war. Um es der Aufmerksamkeit ihres Gastes zu entziehen, trat sie wieder vor den Tisch hin. Während sie die Flaschen entkorkte, bemerkte Brabbon mißmutig:

„Die Herren bleiben lange. Ich bedaure, Sie wider meinen Willen zu belästigen."

„Ich werde für meine Dienstleistungen bezahlt, habe also keinen Anspruch auf Rücksichten," hieß es mit höhnischem Ausdruck zurück. „Vielleicht beliebt es Ihnen, einige Erfrischungen zu sich zu nehmen. Später dürfte sich keine Gelegenheit dazu bieten."

Höflich lehnte Brabbon die Speisen ab, erklärte sich aber bereit, ein Glas Wein zu trinken.

Die junge Person füllte ein Glas. Brabbon ließ sich nieder und hob es an die Lippen, stellte es aber wieder auf den Tisch. Aufsehend war er inne geworden, daß die Züge der vor ihm Stehenden sich förmlich verzerrten. Der letzte Blutstropfen schien aus ihrem Gesicht zurückgetreten zu sein.

„Sie leiden, ich sehe es Ihnen an," sprach er bedauernd.

„Eine Art Krampf," entgegnete jene achselzuckend, „in einer Minute ist es vorüber — kümmern Sie sich nicht um mich — trinken Sie."

„Nicht anders, als wenn Sie mir Bescheid thun," erklärte Brabbon aufmunternd; „Ihnen ist ein Tröpfchen Wein augenscheinlich nötiger, als mir."

Mit den Bewegungen einer Schlaftrunkenen ergriff sie die andere Flasche und füllte eines der leeren Gläser so hastig, daß ein Teil des Inhaltes sich auf den Tisch ergoß. Brabbons Erregung wuchs. Es beschlich ihn der Argwohn, eine geistig Erkrankte vor sich zu sehen. Er erwog, wie es ihm gelinge, beruhigend auf sie einzuwirken, als sie ihr Glas nahm und es ungestüm an das seinige stieß.

(Fortsetzung folgt.)

Husarenstreiche.

Humoristische Erzählung von P. v. Tychdorff.

Mit Illustrationen von M. Lebell.

1.

„Kinder," sagte der Gutsbesitzer Miklos v. Rohonczy in Nyiregyhaza, „es ist ein Ding der Unmöglichkeit, ich kann euch mit dem besten Willen die hohe Kaution nicht geben! Die landwirtschaftlichen Verhältnisse sind sehr schlechte, der Grund und Boden trägt nichts, die Steuern sind zu hoch; wenn ich eine so große Summe auf das Gut aufnehmen soll, so gehe ich binnen Jahresfrist zu Grunde, und bei aller Liebe für meine Julcza und bei aller Hochachtung für Sie, werter Herr Oberlieutenant, wollen wir, Mama, ich und die Kinder, doch auch leben! Ihr müßt eben warten. Sind Sie Rittmeister, so läßt sich über die Sache reden; die sechstausend Gulden, die ihr dann braucht, werde ich beschaffen, koste es, was es wolle, aber das ist auch das Aeußerste, was ich zu thun vermag."

Julcza, die älteste Tochter des Hauses, ein schlankes, siebzehnjähriges Mädchen, küßte dem Papa die Hand, Oberlieutenant Bela v. Szilaghy, ein bildhübscher Husaren= offizier, kaute an den Spitzen seines langen Schnurrbarts und rückte unruhig auf seinem Sessel hin und her; der schönen Julcza standen die Thränen in den Augen, ihre

Mama strich ihr mit der Hand über den blauschwarzen Scheitel und küßte ihre Stirne.

„Das sind traurige Aussichten," sagte der Oberlieute= nant, „sehr traurige Aussichten; in der Armee sind die Avancementsverhältnisse die denkbar schlechtesten, das kann noch zehn, selbst fünfzehn Jahre dauern, bis ich Ritt= meister werde! Dann ist meine arme süße Julcza ver= blüht, und ich bin ein alter, verbitterter Mann geworden; das ist traurig, recht traurig!"

„Lasset den Mut nicht sinken," warf die Mutter ein. „Wir, Papa und ich, haben auch warten müssen, wir haben in Liebe und Treue ausgeharrt und sind glücklich geworden. Zehn Jahre sind wohl eine lange Zeit, aber wer sagt euch, daß ihr wirklich werdet so lange warten müssen? Hat nicht der Regimentsinhaber das Recht, die Beförderungen bis zum Rittmeister persönlich vorzunehmen, kann er nicht auf unseren lieben Bela aufmerksam werden und mit einem Federstrich euer Glück begründen — haben Sie gar keine Protektion dort oben in den hohen Kreisen?"

„Das ist eben das Traurige an der Sache," entgeg= nete der junge Offizier. „Die Inhaberwirtschaft macht uns alle so unglücklich. Wer nicht der Neffe oder der Vetter von einem solchen hohen Herrn ist, der avanciert sein Lebtag nicht. Da haben wir in unserem Regiment einen Grafen v. Steinau, der ist erst dreiundzwanzig Jahre alt und bereits Rittmeister, er ist der Sohn des Feldzeug= meisters Steinau, sein Vater hat ihn zum Lieutenant gemacht, kurze Zeit darauf hat ihn sein Oheim zum Oberlieutenant befördert und vor einer Woche haben wir ihn als Ritt= meister ins Regiment bekommen. Es dienen Herren bei uns genau so lange, als wie Graf Steinau alt ist, und sie haben es noch nicht bis zum Rittmeister bringen können!"

Es entstand eine lange Pause. Julcza weinte still

vor sich hin, Szilaghy starrte ins Leere und Herr v. No=
honczy stieß dicke Rauchwolken aus seiner Pfeife aus.

„Wenn wenigstens ein Feldzug in Aussicht wäre,"
nahm der Offizier neuerdings das Wort, „da würden diese
Salonhusaren von der Bildfläche verschwinden, für uns
wäre dann die Bahn offen; so aber sitzen wir in den ein=
samen Nestern herum, und wer nicht das Glück hat, eine
Familie zu besitzen, der geht im Kartenspiel oder aber
an der Flasche zu Grunde. Ich könnte genug Beispiele
aufzählen!"

„Nein," warf Julcza ein, „von einem Kriege wollen
wir schweigen! Sie würden dich ganz gewiß gleich er=
schießen, und dann müßte ich ja auch sterben; was sollte
ich ohne dich noch auf der Welt machen?"

„Sprich nicht so, mein Kind," entgegnete die Mutter.
„Du hast deine Eltern, die dich über alles lieben; es
kann nicht immer gleich alles so gehen, wie man will.
Jedes Glück will erkämpft und errungen sein."

„Mama hat recht," warf der Offizier ein. „Derjenige,
dem das Glück seine Gaben blind in den Schoß wirft,
weiß dieselben nur selten zu würdigen, ich sehe es an
unserem jungen Rittmeister, dem Grafen Steinau. Er be=
trachtet sein Avancement als etwas so Natürliches, daß er
gar nicht daran denkt, durch ernste Arbeit die Lücken
seiner militärischen Bildung auszufüllen. Ich habe mit
unserem Benefiziaten darüber gesprochen, er denkt genau
so wie ich."

„Wie geht es unserem lieben Freunde Lany?" frug die
Hausfrau.

„Aehnlich wie mir," antwortete Szilaghy, „nur trägt
er sein Geschick leichter oder wenigstens mit mehr Ergebung
als ich. Gabriel gehört auch auf einen anderen Posten,
als wie es das Benefiziat von Csik=Szent=Kiraly ist. Eine
so umfassende Bildung, wie er sie hat, ein so ernstes

Streben wird man selten bei einem Mann in seinem Alter
wieder finden; dazu ist er ein ausgezeichneter Kanzel=
redner."

„Ihr verkehrt also viel miteinander?" frug Julcza.
„Weißt du auch, Bela, daß das von dir sehr schön ist?"

„Mein Verdienst darfst du nicht höher anschlagen, als
es wirklich ist. Wir sind beide im gleichen Alter, unsere
Lebensanschauungen sind sehr ähnliche, in der Einsamkeit
des Dorfes sind wir aufeinander angewiesen; mehr als
eine Meile im Umkreis existiert kein Mensch, mit dem ein
vernünftiges Wort zu reden wäre."

„Es besteht auch eine gewisse Aehnlichkeit zwischen dem
Berufe eines Priesters und dem des Soldaten," warf Herr
v. Rohonczy ein. „Beide müssen vorzüglich passive Tu=
genden üben, der unbedingte Gehorsam ist bei dem einen
wie bei dem anderen die erste Pflicht. Ich begreife recht
wohl, daß ihr euch gut versteht."

„Es ist mehr, als bloß gut verstehen," sagte Bela,
„wir sind im Laufe des halben Jahres, welches ich nun
in Csik=Szent=Kiraly zubringe, aufrichtige und warme
Freunde geworden; wir wohnen in demselben Hause, nur
durch einen schmalen Korridor getrennt, Gabriels Thüre
ist rechts, meine links, bei ihm hängt am Kleiderrechen
die Soutane, bei mir der Attila — das ist der ganze
Unterschied!"

„Wir sind von unserem Thema abgekommen," nahm
die Mama wieder das Wort; „Sie glauben also ernstlich,
lieber Bela, daß absolut keine Aussichten vorhanden sind,
in absehbarer Zeit zu avancieren?"

„Wie gegenwärtig die Sachlage ist, so habe ich wirklich
keine Aussicht. Wäre Steinau nicht ins Regiment ge=
kommen, so wäre immerhin noch ein Schimmer von Hoff=
nung gewesen, das ist nun auch vorüber. Im Laufe dieses
Sommers erwarten wir den Feldzeugmeister Grafen Spelny,

unseren Oberstinhaber, zu einer Musterung; leider bin ich
detachiert, ich komme infolgedessen wahrscheinlich nicht zur
Besichtigung, denn nach Szent-Kiraly dürfte der hohe Herr
wohl kaum hinauskommen."

„Und könntest du nicht hierher versetzt werden?" frug
Juleza.

„Nicht leicht möglich. Ich bin in Szent-Kiraly
Eskadronskommandant, ein Rittmeister wird dadurch erspart,
die beiden anderen Offiziere stehen in Taporcza und
Möszehely, mehr als dreißig Kilometer von mir entfernt,
und haben dadurch auch selbständige Kommandos. Ein
wirklicher Rittmeister, nämlich ein solcher mit drei Sternen
am Kragen und der beneidenswerten Fähigkeit, mit einer
Kaution von nur sechstausend Gulden heiraten zu können,
ist in Szent-Kiraly vollkommen überflüssig, und da wird
es wohl auch für die Zukunft so bleiben, wie es jetzt ist."

„Eine Zivilstellung magst du nicht suchen?"

„Nein, mein Engel," sagte der Offizier bestimmt.
„Ich bin mit Leib und Seele Soldat und würde in einem
anderen Beruf nichts taugen. Ich habe mehr als einen tief
unglücklichen Kameraden gekannt, der den Soldatenrock zu
früh ausgezogen hat; es klebt immer ein böser Verdacht
auf jenen Männern, die ohne genügende Ursache den Dienst
quittieren; unsere Art zu arbeiten, unsere ganzen Lebens-
ansichten sind andere wie die im Zivil, ich würde durch
einen unüberlegten Schritt nur dich und mich unglücklich
machen."

„Ich kann Ihren Ansichten nur beipflichten," sagte der
alte Herr. „Eine landwirtschaftliche Pachtung übernehmen,
ist heutzutage eine gewagte Sache. Abgesehen davon, daß
Sie in der Landwirtschaft vollständig Laie sind, würde
ein Mißjahr hinreichen, Sie an den Bettelstab zu bringen.
Ihr habt beide noch Zeit, Bela ist siebenundzwanzig und
Juleza erst siebzehn Jahre alt, haltet ihr getreulich aus,

so ist das die beste Garantie für euer künftiges Glück. Wäre Julcza das einzige Kind, so ließen sich noch Mittel und Wege finden, aber die kleine Fanny ist auch noch da, und Pista soll auf eine landwirtschaftliche Schule kommen, um bereinst das Gut übernehmen zu können; ich kann meine anderen Kinder nicht auf eure Kosten zurücksetzen, das geht nicht, und das werdet ihr von mir auch nicht verlangen."

Es war Abend geworden. Der Offizier hatte noch einen zweistündigen Ritt vor sich, es mußte ans Abschied= nehmen gedacht werden. Mit tausend frohen Hoffnungen war er heute abgeritten, ernst und still schwang er sich in den Sattel; er reichte den Familienmitgliedern noch ein= mal die Hand, küßte seine leise weinende Braut zärtlich auf die Stirne und trabte zum Thore hinaus.

Das Pferd griff wacker aus, und bald umfing den Reiter die weite, endlose ungarische Pußta. Keine Alpenlandschaft, nicht die mächtigen Firnen noch die brausenden Wasser= fälle vermögen an Großartigkeit mit der ungarischen Steppe zu wetteifern; sie ist wie das Meer, endlos und unbegrenzt, und wie dieses wirkt sie beruhigend auf das Gemüt. Der Mensch fühlt sich nichtig dieser Unendlichkeit gegenüber, und es verstummen unsere kleinen Leiden und unsere Alltagssorgen.

In Mitte der Ebene liegt das kleine Dorf Csik=Szent= Kiraly mit seinen weißen Häusern und hochragenden Zieh= brunnen. Im Zimmer Gabriels, des Benefiziaten, brannte noch die Lampe.

Bela stieg vor dem Hause vom Pferde, der Bursche nahm ihm den Gaul ab, der junge Offizier eilte zu seinem Freunde, der über Bücher und Schriften gebeugt, vor seinem Schreibtisch saß. Bela warf sich in einen Stuhl, Gabriel schob den Schirm der Lampe in die Höhe, um in den Zügen seines Freundes zu lesen, wie die so wichtige

Sache heute ausgegangen ſei; es bedurfte keines beſonderen
Scharfblickes, um ſofort zu erkennen, daß die Miſſion ge-
ſcheitert war.

„Ich habe mir wohl gedacht,“ nahm Gabriel das
Wort, „daß du mit getäuſchten Hoffnungen zurückkommen
wirſt; ich kenne die Verhältniſſe im Hauſe Rohonczy ſehr
genau, der alte Herr kann die vierundzwanzigtauſend
Gulden, die du als Heiratskaution benötigſt, abſolut nicht
hergeben. Was beſchließeſt du nun zu thun?“

„Ich habe hundert Pläne gemacht und ſie ebenſo raſch,
als wie ſie entſtanden ſind, wieder verworfen. Einen
Pferdehandel anfangen? Man verdient dabei, aber da
darf man nicht inmitten der Pußta ſtationiert ſein, wie
ich, da muß man an der deutſchen Grenze wohnen und
mit den preußiſchen oder bayriſchen Kameraden Fühlung
haben, denn nach Eſik-Szent-Kiraly kommt kein Menſch,
um ein Pferd zu kaufen. Wie uns der alte Herr ganz
richtig geſagt hat, ſo bleibt uns kein anderer Ausweg
übrig, als der, zu warten; in zehn Jahren kann ich Rittmeiſter ſein — es iſt entſetzlich!“

Bela ſeufzte tief auf und ſtarrte in die Weite, Gabriel
hatte ſich erhoben und aus dem Wandſchrank eine Flaſche
Wein geholt, er ſtellte Gläſer auf den Tiſch und ſchenkte
ſie voll.

„Stoß an mit mir, lieber Bela, auf eine glückliche Zukunft!“

Die Gläſer klangen aneinander. Beide Herren hatten
ſich Cigarren angezündet, weder das duftende Kraut, noch
der ſchwere ungariſche Wein verfehlte auf den unglücklichen
Bela ihre Wirkung, er ſah die Welt wieder von ihrer
roſigen Seite an. Gabriel wußte das Geſpräch ſo geſchickt
zu führen, daß der Huſar nicht Zeit fand, in die alte
Grübelei zurückzufallen.

Erſt nach Mitternacht trennten ſich die Freunde.

„Heute haft du mir ein großes Opfer gebracht, lieber guter Gabriel,“ sagte beim Abschiede der Oberlieutenant. „Ich weiß, daß morgen Sonntag ist und daß du um sechs Uhr früh die Predigt halten mußt. Ich bin müde und abgespannt, ich hoffe, heute gut zu schlafen, verzeihe, wenn ich dir morgen früh untreu werden sollte, wenn ich nicht auf meinem gewohnten Platze in der Kirche erscheine.“

Gabriel war gleichfalls aufgestanden und blickte dem Davonschreitenden lange nach. Der junge Priester war eine stattliche Erscheinung, ebenso groß und ebenso schlank wie der Offizier, die schwarze Soutane ließ ihn noch höher erscheinen.

„Ich wollte,“ murmelte er vor sich hin, „ich wollte, daß ich Bela helfen könnte, er ist eine gute und edle Seele, kein Falsch ist an ihm.“

2.

„So ein Sonntagnachmittag ist eigentlich etwas entsetzlich Langweiliges,“ sagte Bela zu Gabriel, in dessen Stube die beiden Herren wieder beisammen saßen. „Rauchen kann man auch nicht in einem fort, und das ist doch eigentlich jene Beschäftigung, die so recht zum Nichtsthun paßt. Der unglückliche Erfinder der Sonntage sollte von Rechts wegen zu Tode gelangweilt werden.“

„Rede nicht so,“ warf sein Freund ein. „Du vergißt jener Tausende und aber Tausende, welche mit Arbeit und Mühe überbürdet sind, in deren lichtlosem Dasein der freie Sonntag den einzigen Ruhepunkt bildet. Denke nur zurück an deine eigene Jugend, an die Zeit, wo du in der Theresianischen Militärakademie Tag für Tag in der Schulbank sitzen mußtest, wie habt ihr euch da alle auf den Sonntag gefreut!“

„Du haft recht,“ erwiderte Bela, „recht wie immer. Ich würde über den Sonntag wahrscheinlich ganz anders

denken, wenn ich nach Nyiregyhaza hinüber könnte! Das
ist jedoch heute unmöglich, und ich bitte dich recht sehr,
mit christlicher Geduld die Ausbrüche meiner üblen Laune
zu ertragen."

„Es wäre gut," antwortete der junge Geistliche, „wenn
mir im Leben keine schwereren Prüfungen bevorstünden! —
Vielleicht hättest du Lust, eine Partie Schach zu machen,
das zerstreut."

„Nein, mein lieber Freund. Beim Schachspiel muß
man seine Gedanken beisammen haben, und das ist bei
mir heute nicht der Fall; die bleierne, tötende Langeweile,
aus welcher Ursache die Engländer sich haufenweise er=
schießen, hat von mir vollen Besitz ergriffen; wenn ich den
vernünftigen und praktischen Engländern nicht Folge leiste,
so danke ich das allein deinem ermunternden Zuspruch."

„Wenn du das Schach ablehnst, so schlage ich vor, daß
wir uns ins Freie setzen, vielleicht auf die Bank vor
unserem Hause. Zu sehen giebt es zwar nicht viel, aber
warum sollte es nicht möglich sein, die Langeweile durch
die Langeweile zu vertreiben?"

Bela sah zerstreut auf die Uhr, ließ den Deckel derselben
springen und klappte ihn ebenso gedankenlos wieder zu.

„Zu welchem Zweck," sagte der Kaplan, „hast du auf
die Uhr gesehen?"

„Zu gar keinem. Hättest du mir nicht gesagt, daß
ich es gethan habe, ich hätte es gar nicht gewußt! Solche
Bewegungen gehen, wie mir letzthin unser Regimentsarzt
versichert hat, nicht vom Gehirn, sondern von der Wirbel=
säule aus; die Langeweile ist mir also schon ins Kreuz
geschossen."

„Ich sehe schon, daß ich auf dem Wege gütlicher Vor=
stellung mit dir nicht zum Ziele kommen werde; vorwärts,
raffe dich auf, mich findest du draußen auf der Bank vor
dem Hause, denn ein so düsteres Zimmer, wie es das

meinige ift, ift durchaus nicht dazu angethan, die böfen
Grillen, die dich nun einmal heute beherrfchen, zu bannen."

Gabriel ergriff feinen Hut und fchritt, ohne fich um
Bela weiter zu kümmern, zur Thüre hinaus.

Bela fah, ohne den Kopf zu rühren, feinem Freunde
nach. Er hatte die Füße auf einen Stuhl vor fich gelegt
und klopfte mechanifch mit der Reitpeitfche auf feine Stiefel.
Nach einer langen Paufe brummte er vor fich hin: „Es
ift am Ende doch beffer, ich gehe zu Gabriel hinaus, wenn
ich nur genug Spannkraft hätte, diefen fchönen Entfchluß
auch auszuführen! Ich bin bereits fo willenlos, daß ich
nicht einmal mehr aufzuftehen vermag. Worauf würde
unfer wackerer Regimentsarzt wohl das wieder zurück=
führen? — Nein," fagte Bela endlich entfchloffen, „fo
geht's nicht weiter, auf!"

Er erhob fich rafch, dehnte die Glieder, fchob die Reit=
peitfche in den Stiefelfchaft und fuhr fich mit der Hand
unter die Halsbinde, dann fchnallte er den Säbel fefter
und folgte feinem Freunde vor die Hausthüre. Ueber=
rafcht blieb er draußen ftehen; er hatte fich den Dorfplatz
leer und öde gedacht, unterdeffen fand er denfelben heute
fehr belebt. Junge Burfche in ihren charakteriftifchen
Koftümen, den weiten, unten in Franfen endenden Lein=
wandhofen und den offenen Hemden mit den langen,
wallenden Aermeln trieben fich auf dem Kirchplatze umher,
die Dorffchönen hatten fich wie eine Herde Lämmer bei
herannahendem Gewitter zufammengedrängt und kicherten
und lachten. An dem gegenüberliegenden Haufe war ein
photographifcher Hintergrund angelehnt, der einen weit=
läufigen Saal mit einer endlofen Säulengalerie vorftellte,
davor lag ein alter, abgetretener Teppich und ftand ein
kleines gefchnitztes Tifchchen. Ein reifender Photograph
hatte feine Kamera aufgeftellt und lud die anwefenden
„Herren und Damen" ein, fich aufnehmen zu laffen.

Der Photograph zog seinen Hut und grüßte den Offizier tief. (S. 82)

So etwas war in Csik-Szent-Kiraly noch nicht gesehen
worden. Gewiß, jeder und jede hätten für ihr Leben
gern ein derartiges Bild gehabt, wie solche in einem
schwarzen Rahmen neben dem erwähnten Hintergrund zur
Schau ausgestellt waren, aber niemand hatte den Mut,
anzufangen. Der arme Photograph war in heller Verzweiflung, er hatte mit Mühe in einem benachbarten Keller
eine Dunkelkammer hergerichtet, hatte den so wirkungs-
vollen Hintergrund effektvoll aufgestellt, und nun sollte er
einzig und allein aus der nichtigen Ursache kein Geschäft
machen, weil eben von den sonst so schneidigen Burschen
auch nicht einer den Mut fand, den Anfang zu machen.

Wie ein Erlöser erschien in diesem Augenblick dem
Photographen unser Freund Bela, der eben aus der Hausthür trat und mit erstaunten Augen die gegen sonst ganz
veränderte Scenerie betrachtete. Der Photograph zog
seinen Hut und grüßte den Offizier tief. „Hochgeehrter
Herr Rittmeister,“ sagte er zu Bela, ahnungslos, welche
Wunde er da mit täppischer Hand berührte, „gnädigster
Herr Rittmeister, haben Sie die Huld und Gnade, sich
gnädigst aufnehmen zu lassen! Das dumme Bauernvolk
fürchtet sich offenbar vor meinem Kasten, hält denselben
für irgend eine Art von Kanone oder sonst für ein Mord-
werkzeug. Bitte, gnädigster Herr, brechen Sie den Bann,
lassen Sie sich photographieren, Sie sollen ein vortreff-
liches Bild bekommen! Sehen die Bauernlümmel, daß
sich ein gnädiger Herr vor das Objektiv stellt, dann bekommen sie auch Mut und Lust, sich aufnehmen zu lassen,
und ich komme doch wenigstens auf die Kosten meiner
Reise.“

Bela lächelte. „Ja, ja,“ sagte er, „ich habe nichts
dagegen, Sie können mich immerhin einmal aufnehmen,“
und zu Gabriel gewendet, sprach er: „Komm, Gabriel,
lassen wir uns miteinander photographieren, das Bild

wird uns, selbst wenn es noch so niederträchtig sein sollte,
doch immer eine schöne Erinnerung sein."

Gabriel war gerne dazu bereit. Die beiden Freunde
stellten sich Arm in Arm vor den Hintergrund mit der
mächtigen Säulenhalle; der Photograph schraubte ihnen
die Köpfe fest, stellte den Apparat ein und exponierte mit
der Miene eines Feldherrn, der eben im Begriffe steht,
eine große Schlacht zu gewinnen. Dann verschwand er
mit der Platte in der früher erwähnten Dunkelkammer
und erschien bald darauf mit dem fertigen Bilde, welches
ein Rahmen aus giftgrünem Sammet umgab. Bela und
Gabriel waren leiblich ähnlich; die Bauernburschen drängten
sich hinzu und staunten das Wunder an; der Photograph
wartete mit stolzer, selbstbewußter Bescheidenheit auf die
Anerkennung seiner künstlerischen Leistung.

„Schön, sehr schön," sagte Bela, als er das glänzend
lackierte Bild lange genug betrachtet hatte, „schön, ich bin
recht zufrieden mit der Aufnahme, aber wir brauchen noch ein
Bild, eines für mich und eines für den hochwürdigen Herrn."

„Da muß Eure Herrlichkeit nochmals die Gnade haben,
sich aufzustellen. Ich erzeuge Momentbilder, Originale,
von denen keine Kopie genommen werden kann, jedes
Bild ist ein fertiges Werk für sich."

„Also stellen wir uns noch einmal auf," sagte Gabriel,
„ich möchte auch gerne von uns beiden eine Photographie
haben."

Bela war eben im Begriff, wieder seinen früheren
Platz einzunehmen, da kam ihm ein Gedanke, über welchen
er selbst lachen mußte. Nein, dachte er sich, das muß
aufgeführt werden, das wird im Hause Rohonczy viel
Heiterkeit verursachen. Der Einfall ist zu köstlich, als
daß ich davon abstehen könnte.

Er zog Gabriel in den Schatten des Hauses und redete
heftig in ihn hinein, dieser protestierte ebenso lebhaft.

„Gabriel, mein lieber alter Freund, du mußt mir diese
kleine Freude machen, es ist ja nichts dabei, in einer
kleinen Viertelstunde ist alles vorüber, und mir wird's ein
Andenken fürs ganze Leben sein. Sei nicht so kindisch,
dich zu sträuben, du bist ja sonst so unternehmungslustig
und bei deinen sechsundzwanzig Jahren kann dir selbst der
strengste Sittenrichter keinen Vorwurf daraus machen!
Ich will das Bild behalten und niemand zeigen. Wie
uns der Meister versichert hat, so sind es nur Originale,
die er liefert, es können keine Kopien davon gemacht wer=
den, du bist also vollkommen sicher.“

Gabriel, zum Nachgeben ohnedem geneigt, ließ sich
überreden, und beide Freunde schritten eilends ihrer Woh=
nung zu. Bela rief dem Photographen, der bereits ein
sehr enttäuschtes Gesicht machte, zu, alles bereit zu halten
für ihre Wiederkehr.

Nach einer kurzen Viertelstunde erschienen beide Freunde
wieder — Bela trug eine priesterliche Soutane, Gabriel
war in die glänzende Galauniform eines Husarenoffiziers
gekleidet, die ihm vortrefflich saß und seine schlanke, eben=
mäßige Gestalt voll zur Geltung gelangen ließ. Die
Burschen und Mädchen sahen das seltsame Paar verwun=
dert an, keines wagte eine Bemerkung, nur der Photograph
konnte nicht umhin, durch einige Worte seinen Beifall über
diese gloriose Idee zum besten zu geben.

„Wunderbar, ganz wunderbar,“ sagte er, indem er sich
seine langen Haare aus dem Gesicht strich, „das ist ein
ganz köstlicher Einfall, für dieses Bild würde ich selbst
etwas geben, aber ein Meisterstück will ich diesmal liefern,
die Herren sollen mit meiner Arbeit zufrieden sein!“

„Also, Gabriel, komme,“ ermunterte Bela den etwas
zaghaften jungen Priester, der sich in der Husarenuniform
recht unbehaglich fühlte, „eile dich, der Photograph hat
nicht mehr viel Zeit; ist die Sonne einmal im Nieder=

gehen, ſo iſt es zu ſpät zur Durchführung unſeres Scherzes, eine ſo günſtige Gelegenheit dürfte wohl nie wieder kommen."

Gabriel, halb freiwillig, halb geſchoben, ſtand bereits vor dem Objektiv. Bela richtete ihm den Attila, zog den Säbel etwas nach vorne, damit die goldgeſtickte Säbel= taſche beſſer ſichtbar werde, und gab dem Tſchako mit dem wehenden Roßbuſch eine kleine, kaum merkliche Drehung nach links.

„So," ſagte er befriedigt, „jetzt biſt du in Ordnung, und kein noch ſo ſtrenges Dienſtauge könnte an dir einen Makel entdecken. Warte, der Cartoucheriemen mit den Löwenköpfen ſitzt nicht ganz in der Mitte, die Achſelſpange muß darüber laufen — ſo, jetzt nur eine etwas ritter= lichere Haltung, ſtütze die Hand auf den Säbelkorb und laſſe die andere frei und ungezwungen herabhängen. — So, jetzt biſt du tadellos!"

Bela war ſo ſehr mit der Toilette ſeines Freundes beſchäftigt, daß er das Heranrollen eines Wagens gar nicht bemerkte. Es war Extrapoſt, die mit vier leichten Pferden beſpannt war und mitten auf dem Kirchenplatze ſtehen blieb. Ein alter Herr, in einen blauen Mantel gehüllt, ſaß darin und betrachtete über die Köpfe der Burſchen und Mädchen hinweg die Scene.

„Ich werde hier eine Stunde raſten," ſagte der alte Herr zu dem Poſtillon, „ich bin von der Fahrt auf den holperigen Wegen recht müde und bedarf der Ruhe; wenn du gut fährſt, ſo bringen wir dieſe Stunde leicht wieder ein."

„Wie Eure Excellenz befehlen," antwortete der Kutſcher und ſtieg vom Bock, um dem alten Herrn beim Ausſteigen behilflich zu ſein.

Bela wurde durch eine Bemerkung Gabriels aufmerk= ſam und wandte ſich nach dem Wagen um, er wurde erd= fahl, als er den alten Herrn ausſteigen ſah.

„Um Gottes willen, Gabriel," ſagte er und ergriff

seinen Freund an der Hand, „das ist unser Regiments=
inhaber, — ich bin verloren!"

Gabriel war gleichfalls sehr erschrocken, die Kniee be=
gannen ihm zu wanken, doch behielt er seine Fassung
noch besser wie der arme Bela.

„Gabriel," flüsterte Bela, „der Alte kennt mich nicht,
er hat mich nie gesehen; rette mich, spiele meine Rolle
weiter, da, er kommt direkt auf uns zu!"

„Bela, ich kann doch nicht..."

„Alles kannst du, wenn du willst, sei barmherzig und
lasse mich nicht zu Grunde gehen; ich bin verloren, wenn
er mich entdeckt, du wirst doch nicht mein Mörder und
der Mörder der armen Julcza werden wollen!"

Bela fand keine weitere Zeit mehr; er trat zurück in
die Menge und suchte unter den Bauern, die mit offenem
Munde dastanden, Deckung. Der alte Herr hatte den
blauen Kragenmantel abgelegt, darunter trug er die Uni=
form eines Feldzeugmeisters.

Bela hatte sich nicht getäuscht, es war in der That der
gestrenge Oberstinhaber seines Regimentes, Graf Stephan
Spelny in eigener Person.

Die Menge machte ehrfurchtsvoll Platz, die Excellenz
schritt auf Gabriel zu und reichte diesem die Hand.

„Sie wollten sich eben photographieren lassen, Herr
Oberlieutenant, verzeihen Sie, daß ich Sie störe, ich habe
Ihren Namen überhört, darf ich noch einmal um den=
selben bitten, wie heißen Sie?"

Gabriel errötete bis über die Ohren. Im Gedränge
sah er Bela stehen, der bittend die Hände emporhob und
in dessen Zügen sich eine unsagbare Angst malte. Gott
wird mir die Notlüge verzeihen, dachte er, ich rette einem
wackeren Mann die Existenz.

Und mit fester Stimme erwiderte er: „Oberlieutenant
Bela v. Szilaghy, Eurer Excellenz zu Befehl."

„Ich bin von der langen Wagenfahrt ermüdet," sprach leutselig der General, „die Wege sind schlecht, und auf der offenen Pußta ist es glühend heiß; ich will hier eine Stunde rasten. Sie werden gewiß die Güte haben, mir Gesell= schaft zu leisten. Ist ein halbwegs erträgliches Gasthaus im Orte?"

„Leider nein, Excellenz. Die nächste Czarda ist mehr als eine halbe Stunde vom Orte entfernt, im Dorf selbst ist kein Unterkommen."

„Dann nehme ich Ihre Gastfreundschaft in Anspruch; führen Sie mich auf Ihr Zimmer und lassen Sie mich dort ein wenig ausruhen."

Gabriel ging an der Seite des hohen Herrn seiner bescheidenen Wohnung zu. Das Herz schlug ihm zum Zerspringen und auf seiner Stirne perlte kalter Schweiß. O, Gott, dachte er, welche Prüfungen sendest du mir! Hätte ich der Tollheit Belas doch keine Folge geleistet und diese unglückselige Uniform nicht angezogen! Wie wird das enden!

Der Kommandierende war ein gefürchteter Herr und wegen seiner rücksichtslosen Strenge armeebekannt. Er gehörte einer der ältesten Adelsfamilien des Landes an, sein jüngerer Bruder war Erzbischof von Gran, die Fa= milie war streng kirchlich, die Excellenz war nicht nur der schneidigste, er war auch der frömmste General der Armee.

Das Zimmer Gabriels machte in dem Augenblick, wo es die beiden Herren betraten, einen ziemlich militärischen Eindruck. Die jungen Leute hatten sich vor kaum einer Viertelstunde hier umgekleidet, auf einem Stuhl lag noch die Dienstuniform Belas, die bespornten Stiefel standen daneben; Gabriel legte rasch den Husarenpelz über sein Betpult, und mit dem scharlachrot gefütterten Mantel des Generals wußte er geschickt noch mancherlei zu bedecken.

Graf Spelny ließ sich behaglich in den Lehnsessel

nieder, der vor Gabriels Schreibtisch stand; die kühle Zimmer-
luft that dem alten Herrn wohl, die gemütliche Stube,
in der sonst die peinlichste Ordnung und Sauberkeit herrschte,
sprach ihn außerordentlich an. Auf dem Schreibtisch lag
ein Buch aufgeschlagen, es war die Apostelgeschichte von
Adam Stolz, daneben lag ein voluminöses lateinisches
Wörterbuch. Der General blätterte in der Apostelgeschichte
und betrachtete mit Interesse die Anmerkungen und Rand-
glossen, die Gabriel allenthalben angebracht hatte.

„Herr Oberlieutenant," bemerkte er wohlwollend, „ich
kann Sie zu Ihren Studien nur beglückwünschen; das
wird man selten finden, daß sich ein Offizier mit so ernsten
historischen Arbeiten beschäftigt. Haben Sie die Absicht,
in die Kriegsschule zu gehen?"

„Nein, Excellenz, ich bin leider schon über das vor-
geschriebene Alter hinaus, dieser Weg ist mir daher verschlossen. Auch dürfen Eure Excellenz meine Studien
nicht zu wohlwollend beurteilen, es ist reiner Dilettantis-
mus, den ich da treibe."

„Nicht zu bescheiden, junger Herr, ich sehe mit Vergnügen, daß Ihnen auch die alten Sprachen nicht ganz
fremd sind; ich habe auf das Lateinische Zeit meines
Lebens viel gehalten, es ist die beste Grundlage alles
Wissens — wo haben Sie studiert?"

„Ich bin aus der Theresianischen Militärakademie zu
Wiener-Neustadt hervorgegangen und danke die geistige An-
regung, die ich hier gefunden habe, lediglich meinem
Freunde Gabriel Lany, der als Benefiziat und Seelsorger
in Szent-Kiraly wirkt und mit welchem ich auf das innigste
befreundet bin."

„Es freut mich außerordentlich, das zu hören, der Umgang mit einem Geistlichen kann nur veredelnd wirken;
ich sehe es auch gerne, wenn meine Offiziere sich wissen-
schaftlich beschäftigen, es kommt leider ohnehin selten

Bela trat ein und verneigte sich tief. (S. 90)

genug vor; ich wollte, ich könnte in dieser Beziehung einmal
gründlich Ordnung schaffen...."

Während die beiden Herren miteinander plauderten
und sich in ein theologisches Gespräch vertieften, ging Bela
klopfenden Herzens in seiner Stube auf und nieder und
schwitzte Angstschweiß. Es war ihm genau so zu Mute,
wie einem Verurteilten, der zum Richtplatz abgeholt wer=
den soll. Tausend Pläne kreuzten sich in seinem Kopfe,
sein Gehirn arbeitete fieberhaft, die schwärzesten Bilder er=
füllten seine Seele.

Gabriel, dachte er, wird nicht den Mut finden, die
übernommene Rolle zu Ende zu führen; er wird sich ver=
raten und dann erschieße ich mich. Degradiert werden,
am Ende als gemeiner Husar dienen müssen, nein, diese
Schmach würde ich nicht überleben!... Ich muß Ge=
wißheit haben, die Ungewißheit tötet mich, ich will den
Stier bei den Hörnern packen, ich gehe direkt hinüber in
die Löwenhöhle!

Er warf einen Blick in den Spiegel, die Soutane saß
ihm trefflich, aber der Schnurrbart paßte nicht dazu, also
rasch dieses Opfer gebracht! Unter der Schere und dem
Messer fiel diese seine Manneszierde, ein ganz fremder
Kopf sah ihm aus dem Spiegel entgegen.

Jetzt vorwärts ins feindliche Feuer, nur den Mut nicht
verloren, es kann noch alles gut werden! Schlechter, wie
es jetzt steht, nicht leicht.

Er klopfte an die Thür, Gabriel rief: „Herein!" Bela
trat ein und verneigte sich tief vor dem Kommandieren=
den, indem er die Hände über der Brust kreuzte. Ein
einziger Blick hatte hingereicht, ihn zu überzeugen, daß
Gabriel seine Rolle mit Glück weiter spiele. Der Ge=
neral war aufgestanden und reichte Bela die Hand, er be=
trachtete ihn mit sichtlichem Wohlwollen.

„Hochwürden," begann er, „Sie haben einen außer=

orbentlich günstigen Einfluß auf Ihren Freund gewonnen, ich habe da eine kleine Prüfung angestellt und an ihm ganz überraschende theologische und historische Kenntnisse entbeckt, das ist ja ein kleiner Gelehrter in Husaren= uniform, ich bin wirklich ganz überrascht."

„Eure Excellenz sind zu gütig," entgegnete Bela, „wir leben hier in völliger Weltabgeschiedenheit und da tauschen wir unsere bescheidenen Kenntnisse und Erfahrungen wechselseitig aus; ich habe mir durch den Umgang mit meinem Freunde gleichfalls ganz artige kavalleristische Kenntnisse erworben."

„Ihr seid ja prächtige Menschen," sagte der General. Er wandte sich jetzt an Bela, der gleichfalls am Tische Platz genommen hatte, und bald war er mit dem falschen geistlichen Herrn in ein hochinteressantes Pferdegespräch verwickelt. Hatte der hohe Herr früher die umfassende wissenschaftliche Bildung des Husaren bewundert, so konnte er jetzt über die gründlichen Kenntnisse, die der junge Priester im Pferde= und Kavalleriewesen entwickelte, nicht genug staunen. Zweimal war der Kutscher bereits in der Thür erschienen und hatte gemeldet, daß die Pferde gefüttert seien, zweimal hatte Seine Excellenz ihn fort= geschickt, nun aber mußte ernstlich an den Aufbruch ge= dacht werden, die Sonne war im Niedergang, der Kutscher mußte gut fahren, wenn Graf Spelny noch heute sein Reiseziel erreichen sollte.

Seit Jahren hatte sich der alte Herr nicht mehr so gut unterhalten, als wie in dem Stübchen des Dorfes Csik=Szent=Kiraly, er war ordentlich wieder jung geworden. Er erhob sich und schüttelte den beiden Freunden herzlich die Hand; zu Gabriel sagte er beim Abschied: „Ich freue mich, an Ihnen einen Offizier kennen gelernt zu haben, dessen wissenschaftliche Arbeiten volle Beachtung verdienen, ich habe an Ihnen nur eines auszusetzen, warum tragen Sie keinen Schnurrbart?"

Gabriel errötete. Rasch ergriff Bela das Wort, damit nicht in der letzten Minute noch das schwimmende Karten= haus wie eine Seifenblase zusammenbreche.

„Gestatten Eure Excellenz, daß ich die Erklärung da= für gebe; wir ließen uns eben photographieren und ich sollte mittelst eines Brenneisens dem Schnurrbart eine martialische Form geben, in meiner Ungeschicklichkeit er= wischte ich das Eisen zu heiß und versengte den Schnurr= bart bis auf die Wurzeln — da gab's nur einen Ausweg, er mußte gänzlich fallen. In vier Wochen wird dieses Unglück wieder behoben sein.“

Der General lächelte. „Ja, ja, Hochwürden,“ sagte er, „Sie sind eben Theoretiker, da kann einem schon so etwas passieren. Ich werde in einigen Wochen nach Nyire= gyhaza kommen und das Husarenregiment inspizieren, bis dahin wird der Schnurrbart wohl nachgewachsen sein! Hoffentlich wird sich unser gelehrter junger Freund auch im Sattel so bewähren, wie in der Wissenschaft, das wollen wir im Interesse des allerhöchsten Dienstes recht lebhaft wünschen. — Sie, Herr Benefiziat, sind, wie ich glaube, in dieser weltabgeschiedenen Einsamkeit auch nicht auf Ihrem richtigen Platz, Sie würden zum Militärseel= sorger wie kein anderer passen; was meinen Sie dazu?“

„Gewiß, Excellenz,“ fiel Gabriel ein, als Bela ver= legen schwieg, mußte er doch nicht, ob sein Freund mit dieser neuen Laufbahn einverstanden sei. „Gewiß, Ex= cellenz, Sie werden keinen besseren Soldaten finden, als meinen Freund, es rollt militärisches Blut in seinen Adern, seine Schüchternheit und noch mehr die Furcht vor einem abschlägigen Bescheid haben ihn bisher verhindert, sich um eine solche Stelle zu bewerben.“

„Lassen Sie das meine Sorge sein,“ entgegnete freund= lich der General, indem er Bela kräftig die Hand schüt= telte, „wir haben Mangel an tüchtigen Seelsorgern in der

Armee, die Priesterweihe allein thut es da nicht, der Regimentsgeistliche muß zum guten Teil auch Soldat sein. Ueber Sie, Herr Oberlieutenant, werde ich mir erst ein Urteil zu bilden im stande sein, wenn ich Sie vor der Eskabron gesehen habe, in wenigen Wochen werde ich zur Inspizierung eintreffen und damit — Gott befohlen!"

Der General stieg in den Wagen, der Postillon schmetterte ein lustiges Lied, die Pferde zogen an, und der Wagen rollte davon.

Lange sahen die beiden Freunde stumm der rötlichgrauen Staubwolke nach, die den Wagen verhüllte, dann kehrten beide ins Haus zurück.

Gabriel wollte sich sofort der Uniform entledigen, Bela hielt ihn davon zurück. „Warten wir lieber noch eine halbe Stunde, irgend ein böser Zufall könnte den Alten zurückführen und dann wären wir doch verloren."

„Du glaubst also nicht, daß er auf unseren Streich kommen wird?"

„Möglich ist alles, sehr wahrscheinlich ist es nicht. Die Stube hier ist dunkel, dank dem wilden Wein, der sich am Fenster hinaufschlingt; er hat uns beide gesprochen, kann also sehr leicht die Bilder verwechseln. Wenn er mich wieder sieht, ist mein Schnurrbart nachgewachsen, ich rücke vor ihm zu Pferde in feldmäßiger Abjustierung aus, da müßte er schon ein ganz ungewöhnliches Physiognomiengedächtnis haben, wenn er nicht irre werden sollte."

„Das wollen wir beide wünschen, in vier Wochen wird er also in Nyiregyhaza sein; wirst du den Obersten davon verständigen?"

„Das ist selbstverständlich, ich lege mir dadurch bei unserem Kommandanten einen gewaltigen Stein ins Brett. Es ist im Regiment nicht alles so, wie es sein sollte, die Offiziere nehmen meist ihren Dienst nicht sehr genau, der Oberst selbst ist ein bequemer Herr, der nur dann in den

Sattel steigt, wenn er es unbedingt thun muß, nicht zu vergessen der verschiedenen Protektionskinder, die wohl eine Zierde der Salons, aber durchaus nicht eine solche des Regiments sind."...

Die beiden Freunde trennten sich erst um Mitternacht. In Gabriels Augen kam lange kein Schlaf, er fühlte, daß er nicht ganz recht gehandelt hatte; alle die zahlreichen Gründe, die er zu seiner Entschuldigung anführte, hielten nicht Probe, er vermochte sein Gewissen nicht zu beruhigen. Als er endlich einschlief, da störten wüste Träume seinen unruhigen Schlummer. Er sah sich, in sein priesterliches Gewand gekleidet, an der Spitze eines Husarenregiments, und der General forderte komplizierte Exercitien von ihm; dann sollte er wieder eine Predigt vor seiner Gemeinde halten, und zu seinem Schrecken bemerkte er, daß er auf der Kanzel in Husarenuniform stand.

3.

Bela v. Szilaghy war kommenden Tages früh auf= gesessen und nach Nyiregyhaza geritten, dort hatte er sich zum Regimentsrapport gemeldet. Der Oberst erkannte ihn zuerst gar nicht, so sehr war er durch den fehlenden Schnurrbart verändert. Die Meldung, daß der gefürchtete Regimentsinhaber in vier Wochen zur Inspektion erscheinen werde, brachte den alten Herrn vollständig aus der Fassung; vier Wochen, da war ja kaum Zeit genug, um die etwas vernachlässigte Kaserne herzurichten, geschweige denn, die Eskadronen vollständig einzuexerzieren!

Für den Nachmittag berief der Oberst eine Offiziers= versammlung, der auch Bela anwohnen mußte. Vertrau= lich eröffnete der Kommandant den versammelten Herren, daß eine Inspizierung bevorstehe, daß sich dieselbe nicht bloß auf den äußeren Dienst erstrecken werde, sondern auch die Detailfragen der inneren Wirtschaft berühren

werde, und daß bei irgend einer Nachlässigkeit Gnade von
Seiner Excellenz nicht zu erwarten sein dürfte.

Stumm hörte das Offiziercorps diese Hiobsbotschaft
an, den Lieutenants war es im Grunde gleichgültig, ihnen
konnte nicht viel geschehen, eine Nase mehr oder weniger
kommt da gar nicht in Betracht, aber den Rittmeistern,
denen konnte es schlecht gehen, die waren für die Eskadron
verantwortlich.

Graf Steinau trat aus der Reihe seiner Kameraden,
legte die Hand an den Tschakoschirm und blieb in dienst=
licher Haltung vor dem Regimentskommandanten stehen.

„Sie wünschen, Herr Rittmeister?" frug der Alte.

„Herr Oberst, ich bitte gehorsamst um einen acht=
wöchentlichen Urlaub. Ich leide seit längerer Zeit am Sumpf=
fieber, welches ich mir hier in der Niederung zugezogen
habe, der Herr Regimentsarzt wird dies bestätigen. Ich
habe in den letzten vierzehn Tagen nur mit Aufgebot aller
moralischen Kräfte Dienst thun können; ich fühle, daß ich
eines Klimawechsels, wenn auch nur auf kurze Zeit, brin=
gend bedarf."

Dem Obersten fiel ein Stein vom Herzen, hatte er
doch bereits hin und her studiert, auf welchem Wege er
wenigstens für die Zeit der Inspizierung den jungen
Herrn los werden könnte, nun kam dieser selbst allen
seinen Wünschen zuvor.

Herzlicher, als es sonst seine Art war, erwiderte der
Oberst: „Ich sehe Ihnen an, Herr Rittmeister, daß Sie
leidend sind. Acht Wochen kann ich als Regimentskomman=
dant leider nicht bewilligen, das ist Sache des Kriegs=
ministeriums, geben Sie mir sobald als möglich Ihr
diesbezügliches Gesuch, ich werde es befürworten und
dorthin senden. Ihre Meldung als krank nehme ich je=
doch gleich entgegen und dispensiere Sie vom Dienst, über=
geben Sie vorläufig das Kommando über Ihre Schwadron

dem Oberlieutenant v. Szilaghy, der sich seinerseits morgen
früh zur Uebernahme beim Rapport zu melden hat."

Bela glaubte zu träumen, ein solcher Glücksfall war
ganz unerhört. Eilenden Schrittes begab er sich nach Schluß
der Offiziersversammlung zu Rohonczy, um seiner Braut
die freudige Nachricht seiner Einberufung nach Nyiregyhaza
mitzuteilen. Julcza war gerade in der Küche, sie hatte
eine große Schürze vorgebunden und hantierte mit den
Kochtöpfen; nie war das schöne Mädchen dem Offizier
reizender und begehrenswerter erschienen. Bela drückte
im ersten Jubel seine Braut an die Brust, die sich ver=
geblich gegen diese allzu stürmische Liebkosung zu wehren
suchte.

Als sie endlich zu Worte kam, war ihre erste Frage:
„Bist du am Ende gar Rittmeister geworden?"

„Nein," sagte Bela etwas kleinlaut, „das wohl nicht,
aber ich bin auf dem besten Wege, es zu werden. Denke
dir nur, mein Engel, ich bin hierher ins Regiment zur
Dienstleistung kommandiert, ich habe die Eskadron Steinaus
übernehmen müssen, der hat sich krank gemeldet, in drei
Wochen werden wir inspiziert, wie leicht kann ich da be=
fördert werden!"

Julcza nahm mit ihrem praktischen Sinne diese Mit=
teilung etwas kühler auf, als wie Bela. Für sie war
nur der fertige Rittmeister von Bedeutung. Glücklich war
sie wohl darüber, daß Bela die Garnison gewechselt hatte,
daß sie sich jetzt täglich sehen und sprechen konnten, so
rosig aber, wie ihrem Bräutigam, erschien ihr die Zukunft
keineswegs.

„Was wirst du jetzt machen?" frug sie. „Die Eskadron
Steinaus wird nicht die beste sein, sonst hättest du sie
nicht bekommen."

„Ich werde eben versuchen, die beste aus ihr zu machen;
vier Wochen sind eine geraume Zeit, man kann da vieles

leisten, die Leute sind willig, und wenn mich die Unter=
offiziere entsprechend unterstützen, so kann ich das Beste
hoffen."...

Von diesem Tage an sah man pünktlich um vier Uhr
früh die Eskadron Belas auf den Exerzierplatz ziehen.
Seine drei Offiziere hatte er ins Vertrauen gezogen, und
da den Herren an der Entfernung des ebenso hochmütigen
wie talentlosen Steinau gelegen war, so unterstützten sie
ihn nach besten Kräften. Der Exerzierplatz war außerhalb
des Ortes gelegen und durch einen Garten von der Straße
getrennt. Bela ließ die Böschung des Grabens ausarbeiten,
Steine und Gebüsch entfernen und dort übte er seine
Husaren im Springen, wobei er durch den alten Rohonczy
sehr lebhaft unterstützt wurde. Der Gutsbesitzer hatte
dem edlen Zweck sogar eine ganz bedeutende Quantität
des besten Hafers geopfert, Bela ließ eine leichte hölzerne
Rinne zimmern, die auf den Exerzierplatz mitgenommen
wurde und stets mit Hafer gefüllt war. Sobald die
Pferde den Graben genommen hatten, standen sie auch
schon vor der Haferrinne. Nach kaum vier Tagen hatten
die Tiere ihre Sache weg, wie die Springböcke flogen sie
über den Graben.

Um sieben Uhr rückte die Eskadron Belas bereits
wieder ein, das war gerade die Zeit, wo die anderen
Rittmeister zum Exerzieren abritten, das Grabenspringen
bildete ein ängstlich gehütetes Geheimnis der Schwadron.
Bela war seinen Husaren ein guter Vorgesetzter; Steinau,
durch und durch Aristokrat, blieb für den gemeinen Mann
stets unnahbar, nie fand er ein freundliches Wort der
Anerkennung, die Leiden und Freuden der Mannschaft
ließen ihn gänzlich gleichgültig. Wie ganz anders war da
Bela v. Szilaghy, der wußte die Soldaten völlig anders
zu nehmen, er war streng, sehr streng, aber gerecht, der
nationalen Eitelkeit des Ungarn wußte er entgegenzu=

kommen. Schon nach der ersten Woche gab's keinen Mann
in der Eskabron, der nicht für ihn durchs Feuer gegangen
wäre.

Genau nach vier Wochen, so wie es Bela dem Obersten
gemeldet hatte, traf das mit bangem Herzen erwartete Ereignis ein — Seine Excellenz erschien zur Inspizierung
des Regimentes. Der hohe Herr nahm im Gasthaus „Zum
goldenen Engel" Absteigequartier, wider alles Erwarten
aber wurden seine Pferde nicht in den Regimentsstallungen
untergebracht, wo für dieselben bereits Raum geschaffen
war, sondern gleichfalls im „Goldenen Engel" eingestellt.
Die Anordnung machte den Offizieren vielen Kummer.
Waren die Pferde des Generals in den Regimentsstallungen
untergebracht, dann war man vor jeder unliebsamen Ueber-
raschung sicher, denn das Satteln der Generalspferde war
ein Zeichen für das ganze Regiment, im „Goldenen Engel"
aber war eine Kontrolle unmöglich. Bela war über diese
Anordnung ebenso bestürzt wie seine Kameraden; er hatte
bereits einen verläßlichen Mann bestimmt, dessen Aufgabe
es war, die Pferde Seiner Excellenz ununterbrochen zu
beobachten, das war nun vorüber! Niedergedrückt und
mit wesentlich herabgestimmten Hoffnungen kam er mit
dieser Unglücksbotschaft zu seiner Braut. Die Pferde des
Generals waren bereits eingetroffen und im „Goldenen
Engel" so gut es gehen mochte untergebracht, der General
selbst sollte am nächsten Tag erwartet werden.

Julcza hörte mit großem Interesse die Erzählung Belas
an, ihr schien die ganze Sache durchaus nicht so verzweifelt
zu stehen, wie ihm.

„Wie ist das also?" frug sie den Offizier; „nach allem,
was du mir da erzählst, handelt es sich für dich lediglich
darum, stets auf die Minute genau von dem Moment
unterrichtet zu sein, wann der General seine Pferde satteln
läßt?"

„Nur um dies handelt es sich, aber wie soll man das erfahren?"

„Ich glaube dir helfen zu können," entgegnete Juleza.

„Die Tochter des Engelwirtes ist eine Schulfreundin von mir, ich habe den Verkehr mit ihr nie ganz abgebrochen, wir grüßen uns stets und plaudern hin und wieder zusammen; sie wird mir diesen kleinen Freundschaftsdienst gewiß gerne erweisen. Viel mehr Schwierigkeiten wird es machen, dich zu verständigen."

„Eine permanente Ordonnanz kann ich in eurem Hause nicht lassen, denn erstens ist jetzt jeder Mann in der Eskadron unentbehrlich, und zweitens würde es auffallen; die Stadt ist für ein solches Experiment zu klein. Du müßtest irgend ein Zeichen erfinden, vielleicht fällt dir irgend etwas ein, wenn du darüber nachdenkst."

„Ein Zeichen," sagte Juleza sinnend, „ein Zeichen, das wird sich finden. Wenn aus unserer Dachluke eine weiße Fahne herausflattert, die ich aus einem Handtuch fabrizieren werde, so ist das ein Zeichen für dich, daß die Generalspferde gesattelt werden, sollte dieses Ereignis jedoch bei Nacht vor sich gehen, so stecke ich eine Laterne aus."

Die beiden Liebenden besprachen den Plan noch lange, dann machte sich Juleza auf, um die Engelmarie zu besuchen, welche sie eben mit der Säuberung der Generalszimmer beschäftigt fand. Ohne viele Umschweife brachte Juleza ihre Bitte vor, Marie ihrerseits war sofort bereit, dieselbe zu gewähren.

„Mir wird das nicht so viel Mühe machen, als wie du glaubst," sagte das wackere Mädchen. „Im Stalle unten ist für das kostbare Sattelzeug des Herrn Generals kein Platz, ich werde am Korridor, unmittelbar neben meiner Zimmerthüre das Sattelgestell anbringen lassen, da höre ich es sofort, wenn der Bursche die Sättel abholt. Sei außer Sorge, liebe Juleza, es freut mich, daß ich

dir dienen kann. Bevor noch der Burſche mit den Scha=
bracken und dem Sattelzeug im Stall angekommen iſt, ſollſt
du bereits davon verſtändigt ſein, darauf haſt du mein
Wort."

Die beiden Mädchen trennten ſich, Julcza eilte leichten
Herzens nach Hauſe.

4.

Der General war angekommen und hatte die für ihn
vorbereitete Wohnung im „Goldenen Engel" bezogen. Er
ſchien von der langen Wagenfahrt ſehr ermüdet zu ſein,
jeden offiziellen Empfang hatte er ſich verbeten, er ſpeiſte
allein auf ſeinem Zimmer und gab keinerlei Ordre für
den nächſten Tag aus. Im Regiment herrſchte fieberhafte
Aufregung, die Offiziere ſtanden auf der Reitſchule in
Gruppen beiſammen und beſprachen eifrig die Situation,
der Oberſt war oben in der Kanzlei und erwartete die
Befehle des Generals, der ſich bis zur Stunde noch nicht
hatte blicken laſſen. Wohl hatte der Perſonaladjutant des
hohen Herrn deſſen Ankunft dienſtlich gemeldet, das war
aber auch alles, zu ſehen hatte den General bisher noch
niemand bekommen.

Bela ſah fleißig zur Dachluke des Nohonczyſchen
Hauſes empor, auch dort blieb alles ſtill und unverändert.
Der Abend kam, die Offiziere ſaßen wie gewöhnlich vor
dem einzigen Kaffeehauſe des Ortes und plauderten, man
blieb heute nicht ſo lange beiſammen wie gewöhnlich,
die mit grünem Tuch überzogenen Spieltiſche blieben ein=
ſam ſtehen, denn die Herren trennten ſich früher, wußte
doch niemand, was der kommende Morgen bringen werde,
wie eine ſchwere Gewitterwolke lag die Anweſenheit des
Regimentsinhabers über der Garniſon.

Bela ſchlief einen unruhigen Schlaf, jetzt nahte ſich die
Entſcheidung, wehe ihm, wenn der General die Entdeckung

machte, daß der damalige Benefiziat und der heutige Ober=
lieutenant dieselbe Person sei! Diesen Gedanken vermochte
Bela gar nicht auszudenken, in diesem Falle war er ohne
Frage verloren!

Um vier Uhr früh trat sein Bursche in sein Zimmer
und meldete ihm, daß eben auf dem Rohonczyschen Hause
eine weiße Flagge aufgezogen werde. Wie ein Pfeil fuhr
Bela aus dem Bette, der Husar erhielt Befehl, eilends in
die Kaserne zu laufen und die dritte Eskabron aufzufordern,
geräuschlos zu satteln; wenige Minuten später erschien
Bela selbst im Stall.

Viel schneller als Bela es erwartet hatte, war alles
vor sich gegangen, die Pferde standen bereits mit den
Köpfen gegen die Wand gewendet an die Standsäulen
gebunden, die Husaren halfen einander beim Anschnallen
der Karabiner, die längst vorbereiteten Heuscheiben waren
aufgepackt, jeder zweite Mann hatte den vorschriftsmäßigen
Tränkeimer angeschnallt, keinem fehlte der Lagerpflock,
jeder Husar hatte seine Fouragierleine.

Mit zufriedenem Blick musterte Bela die Schwadron,
er sprach manches anerkennende Wort, welches die Augen
seiner Husaren blitzen machte, dem alten Wachtmeister
klopfte er auf die Schulter, dann horchte er gespannt zur
Thüre hinaus. Nichts rührte sich in dem in der Dämme=
rung daliegenden Kasernenhof.

So vergingen bange fünf Minuten, da erschien plötz=
lich der Regimentstrompeter im Hof und schmetterte das
Alarmsignal in die frische Morgenluft hinaus — Bela
atmete tief auf, also doch, es war keine Täuschung gewesen:
brave Julcza, wackere Engelmarie!

Zehn Minuten ließ Bela vorüberstreichen, dann be=
fahl er, die Pferde hinauszuführen. Im Kasernenhof
war es bereits lebendig geworden, ein Leben herrschte,
wie in einem aufgestöberten Ameisenhaufen; Husaren, nur

halb angekleidet, rannten hin und her, die Unteroffiziere
schrien und wetterten darunter, einzelne Offiziere mit schlaf=
trunkenen Gesichtern waren bereits erschienen und versuchten
Ordnung zu schaffen, es herrschte ein unglaublicher Wirr=
warr.

„Wo soll die Eskabron sich aufstellen?" frug Bela
den Trompeter.

„Auf dem Exerzierplatz, Seine Excellenz befindet sich
bereits dort."

Noch einen prüfenden Blick warf Bela auf seine Reiter,
dann trabte er an der Spitze der Schwadron zum Kasernen=
thor hinaus. Unter dem Fenster seiner Julcza ließ er
blasen, sie erschien oben und grüßte mit der Hand, er
warf ihr eine Kußhand zu und fort ging's nach dem
Exerzierplatz.

Schon von weitem sah Bela den grünen Federbusch
des Generals wehen; der hohe Herr hatte inmitten des
Exerzierplatzes Stellung genommen, an seiner Seite hielt
der Oberst des Regiments. Geschickt wußte Bela den
Graben zwischen sich und den General zu bringen, er sah,
wie der Oberst unruhig wurde, ja, er gab ihm sogar ein
Zeichen mit der Hand, daß er nach links abschwenken
möge, doch Bela wollte nicht verstehen. Fünfzig Schritte
vor dem Graben ließ er aus dem Trab in den Galopp
übergehen und in tabellosem Sprunge nahm die Eskabron
das Hindernis.

„Bravo," rief der General, „sehr gut, vorzüglich, das
nenne ich Springen! Habe selten so präzise Arbeit ge=
sehen!"

Der Oberst lächelte verklärt.

Bela ritt heran, warf sein Pferd kurz herum und er=
stattete die Meldung *). Den Tschako hatte er tief in die

---

*) Siehe das Titelbild.

Stirne gedrückt, das Sturmband über das Kinn vor-
geschoben.

„Darf ich um Ihren Namen bitten, Herr Rittmeister?"
frug der General.

„Oberlieutenant Bela v. Szilaghy, Interimskomman-
dant der dritten Eskadron."

„Szilaghy," sagte der General nachdenklich, „Szilaghy —
der Name ist mir nicht fremd; haben Sie vielleicht noch
einen Bruder im Regiment?"

„Nein, Excellenz," sagte Bela mit fester Stimme.
„Ich stand früher in Csik-Szent-Kiraly und habe dort die
Ehre gehabt, Eurer Excellenz vorgestellt zu werden."

„Ganz recht," sagte der General, „ich hätte Sie im
ersten Augenblick nicht wieder erkannt, aber jetzt erinnere
ich mich. Das macht eben der Schnurrbart und der Tschako.
Ist Ihnen der verbrannte Schnurrbart glücklich wieder
nachgewachsen?"

Bela wußte keine rechte Antwort darauf, er hielt noch
immer mit gesenktem Säbel vor dem Regimentsinhaber.

„Wissen Sie auch, Herr Oberst," wandte sich der General an den Regimentskommandanten, „daß wir hier
einen der gelehrtesten Offiziere der Armee vor uns haben?
Ich hatte Gelegenheit, den jungen Herrn in seiner früheren
Station zu sehen, ich rastete nach einer anstrengenden
Wagenfahrt über eine Stunde in seiner Stube und fand
ihn tief in historisch-theologische Studien versunken. Habe
damals eine kleine Prüfung mit ihm abgehalten und war
überrascht von seinen gründlichen Kenntnissen, freue mich
daher um so mehr, daß er heute der erste am Platze ist."

Bela wußte sich geschickt mit seinem Pferde zu beschäftigen, der Oberst aber glaubte nicht anders, als daß
Seine Excellenz laut zu träumen geruhe, von „gründlichen historisch-theologischen Studien" Belas hatte er nie
etwas gehört.

Fast eine halbe Stunde verging, bis sich endlich die
nächsten Husarentschakos am Horizonte zeigten, der General,
mit der Uhr in der Hand, war über diese Verzögerung
bereits etwas unwillig geworden und ließ dies die an=
deren Eskadronskommandanten empfinden. Das günstige
Vorurteil, welches er für Bela gefaßt hatte, ließ ihn
dagegen in dessen Schwadron alle Mängel übersehen.

Damals hielt man in der Armee noch sehr viel auf
sogenannte gute „Bilder" und Belas Eskadron hatte ja
beim Springen, dank dem Rohonczyschen Hafer, ein vor=
treffliches „Bild" gegeben.

Nach Verlauf von zwei Stunden wurde die Uebung
abgeblasen, die Schwadronen ralliierten sich und rückten
in die Kaserne ein. Die Offiziere zerbrachen sich ver=
geblich die Köpfe, wie Bela es angestellt haben mochte,
von der so geheim gehaltenen Alarmierung erfahren zu
haben; bloße Glücks= oder Zufallssache war das keinen=
falls. Seine Excellenz hatte es darauf angelegt, die Gar=
nison zu überraschen, die Alarmierung kam vollständig un=
erwartet, man setzte voraus, daß vorher eine Besichtigung
stattfinden werde, so wollte es wenigstens das Herkommen,
der Herr General band sich jedoch an nichts.

Der Mittagstisch im „Goldenen Engel" vereinigte die
Herren zu einem gemeinsamen Mahle; Seine Excellenz,
im Privatverkehr liebenswürdig wie alle österreichischen
Generale, zeichnete Bela zu wiederholten Malen durch An=
sprachen aus, der Oberst drückte dem jungen Mann die
Hand und raunte ihm zu: „Sorgen Sie für die An=
schaffung eines dritten Sternes, denn wie ich Seine Ex=
cellenz kenne, so ist Ihnen der Rittmeister gewiß!"

Bela schwamm in Seligkeit und Wonne, doch wurde
er wieder etwas abgekühlt, als der General beim Abschied
dem Offiziercorps mitteilte, daß er morgen vormittag
um zehn Uhr in der Kaserne erscheinen werde, um etwas

nach dem „inneren Dienſt" zu ſehen; die Mannſchaft möge
um dieſe Stunde im Kaſernenhof angetreten erſcheinen.

Der „innere Dienſt" iſt von jeher der Schrecken der
Schwadronskommandanten geweſen; man kann am Exerzier-
platz eine muſtergültige Schwadron vorführen, im „inneren
Dienſt" kann ſie alles zu wünſchen übrig laſſen.

Bela eilte ſofort in die Regimentskanzlei und ſah dort
die neueſten Verordnungen, den „inneren Dienſt" betreffend,
nochmals durch, bei dieſer Gelegenheit ſtieß er auf ein
Schriftſtück, welches erſt kürzlich eingetroffen war und eine
Verordnung in Betreff des Gebrauches von Strümpfen und
Fußtüchern enthielt. Die letztere Fußbekleidung, die früher
bei der Kavallerie üblich war, ſollte durch gewirkte Strümpfe
erſetzt werden, die Rittmeiſter und Eskadronskommandanten waren beauftragt, das neue Material zu erproben
und ihre diesbezüglichen Wahrnehmungen mitzuteilen.

Bela begab ſich ſofort ins Monturmagazin, wo die
neu angekommenen Strümpfe noch ruhig lagerten, denn
keinem der Herren war es bisher eingefallen, davon Gebrauch zu machen. Bela faßte die ihm gebührende Anzahl von Strümpfen und ließ ſich dieſelben in die Kaſerne
tragen; dort verhandelte er lange Zeit mit dem Wacht-
meiſter, und der alte Vorzig lächelte ungemein ſchlau, als
ſich Bela mit zufriedenem Geſicht entfernte.

Noch hatte er nicht Gelegenheit gefunden, Julcza ſeinen
Dank für ihre ſo gelungene Unterſtützung zu ſagen. Die
wenigen Minuten freie Zeit, die ihm blieben, benützte er
daher ſofort, um zu Rohonczy zu eilen, dort ſeine Braut
zu küſſen und von einer glücklichen Zukunft zu ſchwärmen.

Der kommende Tag mußte über das Schickſal der
beiden Liebenden entſcheiden.

—   —   —   —   —   —   —   —   —

Um neun Uhr vormittags war das Regiment im
Kaſernenhof bereits geſtellt, die Huſaren ſtanden, in ihre

gewöhnliche Dienstuniform gekleidet, in zwei Gliedern aus-
gerichtet, stramm da, die Wachtmeister hatten mit der
peinlichsten Genauigkeit alle Kleinigkeiten geprüft, und der
alte Borzig konnte ruhigen Gewissens seinem Vorgesetzten
die Meldung machen, daß „alles“ in Ordnung sei.

Einem feinen Beobachter wäre es aufgefallen, daß der
alte Brummbär auf das Wort „alles“ eine besondere Be-
tonung legte.

Seine Excellenz erschien pünktlich wie immer und begann die Inspektion, indem er vorerst die Reihen der
Eskabronen abschritt. Er wandte sich dann zu den Offizieren und frug: „Hat einer der Herren bereits Versuche
mit der neuen Fußbekleidung gemacht?“

Keiner meldete sich, das Gesicht des Obersten verdüsterte
sich bereits bedenklich.

Da trat Bela vor, legte die Hand an den Tschakoschirm
und meldete sich.

„Welche Resultate haben Sie bisher gewonnen, Herr
Oberlieutenant?“

„Ich kann über die Verwendbarkeit der Strümpfe noch
kein sicheres Urteil abgeben, da ich den Gegenstand eben
erst erprobe. Die Mannschaft ist nicht gleichartig veran-
lagt, ich lasse stets abwechselnd Strümpfe und Fußtücher
tragen und führe eine genaue Kontrolle darüber; diese
setzt mich in den Stand, stets davon unterrichtet zu sein,
was jeder einzelne Mann an hat.“

Der General horchte auf. Wenn sich dies bewahr-
heitete, dann ließ der innere Dienst in der dritten Eskabron
allerdings nichts zu wünschen übrig.

Der General ließ sich die Eskabron Belas vorführen,
bei einem der Husaren blieb er stehen und frug: „Wie
heißt dieser Mann?“

„Stefan Kiß,“ entgegnete Bela.

„Was hat er an?“

Der Mann trat vor die Front. (S.108)

„Strümpfe."

Der Mann trat vor die Front, zog einen Stiefel aus; er hatte Strümpfe an.

„Und der dritte Mann?"

Bela nannte irgend einen ungarischen Namen und er= widerte mit fester Stimme: „Fußtücher."

Der Mann zog den Stiefel aus, er hatte Fußtücher an.

Noch eine und noch eine Probe machte der General; mit verblüffender Sicherheit machte Bela seine Angaben, nie irrte er sich.

Der Oberst, der bangen Herzens das Thema der neuen Fußbekleidung berührt sah, wäre unserem Bela am liebsten um den Hals gefallen; im Geiste verzieh er ihm alle seine „gründlichen historisch = theologischen Studien". Nur war es dem alten Praktiker vollständig unerklärlich, wie sich Bela in verhältnismäßig so kurzer Zeit eine so gründliche Kenntnis des inneren Dienstes aneignen konnte.

An der dritten Eskadron fand Seine Excellenz nicht das geringste zu tadeln; sie war gestern die erste beim Alarm am Exerzierplatz gewesen und heute hatte sie mit seltenem Glanze bestanden. Der General gratulierte dem glückstrahlenden Oberlieutenant zu seinem schönen Erfolg, und der mittags ausgegebene Befehl brachte richtig die Ernennung Belas zum Rittmeister und seine definitive Betrauung mit dem Kommando der dritten Eskadron.

Bela wurde fast närrisch vor Freude, die Kameraden beglückwünschten ihn mit sauern Gesichtern, der Oberst aber trat an ihn heran und reichte ihm die Hand.

„Kommen Sie morgen nach Tische zu mir und trinken Sie mit mir eine Schale schwarzen Kaffee, Herr Ritt= meister; ich möchte mit Ihnen gerne ein paar Worte außer= dienstlich sprechen."

Bela wurde auf diese freundliche Einladung hin nicht recht wohl zu Mute; dankend verbeugte er sich jedoch,

Rittmeister war er, das konnte ihm nicht genommen werden.

Im Hause Rohonczy herrschte Jubel und Freude, die reizende Julcza schwamm in Seligkeit, nun brauchte sie nicht zu verblühen, um Frau Rittmeister zu werden, jetzt nur noch die Heiratsbewilligung! Auch diese wird kommen, wer hätte vor wenigen Wochen noch gedacht, daß alles so glücklich enden werde!

Bela begab sich in großer Parade zum General, um für seine Beförderung zu danken. Der alte Herr empfing ihn sehr wohlwollend, bot ihm einen Stuhl und benahm so der Situation ihren streng dienstlichen Charakter.

„Es freut mich," sagte Seine Excellenz, „daß Sie sich auch als Offizier in jeder Richtung bewährt haben, solche Herren muß man dem Heer erhalten; wenn Sie noch einen Wunsch haben sollten, so sprechen Sie denselben ungescheut aus, kann ich ihn erfüllen, so will ich es gern thun."

Bela war aufgestanden. „Eure Excellenz," sagte er mit bebender Stimme, „überhäufen mich mit Wohlthaten. Darf ich mir noch eine Gnade ausbitten, so würde mich die gnädige Erlaubnis zur Heirat unsagbar glücklich machen. Ich bin mit der Tochter des Gutsbesitzers Miklos v. Rohonczy seit Jahresfrist verlobt, die Familie gehört zum ältesten Adel des Landes und Julcza, meine Braut, gilt als das bravste Mädchen weit und breit."

Der General war ernst geworden. „Ich nehme zu sehr Anteil an Ihnen, um Ihrem Glück im Wege zu stehen; aufrichtig gesagt, ich sehe es nicht gerne, wenn meine Offiziere zu früh heiraten. Wie alt sind Sie?"

„Achtundzwanzig Jahre."

„Achtundzwanzig Jahre, das ist freilich noch sehr jung, aber in diesem Alter ist es erlaubt, an eine Heirat zu denken; thut's Ihnen nicht leid um Ihre ungebundene Freiheit, die Sie durch die Heirat verlieren werden?"

„Nein, Excellenz," sagte Bela mit fester Stimme. „Wir Kavalleristen sind meist recht übel daran. Stets in kleinen polnischen oder ungarischen Dörfern stationiert, sind wir da ganz verlassen von der Welt, ohne Umgang, ohne jede Ansprache. Nicht immer wird einem das Glück zu teil, einen Freund zu finden, wie ich einen solchen an Pater Gabriel Lany in Csik = Szent = Kiraly fand, viele wackere Offiziere gehen an der Flasche oder aber an den Karten zu Grunde; ich habe stets jene Kameraden beneidet, die eine eigene Häuslichkeit besitzen."

„Sie erinnern mich an den jungen Priester in Csik = Szent = Kiraly, ich habe seiner nicht vergessen, doch im Drange der Geschäfte nicht die Zeit gefunden, mein da = maliges Versprechen einzulösen. Gehen Sie hinüber in die Regimentsadjutantur, dort soll die Ernennung Gabriel Lanys zum Seelsorger beim hiesigen Husarenregiment aus = gefertigt und mir zur Unterschrift vorgelegt werden, dann kann Ihr Freund zugleich den Bund Ihres Herzens segnen."

Bela eilte frohen Herzens von dannen, was jetzt noch beim Obersten geschehen konnte, war nicht mehr der Rede wert.

Pünktlich um zwei Uhr nachmittags traf er beim Re = gimentskommandanten ein. Der Oberst war bereits beim schwarzen Kaffee, er empfing Bela sehr wohlwollend, bot ihm eine Cigarre an, und Bela nahm klopfenden Herzens Platz.

„Herr Rittmeister," sagte der Oberst, „schenken Sie mir reinen Wein ein; ich muß wissen, wie Sie das Husarenstückchen mit der Fußbekleidung zusammengebracht haben? Daß Sie der erste bei der Alarmierung am Platze waren, das nimmt mich nicht so sehr wunder, ihr jungen Leute habt eure Fühlhörner überall, auch über Ihre historisch = theologischen Studien will ich den Mantel der christlichen Liebe breiten, aber die Geschichte mit den Strümpfen kann

und will ich Ihnen nicht schenken, dafür will ich eine Erklärung haben."

Bela wurde feuerrot, es blieb ihm keine andere Wahl
übrig, als wie zu beichten.

„Herr Oberst," begann er stotternd, „für mich war die
Inspizierung durch Seine Excellenz ein Ereignis von un-
sagbarer Tragweite. Sie wissen, Herr Oberst, daß ich seit
Jahresfrist mit der Tochter Ihres Freundes Rohonczy verlobt bin und daß die Aussichten auf eine baldige Reali-
sierung unserer Wünsche sehr, sehr schlechte waren — das
hat sich nun mit einem Schlage geändert. Ein glücklicher
Zufall brachte mich an Stelle Steinaus hierher zum Regiment, und ich setzte alle Hebel in Bewegung, um die
mir so günstige Situation auszunützen. Ich habe an der
Ausbildung der Eskadron, die ich in sehr vernachlässigtem
Zustand übernommen habe, redlich gearbeitet, den äußeren
Dienst hatte ich nicht zu fürchten, meine Husaren waren
bald abgerichtet und ich wußte, daß ich mit Ehren bestehen
werde. Im inneren Dienste aber nahm ich zu einer List
meine Zuflucht; ich ließ nämlich vor dem Ausrücken jeden
einzelnen Mann am rechten Fuße einen Strumpf, am linken
ein Fußtuch anziehen. Es war nun völlig gleichgültig, welchen
Mann Seine Excellenz zu sehen wünschte, schrie ich:
„Strumpf", so hatte der Mann vor der Front den rechten
Stiefel auszuziehen, kommandierte ich: „Fußtuch", so galt
das dem linken Stiefel. Der Wachtmeister übte es ein
wenig unmittelbar vor dem Ausrücken, Herr Oberst haben
sich selbst überzeugt, daß alles tadellos geklappt hat."

Der Oberst lachte herzlich. „Ich wünsche Ihnen Glück,
Herr Rittmeister," sagte er, „und ich trage Ihnen Ihre List
nicht nach, denn der echte und rechte Husar muß sich in
allen Lebenslagen zu helfen wissen."

※

Auf der Geschworenenbank.

Novelle von Reinhold Ortmann.

1.

Der schwüle Sommertag ging zu Ende und ein lauer
Abendwind wehte durch die Baumkronen des Erbacher
Parkes. Auf dem Gutshofe ruhte die Arbeit, und die
schwermütige Weise eines von den Mägden gesungenen
Volksliedes tönte gedämpft von den Wirtschaftsgebäuden
herüber. In dem ungewissen Dämmerlicht, das spärlich
noch durch die leise bewegten Wipfel drang, schritt langsam
ein junges Menschenpaar in einem der dichtesten Laub=
gänge unweit des Herrenhauses auf und nieder. Der
Mann war groß und schlank, er mußte sich um ein gutes
Stück herabbeugen, wenn er flüsternd zu seiner Begleiterin
sprach. Und in vorsichtigstem Flüstertone nur, als fürch=
teten sie, daß hinter jedem Stamm und in jeder Hecke ein
Lauscher verborgen sei, wurde ihre Unterhaltung geführt.

Es mußten sehr wichtige und bedeutsame Dinge sein,
von denen sie miteinander redeten; die lebhaften und ein=
bringlichen Gesten des Mannes konnten darüber keinen
Zweifel lassen. Allerdings sprach er fast allein; die Ant=
worten, die er erhielt, bestanden nur in kurzen hervor=
gestoßenen Worten, Worten des Widerstrebens und der

Verneinung. Aber er wurde nicht müde, seine Ueber=
redungsversuche fortzusetzen. Seine Stimme hatte jenen
weichen, bittenden Klang, der sich verführerisch in ein
Frauenohr zu schmeicheln pflegt; eine heiße, stürmische
Leidenschaft glühte in seinen Augen, die unablässig die
ihrigen suchten. Zweimal schon hatte er versucht, seinen
Arm um ihre Schultern zu legen, aber sie hatte sich ihm
stets entzogen. Nun aber mußte es ihm gelungen sein,
ihren Sinn zu ändern. Denn jetzt sträubte sie sich nicht
mehr, als er sie an sich zog, ihr Kopf ruhte an seiner
Brust und mit geschlossenen Augen duldete sie seine
Küsse.

„Mein süßes Lieb!" raunte er ihr ins Ohr. „Wie
glücklich werden wir sein! Welche Wonne wird unser
köstliches Geheimnis in sich bergen!"

Doch er hatte vielleicht eine Unvorsichtigkeit begangen,
so zu sprechen. Als sei sie durch seine Worte jäh aus
einem Traume, aus einem Zustande willenloser Ohnmacht
aufgeschreckt worden, riß sie sich von ihm los und bedeckte
mit beiden Händen ihr glühendes Gesicht.

„O mein Gott, lassen Sie mich, Herr Baron! — Wie
soll ich die Scheidung von meinem Mann erreichen?
Wann können wir uns angehören?"

Etwas wie ein Ausdruck der Ungeduld flog über sein
Gesicht; dann aber erschien wieder das frühere, sieges=
gewisse Lächeln auf seinen Lippen, und er beugte sich aufs
neue zu ihr herab.

„Weshalb sollten wir das nicht erreichen, meine holde
Königin? Hast du denn nicht ein Recht darauf, glücklich zu
sein? Und ist dieses Recht nicht heiliger, als alle diese so=
genannten Pflichten, deren Druck deine Seele langsam ertöten
und dich namenlos elend machen würde? Willst du deine
schöne Jugend vertrauern an der Seite dieses täppischen
Gesellen, der dich nicht versteht und der das Kleinod nicht

zu schätzen weiß, das ein unbegreiflicher Zufall ihm in
den Schoß geworfen hat? Willst du um eines übereilten
Wortes willen an diese nüchterne, reizlose Scholle gefesselt
bleiben, während du doch binnen kurzem an meiner Seite
alle Herrlichkeiten der Erde, alle Freuden des Daseins in
vollen Zügen genießen könntest?"

Er sprach mit Schwung und Feuer. Mühelos flossen
ihm die lockenden Worte von den Lippen, diese Worte,
deren er sich schon so oft bedient hatte. Vielleicht wurde
ihm der Sieg diesmal schwerer gemacht als sonst; aber es
mußte dann nur um so beglückender sein, und der Baron
v. Steinau war nicht der Mann, vor kleinen Hindernissen
zurückzuschrecken. Mochten ihr Scham und Furcht jetzt noch
heiße Thränen erpressen, sie hatte ihm mit dem Geständnis
ihrer Gegenliebe doch bereits viel zu viel Macht über sich
eingeräumt, als daß er seines Triumphes nicht gewiß
gewesen wäre. Und es war genug, wenn er heute das
Versprechen von ihr erlangte, daß sie morgen wieder im
Park erscheinen würde. Für ihn, den das großstädtische
Leben fast bis zum Ueberdruß an rasche und mühelose
Erfolge gewöhnt hatte, lag in dieser langsamen, schritt=
weisen Eroberung ein ganz neuer und eigener Reiz. Und
schließlich konnte auch bei der Natur der Verhältnisse ein
wenig Vorsicht durchaus nicht schaden. Er war nicht
furchtsam, aber dieser Inspektor, der ihm schon als Unter=
gebener mit seiner rücksichtslosen Geradheit zuweilen un=
bequem geworden war, hatte ganz das Aussehen eines
Mannes, bei dem man im Fall einer Entdeckung auf
alles mögliche gefaßt sein konnte.

So ließ es der Herr Baron für diesmal bei den oft
erprobten, feurigen Phrasen bewenden. Er wußte, daß
dieses süß betäubende Gift seine Wirkung thun werde,
und da er den ganzen, langweiligen Sommer auf Erbach
zuzubringen gedachte, hatte er ja Zeit genug, die natür=

liche Entwickelung seines kleinen Ferienromans abzuwarten. Er war schon zufrieden, daß die junge Frau endlich aufhörte zu weinen und daß sie ihm wenigstens noch einen Kuß gestattete, als sie sich nach einer weiteren Viertelstunde am Ende des Laubganges trennten.

Das Häuschen des Gutsinspektors Vollrath lag ebenfalls im Park, von dem Wirtschaftshofe wie von dem neu erbauten Schlosse ziemlich gleich weit entfernt. Gewissenhaft und pflichtgetreu, wie er seit dem ersten Tage seiner Anstellung auf Erbach gewesen, hatte der Gutsbeamte noch einmal die Ställe revidiert, ehe er sein Tagewerk als beendet ansah und den Weg nach seiner Behausung einschlug. Er legte ihn raschen Schrittes zurück wie jemand, der gewiß ist, daß Freudiges und Beglückendes seiner wartet. Das kluge, energische Gesicht des Zweiunddreißigjährigen verlor seinen ernsten Ausdruck, als das weiße Häuschen vor ihm aus dem dunklen Gebüsch auftauchte, und mit zwei raschen Sätzen, wie ein ungeduldiger Jüngling, sprang er die Stufen zur Eingangsthür empor.

Klägliches Kindergeschrei tönte ihm entgegen, als er den Flur betrat. Er öffnete das Zimmer zur Rechten, aus dem die Jammerlaute des kleinen Wesens drangen, und sah mit unwilligem Erstaunen, daß sich niemand außer seinem vier Monate alten Erstgeborenen darin befand.

Vollrath schüttelte mißbilligend den Kopf und machte sich auf, seine Frau oder das Kindermädchen zu suchen. Auch in den anstoßenden Zimmern war nichts von ihnen zu erblicken, aber als er sich dem in den Garten führenden Ausgang näherte, vernahm sein scharfes Ohr das vorsichtige Wispern und Flüstern menschlicher Stimmen. Er drückte behutsam auf die Klinke, und es gelang ihm wirk-

lich, das Pärchen zu überraschen, das da draußen in zärt=
licher Umarmung auf der Bank unter dem großen Birn=
baum saß.

Der Zuruf des Inspektors freilich ließ sie erschrocken
auseinanderfahren, und der männliche Teil war es, der
sich am wenigsten heldenhaft benahm, indem er mit langen
Schritten quer über die Gemüsebeete hinweg die Flucht
ergriff und alsbald in der abendlichen Dunkelheit ver=
schwand. Das Mädchen dagegen, ein hübsches, junges
Ding, kam langsam und mit einer verdrossenen Miene
näher.

„Wer war es, mit dem du da gesessen hast?" fragte
Vollrath in jenem strengen Ton, der von den Tagelöhnern
und Gutsbediensteten nicht wenig gefürchtet wurde. „Weißt
du nicht, daß ich dergleichen hier in meinem Hause ein
für allemal verboten habe?"

Das Mädchen zeigte sich indessen trotz der rauhen An=
rede nicht im mindesten zerknirscht und sah dem zürnenden
Dienstherrn dreist ins Gesicht.

„Na, es ist doch am Ende kein Verbrechen, wenn
unsereins auch einen Schatz hat. Die Frau hat mir's
überhaupt erlaubt, daß der Johann manchmal auf einen
Augenblick herüberkommen darf."

Der unerwartete Trotz des Mädchens, dessen Pflicht=
vergessenheit er schon wiederholt hatte tadeln müssen, brachte
den Inspektor noch mehr auf.

„Das lügst du. Meine Frau denkt in diesem Punkte
wie ich. Sie wird die Sorge für das Kind nicht einer
Person anvertrauen, von der sie weiß, daß sie den Kopf
voll Liebesgeschichten hat. Wenn dergleichen nur noch ein
einziges Mal vorkommt, bist du entlassen."

„Der Johann soll also nicht mehr zu mir 'rüber
kommen, Herr Inspektor?"

„Nein! Und weil der Johann drüben im Pferdestall

seine Pflichten ebenso vernachläſſigt hat, wie du hier die deinigen, wird er morgen abgelohnt werden."

Das Mädchen, das eben im Begriff geweſen war, ins Haus zu gehen, blieb wieder ſtehen und wandte ſich mit funkelnden Augen nach dem Inſpektor zurück.

„Abgelohnt — mein Johann? — Na, das wollen wir doch erſt ſehen. Das wäre ja eine ſchöne Gerechtig= keit. Und ſo was brauchen wir uns glücklicherweiſe nicht mehr gefallen zu laſſen. Wir ſind ein ehrbares Braut= paar und wollen uns Oſtern übers Jahr heiraten. Da paſſieren hier auf Erbach doch noch ganz andere Geſchichten, und der Herr Inſpektor ſollten doch lieber zuerſt vor der eigenen Thüre fegen."

Vollrath packte das Mädchen am Arm, daß ſie vor Schmerz laut aufſchrie. „Was ſoll das heißen? Was unterſtehſt du dich? Augenblicklich bitteſt du mich für dieſe Frechheit um Verzeihung."

„Laſſen Sie mich los, Herr Inſpektor! — Ich brauche nicht um Verzeihung zu bitten; denn ich ſage die Wahrheit. Warum iſt denn Ihre Frau nicht bei dem Kinde? Fragen Sie ſie doch, wo ſie geweſen iſt, wenn ſie nach Hauſe kommt. Vielleicht wird ſie's Ihnen ſagen."

Vollrath hatte unwillkürlich die Hand erhoben, und die Magd duckte ſich ſcheu, denn ſie glaubte nicht anders, als daß er ſie jetzt ſchlagen würde. Aber in der nächſten Sekunde ſchon ſank ſein Arm wieder herab.

„Pack deine Sachen!" befahl er kurz. „Du wirſt auf der Stelle das Haus verlaſſen."

„Heute abend noch? — Das habe ich nicht nötig. Wo ſollte ich denn da hin?"

„Das iſt mir gleichgültig. Nur ſieh zu, daß du mir aus den Augen kommſt; denn ein zweites Mal ſtehe ich nicht für mich ein."

„Alſo ich ſoll wirklich gehen? Na, dann iſt mir auch

alles egal. Und ich brauche es dem Herrn Inspektor
nicht länger zu verheimlichen, daß die Frau seit einer
Woche beinahe alle Tage ein Briefchen bekommt von dem
Herrn Baron, und daß ich heute nachmittag, während der
Herr Inspektor schlief, eine Antwort hinüber tragen mußte
nach dem Schlosse. „Zu eigenen Händen" stand darauf,
und es wird erst etwas Gutes darin gewesen sein, denn
der Herr Baron, der sonst so knauserig ist, schenkte mir
einen Thaler."

Sie hatte ihre rasch hervorgesprudelte Rede wohlweis-
lich erst begonnen, als sie bereits in ihrer Kammer stand,
die halb geöffnete Thür in der Hand. Und nun, als der
Inspektor eine ungestüme Bewegung machte, warf sie sie eilig
zu, mit behenden Fingern den Schlüssel drehend. Für Vollraths kräftige Fäuste hätte es freilich nur eines starken
Druckes bedurft, um das schwache Schloß zu sprengen;
aber er gewann auch diesmal seine Selbstbeherrschung
zurück, noch ehe er sich von der Wallung des Augenblicks
zu einer übereilten Handlung hatte hinreißen lassen, und
nachdem er ein paarmal mit der rechten Hand über die
Stirn und Augen gestrichen hatte, wandte er sich schweren
Schrittes wieder dem Wohnzimmer zu.

Das Kind hatte sich inzwischen in Schlaf geweint,
und der Inspektor gönnte ihm nicht einen einzigen Blick.
Drei- oder viermal ging er in dem kleinen, freundlichen
Gemache auf und nieder, tiefe, drohende Falten auf der
Stirn. Seit achtzehn Monaten erst war er verheiratet,
und einzig dem Zuge seines Herzens war er gefolgt, als
er das arme, schöne Mädchen aus ihrer elenden, kümmer-
lichen Umgebung freimachte, um ihr ein sorgenloses, von
seiner warmen Zärtlichkeit durchsonntes Dasein zu bereiten.
Es gab kein Opfer, das er nicht mit Freuden gebracht
haben würde, um das zufriedene Kinderlächeln, das er so
sehr liebte, auf ihr Gesicht zu zaubern. Vor einer Stunde

noch hätte er die Behauptung des Mädchens wie etwas Unfaßbares von sich gewiesen; jetzt aber wühlte der furchtbare Argwohn wie mit zerfleischenden Messern in seiner Seele.

Dem jungen Baron, der vor einem halben Jahre erst Herr und Gebieter auf Erbach geworden war, traute er eine solche Schurkerei ohne weiteres zu. Ihm war ja der Ruf eines unwiderstehlichen Don Juan voraufgegangen, eines verhätschelten Lieblings der Frauen, und er hatte in der kurzen Zeit seines Hierseins bereits hinlänglich bewiesen, daß dieser Ruf nicht gelogen. Aber Mathilde, sein unerfahrenes, kindliches Weib! Nein, es war unbenkbar, unmöglich! Das hämische Gerede des Mädchens war nichts als boshafter Dienstbotenklatsch.

Er hätte ja die Magd ins Verhör nehmen, hätte sie fragen können, was sie von jenem angeblichen Briefwechsel wisse. Aber er konnte seine Selbstachtung, seine Manneswürde nicht so weit verleugnen, eine solche Vernehmung anzustellen. Wenn er hier eine Auskunft zu fordern gedachte, so konnte es nur Mathilde selbst sein, die sie ihm gab.

Es war das erste Mal in ihrer jungen Ehe, daß er sie bei seiner Heimkehr nicht vorgefunden hatte und nicht wußte, wohin sie sich begeben habe. Wohin konnte sie nur gegangen sein zu einer so späten Stunde? Ihre einzige Freundin war die Frau des jungen Lehrers drüben im Dorfe; die aber hatte sich vor zwei Tagen zu ihren Eltern nach einer entfernten Provinz begeben. Dort also konnte sie nicht sein. Und nun fiel ihm auch ein, daß er ursprünglich die Absicht gehabt hatte, heute abend noch nach dem Vorwerk hinüber zu reiten, und daß er seiner Frau am Morgen von dieser Absicht gesprochen habe. Sie hatte also nicht erwartet, daß er schon jetzt nach Hause kommen werde.

Die Aufmerksamkeiten, die ihr der Baron in jüngster
Zeit erwiesen hatte, waren ihm nicht entgangen. Vor
einigen Tagen noch hatte er sie gebeten, dem berüchtigten
Frauenjäger möglichst aus dem Wege zu gehen, nicht
etwa, weil er einen Zweifel an ihr hegte, sondern weil
er dadurch der unerquicklichen Notwendigkeit ausweichen
wollte, sich die Zudringlichkeiten des jungen Gutsherrn
verbitten zu müssen. Damals war sie sehr rot geworden
und hatte geschwiegen. In der Meinung, daß er durch
seine Mahnung ihr Empfinden verletzt habe, hatte er sich
eifrig bemüht, sie durch verdoppelte Zärtlichkeit zu versöhnen. Jetzt aber erschien ihm ihr damaliges Benehmen
plötzlich in einem ganz anderen Lichte. Und die Erinnerung
an dies verräterische Erröten, an dies schuldbewußte
Schweigen war es, die seine so lange bekämpften Zweifel
innerhalb weniger Augenblicke zum schrecklichen Verdacht
werden ließ.

Er nahm die Lampe und trat in die anstoßende Stube.
Mathilde hatte vor ihrer Hochzeit einmal den Wunsch
geäußert, ein kleines Zimmer ganz für sich allein zu haben,
und die Verhältnisse hatten ihm zu seiner Freude gestattet,
ihr neben manchem anderen Verlangen auch dieses zu erfüllen. Ein Damenschreibtisch stand neben dem Fenster,
sein letztes Weihnachtsgeschenk, das sie damals mit Ent-
zücken erfüllt hatte.

Er versuchte das einzige Schubfach des Schreibtisches
zu öffnen; aber es war verschlossen, und den Schlüssel
trug Mathilde ohne Zweifel in ihrer Tasche. Da nahm
Vollrath sein starkes Weidmannsmesser, zwängte es in die
obere Fuge des Schubfaches und sprengte es beinahe mühelos auf. Einige Briefpäckchen, mit roten Bändern säuber-
lich zusammengebunden, lagen vor ihm. Er nahm eines
nach dem anderen in die Hand und legte es wieder auf
seinen Platz zurück. Es waren ja nur seine eigenen

Briefe aus ihrer kurzen Brautzeit und aus den sehnsuchts=
vollen Tagen der noch kürzeren Trennungen, die ihnen
durch verschiedene geschäftliche Reisen Vollraths auferlegt
worden waren. Schon glaubte er mit seiner Durchsuchung
zu Ende zu sein, da, als er sich bückte, um bis in die
hinterste Tiefe des Schubfaches zu spähen, schimmerte
ihm noch etwas Weißes entgegen. Er zog es hervor, und
ein dumpfer Aufschrei kam über seine Lippen. Auf den
ersten Blick hatte er die flüchtige, launenhafte Handschrift
des Barons erkannt, und derselbe süßliche Wohlgeruch, der
ihn in der Nähe des geckenhaften Gutsherrn stets mit so
viel Widerwillen erfüllte, strömte ihm entgegen.

Es waren vier eng beschriebene Briefchen, und Vollrath
las jedes von Anfang bis zu Ende. Als er auch das
letzte mit langsamen, halb mechanischen Bewegungen zu=
sammengefaltet hatte, barg er seinen Fund in der Brust=
tasche und schloß das Schubfach. Sein Gesicht war finster,
aber zugleich von einer unheimlichen, steinernen Ruhe.
Er ging mit der Lampe in das Wohnzimmer zurück, nahm
seinen Hut und einen Stock mit schwerem, beilförmigem
Stahlgriff, wie ihn Geologen und Forstleute zuweilen auf
ihren Wanderungen benutzen; dann warf er noch einen
letzten, langen Blick auf das ruhig schlafende Kind und
verließ das Haus.

Auf seinem Weg nach dem Schlosse war es ihm, als
sehe er eine zierliche Frauengestalt, die auffallend derjenigen
seines Weibes glich, durch einen der dunklen Heckengänge
schlüpfen. Er hätte sie vielleicht einholen können; aber
die Wahrnehmung hemmte nicht für einen Augenblick seinen
Schritt.

Der Kammerdiener des Barons war nicht wenig er=
staunt, als der Gutsinspektor seinen Herrn noch um diese
Stunde zu sprechen verlangte.

„Ist es denn so wichtig?" fragte er. „Der Herr

Baron ist in diesem Augenblick erst aus dem Park herauf=
gekommen und eben in sein Arbeitszimmer gegangen, Sie
wissen doch, daß er ohnedies leicht ungehalten ist, wenn
man ihm mit geschäftlichen Angelegenheiten kommt."

„Es duldet keinen Aufschub," erwiderte Vollrath mit
einer Bestimmtheit, die seiner Versicherung den wirksamsten
Nachdruck gab.   „Aber Sie brauchen mich nicht erst an=
zumelden. Ich vermute, daß der Herr Baron mich bereits
erwartet."

„Er hat Sie herbestellt? — Ah, das ist etwas anderes.
Gehen Sie dann nur hinauf! Sie kennen ja den Weg."

Und Karl Vollrath kannte in der That den Weg, den
er jetzt zu gehen hatte.   Der dicke Kokosläufer auf der
Stiege und der Teppich im Vorgemach dämpfte den Schall
seiner Schritte.   Als er ohne anzuklopfen die Thür des
Arbeitszimmers öffnete, war der Baron durch sein Er=
scheinen vollständig überrascht.   Er saß rauchend in dem
bequemen Armstuhl vor dem Schreibtisch, und beim An=
blick des Inspektors warf er mit sehr unüberlegter Hast
ein kleines Briefchen, das er eben in der Hand hatte, in
eine offenstehende Schieblade, die er eilig verschloß.   Ein
eisiger Schauer der Furcht, wie er ihn kaum je zuvor
empfunden, rieselte ihm über den Rücken herab.   Aber er
war ein vortrefflicher Schauspieler, und es gelang ihm leicht,
eine unbefangene Miene zu erheucheln.

„Sieh da, lieber Vollrath, ich muß Ihr Klopfen ganz
überhört haben.   Was giebt's denn noch so spät am
Abend?"

Ohne ein Wort zu erwidern, kam der Inspektor auf
ihn zu.   Als das Licht der Studierlampe voll auf sein
düsteres Antlitz fiel, sprang der Gutsherr empor.

„Was soll das bedeuten? Was wünschen Sie von
mir? Und wollen Sie nicht vor allem in meinem Zimmer
den Hut vom Kopfe nehmen?"

„Geben Sie mir den Brief, den Sie soeben versteckt haben! Dann werde ich Ihnen sagen, was ich sonst noch von Ihnen will.“

„Sind Sie von Sinnen? Was für ein Brief ist es, von dem Sie reden? Ich muß Sie auffordern, Herr Vollrath —“

„Gieb mir den Brief heraus, Schurke!“ donnerte ihn der Inspektor an. „Und erspare dir deine armseligen Komödiantenkünste. Sie haben auf mich keine Wirkung mehr. Da“ — und er riß die Briefe, die er in Mathildens Schreibtisch gefunden, aus der Tasche — „ich habe die Beweise deiner Nichtswürdigkeit in den Händen.“

Der Baron war bleich geworden, doch er bewahrte seine stolze und hochmütige Haltung.

„Selbst wenn Sie ein Recht hätten, irgend welche Er= klärungen von mir zu fordern, müßte ich sie Ihnen rund= weg verweigern, solange Sie sich herausnehmen, einen solchen Ton gegen mich anzuschlagen. Ich will die sinn= losen Beschimpfungen einer Erregung zu gute halten, die —“

„Gieb mir den Brief heraus!“ wiederholte Vollrath, und seine Rechte krampfte sich fester um den schweren Stock mit dem stählernen Griff. „Ich bin nicht gesonnen, noch lange darauf zu warten. Da brinnen ist er — ich habe ihn gesehen.“

Der Baron stellte sich vor den Schreibtisch, so daß er mit dem eigenen Leibe die Schieblade deckte. Und zugleich tastete seine Hand langsam und vorsichtig nach dem ge= ladenen Revolver, der neben dem Schreibzeug lag.

„Ich besitze keinen Brief, auf dessen Herausgabe Sie einen Anspruch hätten, das erkläre ich Ihnen hiermit zum letztenmal. Und da Sie augenblicklich offenbar nicht Herr Ihrer selbst sind, ersuche ich Sie in Ihrem eigenen Interesse, mich jetzt zu verlassen. Ich bin bereit, Ihnen Rede zu stehen, sobald Sie sich in einer angemessenen Ver=

fassung befinden, für heute abend aber lehne ich es mit aller Bestimmtheit ab."

Er fühlte den Kolben des Revolvers zwischen den Fingern und hatte damit auch seine ganze aristokratische Sicherheit wieder gewonnen. Vollrath sah den blinkenden Lauf der Waffe in seiner Hand und trat noch um einen Schritt weiter an ihn heran.

„Ja — es ist recht so. Schieß mich nieder, Elender. Das ist so die Art deiner Kaste. Aber thu es schnell, denn wahrlich — einer von uns beiden ist zu viel auf der Welt!"

„Ich werde Ihnen kein Leid zufügen, solange Sie mich nicht dazu zwingen. Aber ich muß Ihnen allerdings be= merken, daß auch meine langmütige Rücksicht auf gewisse be= rechtigte Empfindlichkeiten ihre Grenzen hat und daß ich —"

Er vollendete nicht, denn in dem Gesicht des Mannes, dem er die ärgste aller Beschimpfungen hatte zufügen wollen, war in diesem Augenblick etwas, das seinen Atem stocken machte und seine Glieder lähmte. Trotz der Waffe in seiner Hand hätte er laut um Hilfe gerufen, wenn er dazu im stande gewesen wäre. Aber die Kehle war ihm zugeschnürt und in seinen Ohren brauste es, daß er fürchtete, das Bewußtsein zu verlieren. Er hörte wohl, daß .der andere noch etwas sprach; aber er konnte den Sinn seiner Worte nicht sogleich erfassen, und nur in der instinktiven Empfindung, daß es jetzt gelte, das Leben zu verteidigen, schüttelte er endlich das lähmende Entsetzen von sich ab und erhob die Hand mit dem Revolver.

Aber es war zu spät. Sein Finger berührte den Ab= zug nicht mehr, denn ein mit gräßlich dumpfem Klange auffallender Schlag hatte zerschmetternd seine Schläfe ge= troffen. Er schrie nicht einmal auf, als er den Todes= streich empfing, lautlos fiel er vornüber auf das Gesicht, und ein Röcheln nur kam aus seiner Kehle.

In demselben Moment, da er das Racewerk an dem
Räuber seines Glückes vollbracht hatte, ließ Vollrath die
Mordwaffe auf den Teppich fallen. Für den regungslos
Daliegenden aber hatte er keinen Blick. Mit zitternden
Händen riß er die Schieblade auf und suchte in ihr nach
dem Briefe, der ihm seines Weibes Schuld beweisen sollte.
Der Nebel, der vor seinen Augen schwamm, machte, daß er
ihn nicht sogleich fand, erst als er den Kasten wiederholt
durchwühlt und einen Teil der darin befindlichen Papiere
auf den Fußboden geworfen hatte, entdeckte er das kleine,
nur mit wenig Zeilen beschriebene Blatt. Er überlas es
und knitterte es dann stöhnend in seiner Faust zusammen.

Karl Vollrath verließ das Arbeitszimmer des Barons,
ohne daß es einem von der Dienerschaft in den Sinn
gekommen wäre, ihn aufzuhalten. Ohne nach seinem
Hause zurückzukehren, strebte er auf dem kürzesten Wege
der Landstraße zu, die das Rittergut mit der unfern ge=
legenen Bahnstation verband. Drüben auf dem Wirtschafts=
hofe sangen noch immer die Mägde, der laue Abendwind
trug die Töne herüber, und der Fliehende beschleunigte
seinen Schritt, um in der nächtigen Dunkelheit zu ver=
schwinden.

2.

Dichter Tabaksqualm erfüllte wie ein Nebel den nie=
drigen, wüsten Raum, die wenigen Gasflammen schwammen
gelb und trübe in dem beizenden Dunst, der wahrlich nicht
angenehmer wurde durch ein Gemisch unbeschreiblicher
Düfte von zweifelhaftem Bratenfett und schlechten Spiri=
tuosen. Ein überheizter eiserner Ofen neben dem Schenk=
tisch verbreitete sengende Sprühhitze um sich her, und man
mußte schon zu den täglichen Besuchern der in einer Vor=
stadt Chicagos liegenden Kneipe gehören, um es länger
als wenige Minuten in der erstickenden Atmosphäre aus=
zuhalten.

Die Männer, die hier entweder neben ihren immer
neu gefüllten Schnapsgläsern an der schmutzigen „Bar"
standen oder sich um die nicht weniger unsauberen Tische
gruppiert hatten, schienen sich indessen durchaus behaglich
zu fühlen. Je weiter die Zeiger der Uhr über dem Büffett
vorrückten, desto lärmender wurde ihre Unterhaltung und
desto lebhafter die Gebärdensprache, mit der die lautesten
Wortführer ihre nicht immer sehr zarte Rede begleiteten.
Der ewig grinsende Wirt und der stumpfsinnig drein-
schauende Aufwärter hatten alle Hände voll zu thun, um
die Wünsche der Gäste zu befriedigen, und die Stunde
war augenscheinlich nicht mehr fern, wo es unter dem
Einfluß des hirnumnebelnden Alkohols hier oder dort zu
ernstlichen Meinungsverschiedenheiten zwischen den erhitzten
Zechgenossen kommen würde.

Da öffnete sich die nach der Straße führende Glasthür,
und ein neuer Ankömmling trat über die Schwelle. Es
war ein schlanker, gut gewachsener Mann von vielleicht
achtundzwanzig Jahren, dem man es auf den ersten Blick
ansehen konnte, daß ihn kein Gefühl der Zugehörigkeit zu
diesem wüsten Haufen hergeführt hatte. Der Mann schien
halb erstarrt vor Frost; sein Gesicht war erschreckend bleich
und seine feinen, abgemagerten Hände vermochten ersichtlich
kaum, den Deckel des schwarzen Hausiererkastens zu öffnen,
den er an einem Lederriemen über die Schulter gehängt
hatte.

Ein paar Sekunden lang war er zaudernd am Eingang stehen geblieben. Vielleicht war es die fürchterliche
Luft des Schenkzimmers, die sich ihm beklemmend auf die
Brust legte; vielleicht auch hatte ein natürlicher Widerwille
gegen die wüste Gesellschaft da drinnen seinen Schritt ge-
hemmt. Aber die Unentschlossenheit währte nicht lange.
Erhobenen Hauptes und in straffer Haltung, wie jemand,
den das Bewußtsein, eine unabweisbare Pflicht zu erfüllen,

über alle Widerwärtigkeiten des Augenblicks hinaushebt,
trat er mit seinem armseligen Kasten an den ersten Tisch,
um die darin enthaltene Ware zum Kauf anzubieten.

Es war allerlei Kleinkram, den er mit sich führte:
Knöpfe und Taschenmesser, hölzerne Cigarrenspitzen, stäh=
lerne Uhrketten und dergleichen mehr, eine Sammlung
von plumpen, roh gearbeiteten Gegenständen, wie sie dem
Geschmack und den Vermögensverhältnissen der hier ver=
sammelten Gesellschaft entsprechen mochte. Ein gewandter
und redefertiger Hausierer hätte vielleicht wirklich den einen
oder den anderen Artikel an den Mann gebracht; der
Blondbärtige aber war offenbar noch ein Neuling in
seinem Geschäft, und es hatte überdies durchaus nicht den
Anschein, daß er sich besonders dafür eigne. Ein kurzer,
kaum vernehmlicher Gruß war alles, was über seine Lippen
kam; schweigend bot er seinen Kasten dar und schweigend
ging er weiter, wenn ein Kopfschütteln oder ein barsches
Wort ihm bedeutet hatte, daß man nicht geneigt sei, sich
in einen Handel mit ihm einzulassen. So hatte er bald
den ganzen Raum durchwandert, ohne daß sein Vorrat
sich auf diesem Wege auch nur um ein einziges Stück ver=
ringert hätte, und als er sich nun zu den am Schenktisch
stehenden Männern wandte, hatte er selber wohl nur wenig
Hoffnung, daß das Ergebnis hier ein besseres sein würde.

„Geh zum Teufel mit deinem Kram!" war denn auch
die erste Antwort, die er auf sein stummes Anerbieten
erhielt, und schon machte er Miene, den Deckel wieder zu
schließen, als ein riesenhafter Bursche im blauen Arbeiter=
hemd ihm die gewaltige Rechte derb auf die Schulter legte.

„Bleib da, mein Junge!" sagte er mit schwerer Zunge
und in jenem verdorbenen Englisch, das den Irländern
der untersten Gesellschaftsschichten eigentümlich ist. „Siehst
verdammt verfroren aus. Kann zwar von dem Zeug da
nichts brauchen, soll mir aber auf einen Schluck Whisky

nicht ankommen. — Da trink! Wird wieder ein bißchen
Wärme in deinen jämmerlichen Leichnam bringen."

Er schob ihm das große Glas zu, aus dem er selber
zuvor einen kräftigen Zug gethan, der andere aber machte
eine ruhig verneinende Gebärde.

„Ich danke Ihnen für die gute Absicht, doch ich bin
kein Freund solcher Getränke."

„Was? Kein Freund?" brüllte der Irländer, dessen
brutale Züge ebensowenig Gutes erwarten ließen als seine
glasigen Augen und die dunkle Röte seines Trinkergesichts.
„Bist vielleicht ein verhungerter deutscher Baron, dem's
nicht gefällt, mit mir aus einem Glase zu trinken — he?"

Der Accent, mit dem der Hausierer das Englische
sprach, mochte den Berauschten auf jene Vermutung gebracht haben; über das blasse Antlitz des Blonden aber
flog es wie flammende Scham. Die bärenhafte Tatze des
Irländers lag noch immer auf seiner Schulter und er
schüttelte sie jetzt unwillig von sich ab.

„Was ich bin, dürfte Sie wenig kümmern," erwiderte
er. „Jedenfalls bin ich hierher gekommen, Ihnen meine
Waren anzubieten, nicht aber, um mit Ihnen etwas zu
trinken."

Der Irländer, dem in seiner Trunkenheit dieser An-
laß zu einem Streite offenbar ebenso recht war als irgend
ein anderer, maß den Sprechenden mit einem heraus-
fordernden Blick.

„Deine Ware? — Zum Teufel mit deiner Ware, du
Tagedieb!" brüllte er, und ehe noch der Hausierer auf ein
solches Attentat hatte gefaßt sein können, führte er mit
der geballten Faust einen so wuchtigen Schlag nach dem
Kasten, daß der Riemen zerriß und die armseligen Handelsartikel weit umher über den Boden verstreut wurden.
Lautes Gelächter der Umstehenden belohnte diese Helden-
that; der Blondbärtige aber, in dessen Augen jetzt ein

leidenschaftlicher Zorn aufblitzte, stieß den rohen Gesellen
vor die Brust, daß er gegen den Schenktisch taumelte.

In demselben Moment verstummte auch das Gelächter
der Zechkumpane. Die tollkühne Handlung des deutschen
Hausierers, der fast um einen Kopf kleiner war als sein
Gegner und dessen schlanke Gestalt jenem vierschrötigen
Riesen gegenüber fast wie die eines Kindes erschien, übte
auf die Zuschauer eine geradezu verblüffende Wirkung.
Für sie alle war es ganz selbstverständlich, daß der Ver=
wogene jetzt eine furchtbare Züchtigung empfangen würde;
aber keinem von ihnen fiel es ein, eine Hand zu seinem
Schutze zu rühren. Hätte er fliehen wollen, so würde der
Blondbärtige vielleicht in diesem Augenblick Zeit genug
dazu gefunden haben; aber er blieb, wo er war, und
bückte sich sogar, um wenigstens einiges von seiner kümmer=
lichen Habe einzusammeln. Daß er dabei den Irländer
nicht aus den Augen ließ, war zu seinem Heil; denn
dieser stürzte sich auf ihn mit den Worten: „Bei Jingo,
Hund, du mußt sterben!" und seine Linke packte den jungen
Deutschen würgend am Halse. Dieser suchte sich zwar
rechtzeitig zu wehren, aber er war dem betrunkenen Riesen
nicht im entferntesten gewachsen, und dieser hätte wohl
seine Drohung wahr gemacht und den durch Mangel ent=
kräfteten Hausierer erwürgt, wenn nicht diesem plötzlich
ein ebenso wirksamer als unerwarteter Beistand zu teil
geworden wäre.

Ein hochgewachsener, finster blickender Mann im
schmutzigen Arbeitsanzug eines Maurers stand plötzlich wie
aus der Erde gewachsen zwischen ihm und seinem Gegner.
Er hatte bis dahin ganz allein an einem Tische im ent=
ferntesten Winkel des Gastzimmers gesessen und war von
dem Wirte mit ziemlich scheelen Blicken betrachtet worden,
weil er das bestellte Glas Bier kaum einmal an die
Lippen gebracht. Mit einer kurzen, ungeduldigen Kopf=

bewegung hatte er vorhin den Hausierer abgewiesen; jetzt
aber war er nichtsdestoweniger der einzige von allen An=
wesenden, der für den Gefährdeten Partei ergriff. Und
er that es auf eine Art, die ganz danach angethan war,
dem Irländer Respekt einzuflößen. Ohne auch nur ein
Wort zu sprechen, packte er den Burschen an der Brust
und warf ihn so kräftig an die Wand, daß er zu Boden
stürzte. Gleichzeitig riß er den Hausierer aus den Fäusten
seines Bedrängers, stellte ihn auf die Füße und sagte
rauhen Tones in deutscher Sprache: „Kommen Sie! —
Ich habe keine Lust, mich Ihretwegen noch weiter mit dem
Gesindel da einzulassen."

Und er zog ihn mit sich fort, ehe noch der Irländer
Zeit gefunden hatte, sich zu erheben. Als sie sich auf der
Straße befanden, fuhr er fort: „Sie sind jetzt so ziemlich
in Sicherheit, aber es wird immerhin gut sein, wenn wir
uns so schnell als möglich in eine andere Gegend begeben.
Der Irländer könnte doch vielleicht auf Rache sinnen, und
uns mit seinen Freunden verfolgen. Also ein bißchen
schnell, wenn ich bitten darf!"

Der Hausierer antwortete nicht, und als sein Retter
jetzt einen Blick auf das Gesicht seines Begleiters warf,
sah er, daß der Gemißhandelte mit einer Ohnmacht
kämpfte. Mit festem Griff faßte er ihn unter dem Arm.

„Raffen Sie sich zusammen, wir sind nur ein paar
hundert Schritte von meiner Behausung. Dort können
Sie sich erholen."

Der Blonde stammelte ein paar unverständliche Worte
und folgte seinem Beschützer. Sie brauchten nur in eine
der nächsten Seitengassen einzubiegen, um die Wohnung
des Maurers zu erreichen. Sie lag im dritten Stock
eines armseligen Hinterhauses und bestand in einer
schmalen, lediglich mit den allernotwendigsten Gegenständen
ausgestatteten Kammer. Um so mehr mußte es den

Haufierer überraschen, als er in dieser dürftigen Umgebung auf einem aus rohen Brettern hergestellten Regal eine kleine Bibliothek gewahrte, die in Bezug auf die Anzahl der Bände weit über die gewöhnlichen Bedürfnisse eines Arbeiters hinausging. Als er sich daher nach kurzer Erholung wieder wohler fühlte, konnte er sich nicht enthalten, zu sagen: „Vielleicht haben Sie drüben auf deutscher Erde auch nicht in diesen Kleidern gesteckt, Landsmann. Ich mußte es ja zur Genüge an mir selbst erfahren, welche Verwandlungen dies unglückselige Amerika bewirken kann."

Der Maurer schüttelte den Kopf. „Nehmen Sie mich ruhig für das, was ich vorstelle. — Und nun seien Sie mein Gast!" Er öffnete ein Schränkchen und brachte daraus verschiedene Eßwaren zum Vorschein. „Greifen Sie zu! Eine kleine Stärkung wird Ihnen nicht schaden."

„Ich danke Ihnen von Herzen. Sie handeln an mir wie ein Freund, und doch kennen Sie noch nicht einmal meinen Namen."

„Brauche ich auch nicht zu wissen. Ich sehe, daß es Ihnen schlecht geht."

Der Gefragte legte für einen Moment die Hand über die Augen, sein Atem ging schwer und es kostete ihn ersichtlich einen harten Kampf, sein Elend zu offenbaren. Aber nach Verlauf einer Minute, während deren der andere ruhig gewartet hatte, sagte er mit leiser, gepreßter Stimme: „Ich habe daheim ein junges Weib und ein Kindchen von wenig Wochen. Seit zwei Tagen habe ich nichts mehr gegessen, damit sie nicht hungern und frieren müßten. Länger aber kann ich sie nicht davor bewahren; denn ich habe keinen Cent mehr in der Tasche."

„Das ist schlimm. Und Ihr Hausierkasten mit dem ganzen Kram liegt jetzt obendrein in Hendersons Schenke, von wo sie ihn schwerlich jemals wieder erhalten werden. Was denken Sie denn nun zu beginnen?"

„Ich weiß es nicht. Wochenlang habe ich hier umsonst nach irgend einer Beschäftigung gesucht. Für die niedrigsten Arbeiten habe ich mich angeboten; aber immer — immer hat man mich abgewiesen."

Wieder streifte der Blick des Maurers die schlanke Gestalt des Fremden und den eleganten Zuschnitt seiner abgetragenen Kleidung.

„Das will ich wohl glauben," meinte er lakonisch. „Das mit dem Hausieren aber sollten Sie gar nicht erst wieder anfangen. Sie verstehen sich nicht darauf und werden es bei dem Geschäft niemals zu etwas bringen."

„Ich fürchte es selbst, und ich kann ja auch gar nicht mehr daran denken; denn ich habe kein Geld, neue Ware anzuschaffen. So werde ich's also wohl mit dem Betteln versuchen müssen, wenn ich nicht —"

Der Maurer, der den Nachsatz im voraus erraten mochte, fiel ihm in die Rede. „Vielleicht kann ich Ihnen eine Arbeit nachweisen — eine ganz untergeordnete Arbeit freilich mit einem sehr bescheidenen Verdienst. Ist's Ihnen recht, will ich mich danach umthun und Ihnen morgen nach Feierabend Bescheid bringen, vorausgesetzt, daß Sie keinen Grund haben, mir Ihre Adresse zu verschweigen."

„Gewiß nicht! Ich werde Ihnen sogleich meine Wohnung aufschreiben, und Sie werden mir zum zweitenmal das Leben gerettet haben, wenn Ihnen Ihr großmütiges Vorhaben gelingt."

Ohne jede Erwiderung reichte ihm der Maurer Notizbuch und Bleistift. Als er es wieder zurücknahm, las er über der genau bezeichneten Adresse in schönen, festen Schriftzügen den Namen „Horst Loßberg".

„Ich kannte drüben in Deutschland eine adelige Familie v. Loßberg," sagte er. „Sind Sie mit denen verwandt?"

Aufs neue zeigte sich jenes schmerzliche Zucken im Gesicht des jungen Mannes.

„Die Familie, von der Sie sprechen, mag wohl die meinige gewesen sein. Ich habe mir's hier in Amerika abgewöhnt, das „Von" vor meinen Namen zu setzen. Aber wenn Sie jene Familie gekannt haben, so sind wir vielleicht engere Landsleute. Darf ich fragen —"

„Es war keine eigentliche Bekanntschaft," unterbrach ihn der andere. „Ich wollte nur sagen, daß ich den Namen drüben gelegentlich habe nennen hören. Und nun gehen Sie nach Hause zu Ihrer Frau, wo Sie besser am Platze sind, als hier in meiner Kammer. Da — dies ist ein kleiner Vorschuß auf Ihren künftigen Verdienst. Sie werden mir's natürlich wieder geben, sobald Sie können."

Er hatte einen Fünfdollarschein vor Loßberg auf den Tisch gelegt und nahm nun ein Buch vom Wandbrett, wie wenn er damit andeuten wollte, daß er nicht länger gehört zu werden wünsche. Der junge Mann aber blickte mit schwerem inneren Kampfe auf die unverhoffte Gabe, und Thränen standen ihm in den Augen.

„Sie sind ein edler Mensch! Noch ist es ja ganz un= gewiß, ob es Ihnen wirklich gelingen wird, eine Arbeit für mich zu finden, von deren Ertrag ich Ihnen das Geld zurückgeben könnte. Und Sie selber mußten es sich gewiß in hartem Tagewerk verdienen —"

„Wenn ich es nicht für eine Weile entbehren könnte, würde ich es Ihnen nicht geben. Und ich sage Ihnen ja, daß es durchaus kein Geschenk sein soll. Sie würden mir einen Gefallen thun, wenn Sie sich und mir alle unnützen Redensarten ersparten."

Diese Entgegnung hatte einen beinahe unfreundlichen Klang, und Loßberg konnte nicht zweifeln, daß der letzte Satz ganz aufrichtig gemeint sei. Noch einen Augenblick zauderte er, dann nahm er den Schein und steckte ihn zu sich.

„Gut denn," sagte er, „um meiner Frau und meines

Kindes willen habe ich vielleicht auch gar kein Recht, Ihre
Großmut zurückzuweisen. Und es kommt möglicherweise
doch einmal der Tag, an dem ich Ihnen vergelten kann.
Ich müßte ein Schurke sein, vermöchte ich diesen Abend
je zu vergessen."

„Auf morgen also!" erwiderte der Maurer kurz, indem
er sein Buch aufschlug. „Eilen Sie, heimzukommen und
kaufen Sie für sich und die Ihrigen vor allem etwas
Kräftiges zu essen. Gute Nacht!"

3.

Um die sechste Nachmittagsstunde des folgenden Tages
war es, als Loßbergs Beschützer an der Thür der Wohnung, die ihm von seinem jungen Landsmann bezeichnet
worden war, die Klingel zog. Er befand sich jetzt nicht
in seiner Arbeitskleidung, sondern trug einen dunklen
Anzug, der ihm ein sehr anständiges Aussehen gab. Den
finsteren, feindseligen Ausdruck freilich zeigte das Gesicht
des Mannes auch heute, und die tief eingeschnittenen,
gramvoll trotzigen Linien in diesem Gesicht hätten es
ebenso schwer gemacht, seinen wahren Charakter zu erraten,
wie sie jede zuverlässige Schätzung seines Lebensalters ver-
hinderten. Wenn er schwieg und, wie jetzt, mit zusammen-
gezogenen Brauen vor sich hin auf den Boden starrte,
konnte man ihn für einen Vierziger halten; in dem Augenblick aber, da die Thür aufging und da er sich dem blassen
jungen Weibe gegenüber sah, das wohl die Gattin Loßbergs sein mußte, ging eine merkwürdige Veränderung
in seinen Zügen vor, eine Veränderung, die ihn mit einem
Schlage um zehn Jahre zu verjüngen schien.

Mit einem Anstand, wie er Männern der arbeitenden
Klasse nicht eigen ist, zog er seinen Hut.

„Habe ich die Ehre, mit Frau Loßberg zu sprechen?"
fragte er, und noch ehe sie eigentlich Zeit gehabt hatte,

zu bejahen, fügte er hinzu: „Ich bin ein Bekannter Ihres
Mannes und hatte mit ihm verabredet, ihn heute abend
zu besuchen."

„O, so sind Sie der Herr, der ihm gestern —"

Ihr feines Gesichtchen, dem Kummer und Sorge nichts
von seiner Anmut hatten rauben können, war plötzlich
von dunkler Glut überhaucht und in ihren großen, schwer=
mütig blickenden Augen schimmerte es feucht. Schüchtern=
heit und Beschämung ließen sie den begonnenen Satz nicht
vollenden.   Der Maurer aber, wie wenn er erriete, was
jetzt in ihr vorgehen mochte, beeilte sich, ihr über den
peinlichen Moment hinweg zu helfen.

„Der ihm gestern zufällig begegnete und ihm den
Nachweis einer Beschäftigung versprach — jawohl, der
Mann bin ich allerdings. Ist Herr Loßberg zu Hause?"

„Er ist ausgegangen, um eine kleine Besorgung zu
machen, da er Sie wohl nicht so früh erwartete. Aber
er wird gewiß gleich zurückkommen.   Wollen Sie nicht
auf ihn warten, Herr —"

Sie zögerte, da sie seinen Namen nicht wußte, und der
Mann konnte es nicht mehr länger vermeiden, ihn zu
nennen.

„Ich heiße Hartwig," meinte er, „Karl Hartwig. Und
wenn es Sie nicht stört, mache ich von Ihrer Erlaubnis
Gebrauch."

Er hatte die Augen niedergeschlagen, während er sich
vorstellte, und nun, nachdem sie eingetreten waren, ließ
er sich stumm auf den einfachen Holzstuhl nieder, den die
junge Frau ihm angeboten hatte. Vielleicht war er ein
wenig überrascht, in Loßbergs Wohnung nicht jenes grenzen=
lose Elend zu finden, auf das er nach den gestrigen
Worten des jungen Mannes wohl hätte gefaßt sein können.
Aermlich genug sah es ja freilich aus, aber es gab da
doch immerhin noch mancherlei Dinge, die sich nicht als

unentbehrlich bezeichnen ließen. Und alles war so sauber,
so hübsch angeordnet und durch allerlei kleine wohlfeile
Hilfsmittel so nett aufgeputzt, daß das Zimmer in seiner
Gesamtheit wenigstens auf den ersten Blick ein gewisses
anheimelndes Behagen hervorrufen konnte.

Die ernste Schweigsamkeit des Gastes steigerte ersicht=
lich die Verlegenheit der jungen Frau, und es mochte ihr
nicht unwillkommen sein, daß ein feines Stimmchen aus
dem beim Ofen stehenden Wäschekorb heraus sie an ihre
mütterlichen Pflichten mahnte.

„Entschuldigen Sie, Herr Hartwig, wenn ich mich mit
dem Kinde beschäftigen muß," sagte sie. „Ich fürchte, es
würde sehr ungeduldig werden, wenn ich es warten
ließe."

„Ich aber würde auf der Stelle fortgehen, wenn ich
annehmen müßte, daß meine Gegenwart Ihnen lästig
ist," versicherte er. „Ich bin sicherlich nicht gekommen,
Ihnen Unbequemlichkeiten zu bereiten."

So viel Treuherzigkeit und natürliche Wärme war bei
diesen Worten im Klang seiner rauhen Stimme, daß er
sich dadurch mit einemmal das Vertrauen und die Sym=
pathie der jungen Mutter gewonnen hatte. Sie begnügte
sich zwar damit, ihm durch einen freundlichen Blick zu
danken, und es wurde auch während der nächsten zehn
Minuten nichts weiter zwischen ihnen gesprochen; aber sie
fühlten doch beide, daß sie einander um ein gutes Stück
näher gerückt seien, und das kleine Zimmer schien nicht
mehr wie vorhin von einer Atmosphäre beklemmender Ver=
legenheit erfüllt.

Mit einer glücklichen Unbefangenheit, die allen jungen
Frauen in solchen Lagen eigen ist, sorgte die Mutter für
das winzige und doch so anspruchsvolle Menschlein, das
jetzt, von den beengenden Hüllen befreit, auf ihrem Schoße
lustig zappelte. Und über dem trotz seiner Einseitigkeit

so beseligenden Geplauder mit dem Kinde schien sie in der
That die Gegenwart des Fremden vergessen zu haben.

Ein Laut wie ein Stöhnen oder wie ein Seufzer aus
qualgepreßter Menschenbrust ließ sie plötzlich erschroden
aufschauen, und die äußerste Bestürzung spiegelte sich in
ihren Mienen, als sie zu dem Besucher hinüber sah. Karl
Hartwig hatte die Ellbogen auf die Kniee gestützt und
den Kopf in die flachen Hände gelegt, so daß sie von
seinem Gesicht überhaupt nichts wahrnehmen konnte. Aber
seine Schultern bebten, und in seiner ganzen Haltung
offenbarte sich unzweideutig ein gewaltiger Seelenschmerz.

Fast unwiderstehlich drängte es die junge Frau, eine
teilnehmende Frage an ihn zu richten; aber da knirschte
ein Schlüssel in der äußeren Thür, und der rasche Schritt
ihres heimkehrenden Gatten wurde nebenan in der Küche
vernehmlich.

„Das ist Horst!“ sagte sie erleichtert, das Kind in
seinen Korb zurücklegend, um dem Eintretenden dann voll
liebevoller Zärtlichkeit entgegenzueilen.

Hartwig hatte die Hände sinken lassen und den Kopf
erhoben. In diesem Augenblick hatte er wieder ganz das
Aussehen eines alten, verbitterten Mannes. Loßberg ging
auf ihn zu und reichte ihm mit einem herzlichen Wort der
Entschuldigung seine Hand.

„Ich wäre gewiß nicht ausgegangen, wenn ich vermutet
hätte, daß Sie schon um diese Stunde —“

Der andere erwiderte seinen Händedruck; aber er
machte zugleich eine abwehrende Bewegung. „Lassen Sie's
nur gut sein. Ich hatte keine Langeweile, während ich
hier auf Sie wartete. Und ich gratuliere Ihnen, Sie
sind ein glücklicher Mann.“

Aus dem Munde jedes anderen hätte Loßberg eine
solche Aeußerung nur für bitteren Hohn genommen, hier
aber konnte er nicht zweifeln, daß sie völlig ernsthaft ge-

meint sei, und sie ging ihm deshalb ganz wundersam zu
Herzen. Die Antwort jedoch, um die er trotzdem in Ver=
legenheit gewesen wäre, blieb ihm erspart; denn sobald
Hartwig wahrgenommen hatte, daß die junge Frau un=
mittelbar nach der Begrüßung ihres Gatten das Zimmer
verlassen, fügte Hartwig ohne jeden Uebergang in ver=
ändertem Tone hinzu: „Uebrigens hat man mir die
Stellung, an die ich gestern dachte, unter gewissen Be=
dingungen für Sie zugesagt. Es kommt nur darauf an,
daß dem Manne Ihre Persönlichkeit gefällt, und ich denke,
es wird damit keine besonderen Schwierigkeiten haben.“

Wie heller Sonnenschein leuchtete es auf Loßbergs ver=
härmtem Gesicht. „Sie müssen wahrhaftig vom Schicksal
zu meiner Rettung gesandt worden sein,“ rief er, ungestüm
noch einmal die schwieligen Hände des Maurers erfassend.
„Wie sollen wir es nur anfangen, Ihnen nach Verdienst
zu danken!“

„Sparen Sie sich diesen Dank, bis es Zeit dazu sein
wird,“ wehrte Hartwig beinahe mürrisch. „Der Posten ist
nicht so glänzend, wie Sie sich's vielleicht einbilden. Sie
können sich wohl denken, daß meine Verbindungen und
Empfehlungen nicht sehr hoch hinaufreichen. Der Architekt
des Neubaus, bei dem ich augenblicklich arbeite, hatte
gestern zufällig in meiner Gegenwart davon gesprochen,
daß er einen Schreiber engagieren wolle, und das fiel mir
ein, als Sie gestern von Ihrer Beschäftigungslosigkeit
sprachen. Es ist, wie gesagt, eine ganz untergeordnete
Stellung, und der Baumeister hat mir erklärt, daß er
vorläufig nicht mehr als vierzig Dollar für den Monat
zahlen wolle, aber ich denke, es ist immer noch besser als das
Hausiergeschäft, für das Sie nun einmal kein Talent haben.“

„Es ist unter den jetzigen Verhältnissen für mich ein
geradezu unschätzbares Glück,“ versicherte Loßberg aufrichtig.
„Und wann darf ich mich dem Herrn vorstellen?“

„Er erwartet Sie morgen vormittag; seine Wohnung habe ich Ihnen hier auf diesen Zettel geschrieben. Und Sie brauchen sich nicht vor diesem Besuch zu fürchten. Er wird Sie mit keinem Wort nach Ihrer Vergangenheit fragen."

„Auch das verdanke ich ohne Zweifel nur Ihrem Zartgefühl. Aber ich möchte nicht, daß Sie schlechter von mir denken, als ich's verdiene. In meiner Vergangenheit ist nichts, dessen ich mich schämen und das ich vor den Augen der Leute verbergen müßte. Ich bin früh verwaist und meine Eltern konnten mir kein Vermögen hinterlassen. So wurde ich auf Kosten meines Oheims, eines durch Heirat sehr reich gewordenen Großgrundbesitzers, erzogen. Nach den Traditionen meiner Familie wurde ich Offizier, und noch vor zwei Jahren hat mich drüben sicherlich mancher um meine glänzenden Aussichten beneidet. Da lernte ich in einem befreundeten Hause, wo sie als Erzieherin thätig war, meine jetzige Frau kennen. Wenige Begegnungen reichten hin, mich mit inniger Liebe zu ihr zu erfüllen, und ich war der glücklichste aller Menschen, als ich meine Neigung erwidert sah. Sie würden das vollkommen begreifen, Herr Hartwig, wenn Sie meine —"

„Ich begreife es," fiel der Maurer ein, „denn ich habe ja Ihre Frau gesehen. Und ich kann mir nun auch so ziemlich das weitere denken. Ihr Oheim wollte nichts von der Heirat mit einer Bürgerlichen wissen, und als Sie trotzdem nicht von ihr ließen, kam es zum Bruch. Man weiß ja, wie solche Geschichten verlaufen."

Loßberg nickte bestätigend. „Ich nahm meinen Abschied," sagte er, „um Helene heiraten zu können, und in der unglückseligsten Stunde meines Lebens ließ ich mir von einem Freunde den Entschluß einreden, mit meinem jungen, eben angetrauten Weibe nach Amerika zu gehen. Wir besaßen bei unserer Ankunft nur noch wenige hundert

Mark, denn mein Oheim hatte sich vollständig von mir
losgesagt. Anfänglich suchten wir uns in New York eine
Existenz zu gründen. Ich bemühte mich, eine Stellung
zu erhalten, aber obgleich ich vom Morgen bis zum Abend
umherlief, blieben doch alle meine Anstrengungen ohne
Erfolg. Wir würden ohne Zweifel schon damals in die
bitterste Not geraten sein, wenn es nicht Helene gewesen
wäre, die durch unermüdliche Arbeit das tägliche Brot für
uns beide beschaffte. In diesem Lande konnte sie ihre
Kenntnisse leichter verwerten, als ich die meinigen. Es
gelang ihr, eine kleine Anstellung an einer Schule zu
finden, und sie erteilte außerdem Privatstunden, die zwar
jämmerlich bezahlt wurden, in ihrer Gesamtheit aber doch
hinreichten, uns vor eigentlicher Not zu bewahren. Nach
monatelangem vergeblichen Mühen endlich erhielt ich einen
Buchhalterposten bei einem Agenten in Chicago, und so
siedelten wir hierher über. Anfangs ging alles gut, bis
ich entdeckte, daß mein Brotherr ein notorischer Betrüger
sei, und daß ich sein Mitschuldiger werden würde, wenn
ich noch länger in seinen Diensten blieb. Ich sagte ihm
meine Meinung gerade heraus und ging. Ich hoffte jetzt,
nachdem ich mich einmal in die kaufmännische Thätigkeit
hineingearbeitet hatte, leicht einen Ersatz für die verlorene
Stellung zu finden, doch diese Hoffnung war eitel. Wir
erwarteten eben die Geburt unseres Kindchens, und Helene
konnte deshalb nicht, wie früher in New York, daran
denken, durch ihre Arbeit zur Bestreitung unseres Lebens=
unterhaltes beizutragen. Da kam es denn, wie Sie nach
dem, was Sie gestern gesehen haben, wohl auch ohne eine
ausführliche Schilderung erraten. Ueberall abgewiesen,
wo ich wegen einer Beschäftigung anklopfte, schraubte ich
meine Ansprüche immer tiefer hinab, je grausiger mir das
Gespenst der Not entgegengrinste. Die Idee mit dem
kleinen Hausierhandel war meine letzte Zuflucht. Wie

schmählich auch diese mich betrog, haben Sie selbst ge=
sehen."

„Und Ihr Oheim? — Sie haben während der ganzen
Zeit keinen Versuch gemacht, sich mit demselben aus=
zusöhnen?"

Heftig schüttelte Horst Loßberg den Kopf. „Meine
Frau und ich sind fest entschlossen, lieber in den Michigan=
see zu gehen, ehe wir bei ihm um Hilfe bitten."

„Sie werden es ja nun vorderhand auch nicht nötig
haben. Die Schreiberstelle ist doch wenigstens ein Anfang,
und mit der Zeit wird sich etwas Besseres finden."

Er war aufgestanden, um sich zu verabschieden, und
als Loßberg einen Versuch machte, ihn noch zurückzuhalten,
bewegte er verneinend den Kopf.

„Ich bin kein erheiternder Gesellschafter," sagte er,
„und ich sehe recht gut ein, daß Sie jede Minute als
einen Verlust empfinden müssen, während deren Sie von
Ihrer jungen Frau und Ihrem Kindchen ferngehalten
werden. Ich sage es Ihnen noch einmal: Sie sind ein
glücklicher Mann."

Er wollte gehen; aber er verfehlte den rechten Aus=
gang und noch ehe ihn Loßberg auf seinen Irrtum hatte
aufmerksam machen können, hatte er die Thür einer kleinen
Kammer geöffnet, die indessen ohne alle Einrichtung war.

„Gehört dieser Raum auch noch zu Ihrer Wohnung?"
fragte er, nachdem er sich wegen seines Versehens ent=
schuldigt hatte.

Loßberg bejahte. „Wir hatten ursprünglich die Absicht,
ihn zu vermieten; aber wir müßten dann doch wenigstens
ein Bett, sowie einige andere notwendige Möbel hinein=
stellen, und dazu fehlte es uns bisher an Mitteln."

Hartwig betrachtete noch einmal das schmale Zimmerchen;
dann drückte er die Thür wieder ins Schloß und wandte
sich dem richtigen Ausgang durch die Küche zu. Doch es

gab auch hier einen Aufenthalt, denn Frau Helene stand mit ihrem Knäblein auf der Schwelle.

„Verzeihen Sie, Herr Hartwig, wenn ich Ihnen zubringlich erscheine," sagte sie mit jenem verlegenen Erröten, das sie so reizend kleidete. „Hoffentlich hat mein Mann Sie bereits gebeten, uns recht bald wieder zu besuchen; aber ich möchte Ihnen nicht lebewohl sagen, ohne mich dieser Bitte aus aufrichtigem Herzen anzuschließen."

Er zögerte mit der Antwort. Ein Gedanke, dem er noch nicht recht den Ausdruck zu geben wagte, schien sich in seinem Kopfe zu wälzen. Dann fragte er plötzlich, ohne sie anzusehen: „Sie haben da eine unbenutzte Kammer. Wenn ich Sie nun bäte, mich — mich als Ihren Mieter aufzunehmen? Meine Sachen würde ich mir selbst mitbringen; aber mehr als sechs Dollar monatlich könnte ich allerdings nicht zahlen."

Die beiden Ehegatten tauschten einen raschen, freudigen Blick.

„Wir werden Sie von ganzem Herzen als einen lieben Hausgenossen willkommen heißen," sagte Helene. „Der Preis aber, den Sie genannt haben, ist viel zu hoch, und —"

Der Maurer unterbrach sie hastig, indem er zugleich an ihr vorbei auf die Thürschwelle trat.

„Es ist also abgemacht. Morgen nachmittag komme ich, wenn es Ihnen recht ist, mit meinen Siebensachen. Guten Abend!"

Als fürchte er, daß der Abschluß durch weitere Erörterungen gefährdet werden könne, eilte er mit langen Schritten durch die kleine Küche und dann die Treppe hinab.

Horst Loßberg aber schlang zärtlich den Arm um sein junges Weib und sagte: „Er wird uns nicht lästig werden, dessen bin ich ganz sicher, und ich freue mich, daß du herz

lichere Worte für ihn gefunden hast als ich selbst. Er
ist ein so guter Mensch."

„Und er ist sehr unglücklich," fügte Helene leise hinzu.
„Ich habe es ihm angesehen vorhin, ehe du nach Hause
kamst. Wir müssen alles thun, was in unseren Kräften
steht, ihn wieder heiter und lebensfroh zu machen."

4.

Loßberg hatte seine bescheidene Schreiberstellung an=
getreten und der neue Mieter hatte in aller Stille seinen
Einzug in die kleine Kammer gehalten. Aber die Er=
wartungen, welche die beiden Gatten von ihrem Zusammen=
leben mit dem neuen Mieter gehegt hatten, gingen nur
zum kleinsten Teil in Erfüllung. Hartwig führte in
seiner Kammer das Leben eines menschenscheuen Einsiedlers,
und auf Loßbergs herzliche Einladung, die Abende mit
ihnen in der Wohnstube zu verbringen, erklärte er rund
heraus, er bleibe am liebsten allein, und man möge ihm
deshalb nicht eine Geselligkeit aufnötigen, die für alle Be=
teiligten sehr bald nur ein lästiger Zwang sein würde.

Gelegentlich — aber äußerst selten — ereignete es sich
wohl einmal, daß er mit irgend einem kleinen Anliegen
hereinkam und dann eine Viertelstunde bei ihnen blieb.
Auch dann sprach er nicht viel, sondern begnügte sich zu=
meist damit, neben dem Bettchen des Kindes zu sitzen, es
aufmerksam zu betrachten, wenn es schlummerte, oder in
seiner etwas täppischen Weise mit ihm zu spielen, wenn
es wachte.

So kam das Weihnachtsfest heran, und Loßberg, der
von dem Baumeister eine Gehaltszulage erhalten hatte,
versäumte nicht, nach gutem deutschen Brauch ein Bäumchen
zu schmücken. Was er an Geschenken für sein junges
Weib darunter legen konnte, war freilich von recht be=
scheidener Art; aber sie fühlten sich an diesem Abend

nichtsdestoweniger sehr glücklich. Waren sie doch jung und
gesund, hatten sie doch ihr blühendes Kind und war doch
für die Notdurft des kommenden Tages gesorgt! Was
brauchten sie da im Bewußtsein ihrer Liebe noch mehr,
um beim freundlichen Kerzenschimmer des kleinen Weih=
nachtsbaumes alle überstandenen Leiden und Kämpfe zu
vergessen!

Hartwig war am frühen Morgen wie immer zu seiner
Arbeit gegangen, aber die Feierabendstunde war längst
vorüber, ohne daß er bis jetzt heimgekehrt wäre; Helene
hatte ein kleines, festliches Abendessen bereitet, daran er
diesmal unter allen Umständen teilnehmen sollte, und sie
wurde ein wenig besorgt, da er sich so lange vergeblich
erwarten ließ.

„Wenn ihm nur nichts zugestoßen ist," sagte sie, „er
arbeitet auf dem hohen Gerüst des neuen Bahnhofsgebäudes.
Wie leicht kann ihm dabei ein Unglück widerfahren!"

Auch Loßbergs fröhliches Gesicht wurde ernster. „Das
wollen wir nicht hoffen. So finster und wortkarg er
immer sein mag, man hat im Umgange mit ihm stets das
Gefühl, einen Menschen von reichem Gemüt und lauterster
Gesinnung vor sich zu haben."

„Es macht mir Freude, dich so sprechen zu hören,
Horst! Wenn ich nur wüßte, was für ein geheimer
Kummer es ist, unter dem er leidet. Man könnte doch
vielleicht etwas dazu beitragen, ihn zu lindern. Aber ich
habe freilich schon längst die Hoffnung aufgegeben, daß er
es uns jemals anvertrauen werde."

In diesem Augenblick vernahmen sie den Schritt des
heimgekehrten Hartwig nebenan in der Kammer. Auf
Helenens leise Mahnung klopfte Loßberg sofort an die
Thür, um seine Einladung vorzubringen. Er befürchtete
im stillen eine Ablehnung; aber zu seiner Genugthuung
kam von drinnen die Antwort:

„War ohnedies meine Absicht, mich Ihnen für ein
Weilchen aufzudrängen. Entschuldigen Sie mich nur noch
ein paar Minuten, bis ich mich umgekleidet habe."

Und ehe eine Viertelstunde vergangen war, trat er
wirklich ein, festlich gekleidet, ohne ein anderes Merkmal
seines arbeitenden Standes, als es die harten, vom Frost
geröteten, von ätzendem Kalk und scharfkantigen Steinen
zerrissenen Hände abgaben. Er trug ein ziemlich umfang=
reiches Paket unter dem Arm, das er neben der Thür
niedersetzte; seine Augen aber waren auf den brennenden
Tannenbaum gerichtet und sein Atem ging schwer, während
seine Züge einen schmerzlichen Ausdruck annahmen.

Erst als ihm Helene mit ihrem herzgewinnenden
Lächeln entgegentrat, schien er sich zu besinnen, daß er ja
gekommen sei, um ein fröhliches Fest mit dem jungen
Ehepaar zu feiern. Er gab Helenen wie ihrem Gatten
die Hand und wünschte ihnen glückliche Weihnachten.
Dann zog er einen mit kleinen Glöckchen behängten
Hampelmann aus der Tasche und legte ihn auf das Bett
des schlafenden Kindes. Es war sicherlich der schönste,
den er hatte auftreiben können, und die Augen der jungen
Mutter leuchteten vor Vergnügen.

„Wie er sich freuen wird, wenn er aufwacht!" sagte
sie. „Es ist so gut von Ihnen, Herr Hartwig, daß Sie
an den Kleinen gedacht haben. Und er kann sich noch
nicht einmal bedanken."

Der Maurer suchte die Bewegung, die ihn noch immer
beherrschte, hinter einem gezwungenen Ton zu verbergen.

„Um so besser, Frau Loßberg! Gerade die Furcht
vor den Danksagungen ist's ja, die einem das Schenken
mitunter entleidet."

Helene ging hinaus, um die letzten Vorbereitungen für
das Abendessen zu treffen, und Hartwig benutzte ihre Ab=
wesenheit, um sein Paket zu öffnen.

„Ich bitte um die Erlaubnis, Herr Loßberg, Ihrer
Frau einige Kleinigkeiten unter den Tannenbaum legen
zu dürfen. Sie hat mir während der letzten Wochen so
viele Gefälligkeiten erwiesen, daß ich ihr gerne meine Er-
kenntlichkeit an den Tag legen möchte."

„Sie wissen, daß Ihnen in diesem Hause jedes Freundes-
recht zusteht," erwiderte Loßberg herzlich. „Eine Aufmerksamkeit, die von Ihnen kommt, wird meine Frau gewiß
doppelt erfreuen. Aber was ich da sehe, ist viel zu kostbar,
Sie thaten unrecht daran, so große Ausgaben zu machen."

„Ich verdiene viel mehr, als ich brauche, und ich —
ich habe ja keinen Menschen, dem ich's zu gute kommen
lassen könnte. Gönnen Sie mir darum immerhin das
kleine Vergnügen."

Helene war herzlich erfreut über die Geschenke des
Mieters. Sie reichte ihm ihre beiden Hände, sah ihm
mit einem strahlenden Blick ins Gesicht und sagte: „Ich
danke Ihnen, lieber Freund! Dies ist der schönste Weihnachtsabend meines Lebens, denn heute besitze ich alles,
was ein Menschendasein hell und glücklich machen kann."

Hartwig gab ihre Hände nicht sogleich wieder frei; in
seinem Gesicht zuckte es seltsam, und seine Lippen bebten.
Sekunden vergingen, bevor er etwas erwiderte, und auch
dann kamen die Worte mühsam und halberstickt aus seiner
Brust.

„Hüten Sie dieses Glück, liebe Frau Loßberg, und
bewahren Sie es als Ihren kostbarsten, herrlichsten Besitz.
Nur wer ihn für immer verloren hat, weiß, was er wert ist."

Wohl war die Stimmung der jungen Gatten noch
immer eine festlich gehobene, als man sich bald nachher
zu dem kleinen Weihnachtsmahl niedersetzte; aber die fröh-
liche Unbefangenheit stellte sich doch nicht wieder ein.
Mehr als sonst ging heute etwas Bedrückendes, das keine
wirkliche Heiterkeit aufkommen ließ, von der Person ihres

schweigsamen Mieters aus. Sie sahen, daß er sich Gewalt anthat, um ihre unschuldige Freude nicht durch seine Schwermut zu stören, und gerade dieses unverkennbare Bemühen war es, das sie mehr und mehr mit schmerzlichem Mitgefühl für seinen unbekannten Kummer erfüllte.

„Haben Sie selbst niemals daran gedacht, Herr Hartwig, sich das Glück einer eigenen Häuslichkeit zu bereiten?" fragte Helene endlich teilnahmsvoll. „Sie sind dazu doch wahrlich noch nicht zu alt und außerdem —"

Er sah sie an mit einem so traurigen Blick, daß sie unwillkürlich verstummte.

„Haben Sie in Ihren Gedanken mein Alter wohl schon einmal geschätzt, Frau Loßberg? Sagen Sie mir doch einmal aufrichtig, wie viel Jahre Sie mir geben?"

Sie kam noch mehr in Verlegenheit, und nach einigem Zögern riet sie auf fünfundvierzig.

Hartwig aber schüttelte den Kopf. „Sie haben gewiß sehr niedrig gegriffen, um mir damit eine kleine Genugthuung zu vergönnen, und doch haben Sie sich noch um ein volles Jahrzehnt geirrt. Ich zähle nicht mehr als fünfunddreißig, und wenn ich Ihnen trotzdem den Eindruck eines Vierzigers gemacht habe, so verdanke ich das einzig dem unseligen Versuch, mir jenes Glück einer eigenen Häuslichkeit zu bereiten. Ja, meine Freunde, auch ich hatte Weib und Kind. Aber die Frau, die ich liebte, hat mich verraten. Dem glatten Gesicht eines Schurken zuliebe, der geschmeidiger und vornehmer war als ich. — Aber verzeihen Sie, es war nicht meine Absicht, davon zu reden. Das alles ist ja vorbei, und jener Nichtswürdige wird nie wieder seine Hand ausstrecken nach eines anderen Mannes Besitztum — nie wieder!"

Er hatte sich von seinem Stuhle erhoben, während die beiden anderen, wie von Entsetzen gelähmt, regungslos zu ihm aufblickten. Das verzerrte Gesicht des Mannes

war in diesem Moment wahrhaft grauenvoll anzusehen.
Als er jetzt mit schweren, unsicheren Schritten auf die
Thür seiner Kammer zuging, fiel es weder Loßberg noch
seiner jungen Gattin ein, ihn zurückzuhalten oder eine
Frage an ihn zu richten. Hartwig konnte keinen Augen=
blick im Zweifel sein über den Eindruck, den seine Worte
auf sie gemacht hatten, und als er die Hand schon auf
den Drücker gelegt hatte, blieb er noch einmal stehen, um
sich nach ihnen zurückzuwenden.

„Es hätte mir nie in den Sinn kommen sollen, euer
Freudenfest durch meine Gegenwart zu stören. Ich weiß
ja, daß ich kein passender Gesellschafter für Glückliche bin.
Laßt mich künftig immerhin in meiner Einsamkeit. So
wird es am besten sein für euch wie für mich.“

Er trat über die Schwelle, und die Zurückgebliebenen
hörten, wie er den Riegel der Kammerthür vorschob. Mit
erstaunten, bestürzten Gesichtern sahen sie einander an;
dann klagte Helene sich an: „O Horst, wie schrecklich war
das! Und ich habe es heraufbeschworen. Meine Frage
war an allem schuld. O, hätte ich doch nicht daran ge=
rührt! Was muß der Arme gelitten haben.“

Loßberg beruhigte sie, aber auch seine Weihnachts=
stimmung war ihm gründlich verdorben. Er nahm sich
vor, Hartwig mit verdoppelter Freundlichkeit zu behandeln.
Aber er hatte keine Gelegenheit, diesen guten Vorsatz zu
bethätigen, denn der nächste Morgen brachte ihm und
seinem jungen Weibe eine Weihnachtsüberraschung, die so
bedeutsam und so aufregend war, daß daneben alles
andere weit zurücktreten mußte.

Durch die Vermittelung des deutschen Generalkonsulats
in Chicago erhielt der Freiherr Horst v. Loßberg in einem
umfänglichen Schreiben die Nachricht, daß sein Oheim,
der Rittergutsbesitzer v. Loßberg auf Lindenhof, vor zwei
Monaten an einem Schlagfluß gestorben sei und in einem

schon vor mehreren Jahren errichteten Testament seinen
Neffen zum Universalerben seines gesamten beweglichen
und unbeweglichen Nachlasses eingesetzt habe. Die vor=
gefundenen Vermögenstitel und das ausgedehnte Besitztum
seien einstweilen in gerichtliche Verwaltung genommen
worden, da der zeitweilige Aufenthalt des Erbberechtigten
nicht sogleich habe ermittelt werden können, und es bedürfe
nur einer ausreichenden Legitimation, um ihn ohne weiteres
in den Genuß der ganzen Erbschaft zu bringen.

Daß unter solchen Umständen der Entschluß einer
sofortigen Abreise nach Europa gefaßt wurde, war selbst=
verständlich, und da in dem Schreiben des Generalkonsuls
zu lesen stand, etwa benötigte Geldmittel könnten auf tele=
graphische Anweisung jederzeit bei einem Chicagoer Bank=
hause erhoben werden, so standen der raschen Ausführung
dieses Entschlusses keine Hindernisse mehr entgegen.

Die beiden Eheleute befanden sich mitten in ihren
eiligen Reisevorbereitungen, als Hartwig in später Nach=
mittagsstunde bei ihnen eintrat. Er war gekommen, sich
wegen der gestrigen Störung ihrer Fröhlichkeit zu entschul=
digen; aber die Worte erstarben ihm auf den Lippen, als
er sah, in einer wie seltsamen Beschäftigung Loßberg und
seine Gattin begriffen waren. Eine kurze Mitteilung reichte
hin, ihn von dem Vorgefallenen zu verständigen, und in
seinem ernsten Gesicht veränderte sich keine Linie, während
er die überraschende Neuigkeit anhörte.

„Ich freue mich herzlich über diese günstige Wendung
Ihres Geschicks," sagte er. „Wenn ich Ihnen bei Ihren
Vorbereitungen behilflich sein kann, soll es von Herzen
gern geschehen."

Sie waren im stillen ein wenig verwundert über die
kühle Aufnahme, die das außerordentliche Ereignis bei
ihm fand. Später aber, da sie in der Einsamkeit ihres
Schlafkämmerchens bis tief in die Nacht hinein von der

Gestaltung ihrer so gründlich veränderten Zukunft plau=
derten, begegneten sie sich in dem nämlichen Gedanken —
in dem Gedanken, daß ihr Glück zugleich auch das Glück
des uneigennützigen Freundes sein müsse.

„Wir werden ihn mit nach Deutschland nehmen," sagte
Helene. „Und wenn er es zufrieden ist, soll er auch dort
unser Hausgenosse bleiben. Wir brauchen uns seiner nicht
zu schämen, selbst wenn er wirklich niemals etwas anderes
als ein einfacher Handwerker gewesen wäre. Aber wir
sind ja schon längst darüber im reinen, daß er sich einst
in einer anderen Lebensstellung und in besseren Verhält=
nissen befunden haben muß. Seine Ausdrucksweise und
sein Benehmen verrieten es mir schon in der Stunde seines
ersten Besuches. Seitdem er mir aber seine Bücher zur
Verfügung gestellt hat, hege ich daran vollends nicht mehr
den geringsten Zweifel."

Loßberg stimmte ihr zu. Als sie aber am anderen
Morgen Hartwig ihre Vorschläge machten, wies dieser sie
mit aller Entschiedenheit zurück.

„Ich werde nie mehr nach Deutschland gehen," sagte er.
„Es giebt nichts, das mich dahin zieht, und ich bin mit
meinem jetzigen Lose vollkommen zufrieden. Wo ich den
Rest meines Lebens verbringe, hier oder in irgend einem
anderen Winkel der Erde, ist mir gleichgiltig."

Und dabei blieb es, wie auch Frau Helene sich bemühte,
ihn als Reisegefährten zu gewinnen. Er versicherte sie
seiner Dankbarkeit für die gute Absicht; aber er beharrte
unerschütterlich bei seiner einmal ausgesprochenen Weigerung,
und er ging sogar während der letzten Tage ihres Auf=
enthalts geflissentlich jeder Möglichkeit einer Begegnung
mit der jungen Frau aus dem Wege, wie wenn er sich
davor fürchte, daß sie wiederum auf das Thema zurück=
kommen könne.

Aber als dann der Tag der Abfahrt gekommen war,

ließ er es sich doch nicht nehmen, sie zum Bahnhof zu begleiten. Er hatte seinen besten Anzug angelegt und sein vorzeitig gealtertes Antlitz war düsterer denn je.

In dem Gewühl des Bahnhofes war nicht mehr Zeit zu langem Abschiednehmen, und das Gesicht des Maurers hätte es ihnen auch schwer gemacht, die rechten Worte zu finden. Erst als die Abfahrt des New Yorker Zuges unmittelbar bevorstand, schloß der junge Freiherr Hartwig in seine Arme.

„Lebe wohl, mein Freund — mein Retter! Und vergiß nicht, daß du fortan drüben jenseits des Ozeans einen Bruder hast, der allezeit bereit ist, für dich einzustehen mit Gut und Blut."

Stürmisch fühlte sich Loßberg von den eisernen Armen des Maurers umschlungen; eine Antwort aber erhielt er nicht, und im nächsten Augenblick schon mußte er, wenn er nicht zurückbleiben wollte, auf das Trittbrett des Wagens springen. Lange noch flatterte Helenens weißes Tüchlein aus einem Fenster des davonrollenden Zuges, während Hartwig regungslos, wie aus Erz gegossen, auf dem Bahnsteig stand, während Thräne um Thräne heiß über seine sonnenverbrannten Wangen rollte.

„Allein!" schrie es in seiner Seele. „Wieder allein auf der Welt!"

5.

Zwei Jahre später war es und wieder an einem drückend heißen, schwülen Spätsommertage. Im großen Sitzungssaale des Gerichtsgebäudes zu W. hatte sich unter den hergebrachten Förmlichkeiten die Jury des Schwurgerichts gebildet. Das Summen und Schwirren im dicht gefüllten Zuschauerraum verstummte, denn aus der kleinen Pforte hinter den hohen Schranken trat der Angeklagte in den Saal.

Es war ein breitschulteriger, etwas gebeugter Mann
mit völlig ergrautem Haar. Er trug nicht die Gefängnis=
kleidung, sondern einen sauberen, schwarzen Anzug. Sein
Gesicht aber hatten die Neugierigen trotz der vorgereckten
Hälse kaum erspähen können, denn er hatte den Kopf so=
gleich nach dem Richtertische hingewendet. In dem weiten
Raum war es so totenstill, daß man die Feder des
Protokollführers kritzeln hörte, als die Vernehmung begann.

Mit leiser, aber fester Stimme gab der Angeklagte
Antwort auf die an ihn gerichteten Fragen, die zur Fest=
stellung seiner Persönlichkeit dienen sollten. Es war eine
einfache Bestätigung dessen, was schon in den Akten zu
lesen stand: Karl Heinrich Vollrath, ehemaliger Landwirt,
siebenunddreißig Jahre alt.

Dann erteilte der Präsident dem Gerichtsschreiber zur
Verlesung der Anklageschrift das Wort.

Die Geschworenen saßen mit aufmerksamen, gespannten
Gesichtern auf ihren Plätzen, sichtlich ganz erfüllt von dem
Bewußtsein der schweren Verantwortung, die das Gesetz
heute auf ihre Schultern gelegt hatte. Es waren Männer
aus den verschiedensten Berufskreisen und Gesellschafts=
klassen, zumeist schon in vorgeschrittenem Lebensalter stehend.
Nur einer von auffallend jugendlicher Erscheinung war
unter ihnen, ein schlanker, blondbärtiger Herr von vor=
nehmem Aussehen, der sein dreißigstes Jahr wohl eben
erst vollendet haben konnte. Er hatte ernst und ruhig
dreingeschaut wie die anderen, bis zu dem Augenblick, wo
der grauköpfige Angeklagte Antwort gegeben hatte auf die
erste Frage des Präsidenten. Beim Klang dieser etwas
rauhen Stimme aber war der jugendliche Geschworene zu=
sammengefahren. Weit hatte er sich vorgeneigt, um das
Gesicht des Mannes genau betrachten zu können, und dabei
war er sehr bleich geworden.

„Was ist Ihnen, Loßberg, Sie befinden sich nicht

wohl!" fragte ihn voll Besorgnis sein Nachbar, doch der
Geschworene schüttelte nur abwehrend den Kopf.

Der Gerichtsschreiber hatte mit der Verlesung der um-
fangreichen Anklageschrift begonnen. Das Verbrechen,
dessen Karl Vollrath bezichtigt wurde, lag um nicht weniger
als fünf Jahre zurück; aber es waren viele im Saal, die
sich noch sehr genau des Aussehens erinnerten, welches die
grausige That damals in der ganzen Gegend gemacht.
Der junge Baron v. Steinau war eines Morgens von
seinem Kammerbiener erschlagen in einem Zimmer des
Erlacher Schlosses aufgefunden worden. Er mußte schon
seit dem verflossenen Abend so auf dem Teppich vor seinem
Schreibtisch gelegen haben; denn die Leiche war kalt und
starr, eine gräßliche Wunde klaffte an seiner Schläfe und
die Waffe, mit der ihm dort die Schädeldecke zertrümmert
worden war, lag blutbesudelt neben ihm am Boden.
Es war ein Spazierstock mit schwerem, beilförmigem
Stahlgriff, wie ihn Geologen und Forstleute zu benutzen
pflegen. Aus dem Besitz des Barons stammte dieser
Stock nicht; aber die Dienerschaft wußte sofort seinen
Eigentümer zu bezeichnen. Nur bei einer einzigen Person
auf Erbach hatte man ein so seltsam geformtes Gerät gesehen, und diese Person war der Gutsinspektor Karl Vollrath. Das am Thatort zurückgelassene Mordinstrument
hätte an ihm zum Verräter werden müssen, auch wenn
ihn nicht die Aussage des Kammerdieners sofort als den
Urheber des Verbrechens kenntlich gemacht hätte. Diese
Aussage aber schloß jede Möglichkeit eines Zweifels aus.
Der Inspektor war noch in später Abendstunde, zu einer
für die Besprechung wirtschaftlicher Angelegenheiten ganz
ungewöhnlichen Zeit, auf das Schloß gekommen und un-
angemeldet in das Arbeitszimmer des Gutsherrn eingetreten. Wie lange er sich dort aufgehalten, war nicht
mehr festzustellen; denn niemand hatte ihn fortgehen sehen.

Jedenfalls aber hatte nach ihm keiner mehr Zutritt in
jene Gemächer erlangt. Der Kammerdiener hatte noch ein
paar Stunden lang auf das Glockenzeichen gewartet, das
ihn wie sonst zur Nachttoilette seines Gebieters rufen
sollte; dann, als alles still blieb, war er zur Ruhe gegangen, weil der Baron zudringliche Fragen nicht liebte
und ihm verboten hatte, ohne seinen ausdrücklichen Befehl
bei ihm zu erscheinen.

Konnte somit der Gutsinspektor von vornherein mit
aller Bestimmtheit als der Mörder bezeichnet werden, so
fanden sich bei der genaueren Besichtigung des Thatortes
auch hinlängliche Aufklärungen über die Beweggründe
seiner entsetzlichen That. Er mußte in dem Schreibtisch
des Barons eine größere Geldsumme vermutet haben, um
deren Erlangung es ihm offenbar zu thun gewesen war.
Thatsächlich pflegte Herr v. Steinau dort häufig ziemlich
bedeutende Beträge aufzubewahren, und die Untersuchungs-
beamten fanden denn auch in einem unverschlossenen Schubfach mehrere tausend Mark an Kassenscheinen und barem
Gelde. Der Mörder freilich hatte das Geld an einer
anderen Stelle gesucht. Eine halb herausgerissene Schieblade war ersichtlich in großer Hast durchwühlt und ihr
aus allerlei unwichtigen Papieren bestehender Inhalt war
weithin über den blutgetränkten Fußboden zerstreut worden.
Wenn Vollrath dort überhaupt etwas erbeutet hatte, so
konnte es nach den Erklärungen der mit den Verhältnissen
vertrauten Zeugen nur eine ganz geringfügige Summe
gewesen sein. Wahrscheinlich war er durch irgend ein
Geräusch, das ihn die Annäherung von Menschen befürchten
ließ, erschreckt worden und hatte mit leeren Händen die
Flucht ergriffen.

Der unvermählte Baron hatte keine Angehörigen
hinterlassen, die zu einem Gegenstand des allgemeinen
Mitleids hätten werden können. Um so größere Teilnahme

hatte sich der unglücklichen jungen Frau des Mörders und seinem im zartesten Alter stehenden Kindchen zugewendet. Die Untersuchung hatte sofort unzweifelhaft ergeben, daß von einer Mitschuld oder Mitwissenschaft der Frau Vollrath nicht die Rede sein könne, und man verwünschte den ruchlosen Verbrecher nur um so heftiger, als man erfuhr, daß die Verlassene unter der Wirkung der schrecklichen Aufregungen wenige Tage nach dem verhängnisvollen Ereignis in eine schwere Krankheit verfallen sei. Als sie sich nach einer langen Leidenszeit wieder erholte, waren die Akten über den Fall Vollrath längst geschlossen; ein anderer Besitzer schaltete auf Erbach, und eine Flut neuer sensationeller Ereignisse hatte das Interesse für jene Mordthat in den Hintergrund gedrängt. Nur in den allerengsten Kreisen sprach man wieder ein paar Tage lang davon, als es hieß, daß das zurückgelassene Söhnchen des ehemaligen Gutsinspektors innerhalb weniger Stunden an einer Kinderkrankheit dahingerafft worden sei, und daß die bedauernswerte Mutter ihre Scheidung von dem Geflüchteten betreibe, da sie eine neue Ehe eingehen wolle. Aber es kam nicht dazu, denn schon vorher wurde sie von der Influenza ergriffen, der eine Lungenentzündung folgte, an der sie starb. Die Sache geriet darauf in Vergessenheit, und nun hatte man plötzlich in der Nähe des Erbacher Schlosses den Mörder des Barons v. Steinau verhaftet. Einige Leute, die den Inspektor Vollrath persönlich gekannt hatten, hatten ihn erkannt, als er sich im Dorfe zeigte und Erkundigungen über den Verbleib seiner Frau und seines Kindes einzuziehen versuchte.

Er hatte bei seiner Verhaftung weder Widerstand geleistet noch Bestürzung an den Tag gelegt. Auch war es ein leichtes gewesen, schon bei der ersten Vernehmung das Geständnis von ihm zu erlangen, daß er Karl Vollrath heiße und den Baron v. Steinau vor fünf Jahren er=

schlagen habe. Ueber seine Beweggründe freilich hatte
man in der Voruntersuchung trotz aller Verhöre keine
Aufklärung erhalten können, und so hatte denn der Staatsanwalt in Uebereinstimmung mit dem damaligen Befunde
die That in seiner Anklageschrift mit aller Bestimmtheit
als einen Raubmord bezeichnet.

Das von der Untersuchungshaft gebleichte Antlitz des
Angeklagten veränderte sich nicht, während die Worte dieser
furchtbaren Anschuldigung den Saal durchtönten. Als die
Verlesung zu Ende war und der Präsident sich wieder
gegen ihn wandte, erhob er sich ruhig und bescheiden von
seiner Bank.

„Sie haben die Anklage gehört, Vollrath! Was haben
Sie darauf zu erwidern?"

„Ich bekenne mich schuldig, Herr Präsident."

„Sie haben also den Baron v. Steinau, Ihren damaligen Dienstherrn, getötet?"

„Ja."

„Und Sie haben es vorsätzlich gethan — das heißt,
Sie gingen an jenem Abend mit der Absicht auf das
Schloß, diese That zu vollbringen?"

„Ja."

„Wie waren Sie auf einen so fürchterlichen Gedanken
verfallen? Und welche Zwecke verfolgten Sie mit der
Ermordung des Barons?"

„Das alles steht ja in der Anklageschrift, Herr Präsident!"

„Wir müssen es doch aber von Ihnen ausdrücklich bestätigt hören. Sie hatten es also wirklich auf das Geld abgesehen, das Sie in dem Schreibtisch des Herrn v. Steinau
vermuteten?"

Vollrath senkte das Haupt und schwieg. Als der Vorsitzende seine Frage noch eindringlicher wiederholte, sagte
er kaum vernehmlich: „Ich gestehe alles ein, was mir in
dem eben verlesenen Schriftstück zum Vorwurf gemacht

wird. Ist das denn nicht genug, um mir alle weiteren
Fragen zu ersparen?

Der Präsident wollte etwas erwidern, da erhob sich
jemand auf der Geschworenenbank und bat um das Wort.
Der Landgerichtsdirektor erkannte den Freiherrn v. Loß=
berg und die Unterbrechung setzte ihn offenbar in Erstaunen.

„Ich kann Ihnen während der verantwortlichen Ver=
nehmung des Angeklagten das Wort nicht erteilen," sagte
er höflich, „es sei denn, daß es sich um ein plötzlich ein=
getretenes Hindernis für die gesetzmäßige Ausübung Ihrer
Geschworenenpflichten handelt."

„Ein solches Hindernis liegt allerdings vor. Ich kann
über diesen Mann nicht richten, Herr Präsident!"

Eine allgemeine Bewegung ging durch den dicht ge=
füllten Saal. Aller Blicke waren jetzt auf den bleichen
jungen Geschworenen gerichtet, und deshalb bemerkten es
nur wenige, wie auch der Angeklagte mit weit aufgerissenen,
entsetzten Augen zu ihm hinüber starrte, um dann die
Hände vor das Gesicht zu schlagen und wie gebrochen auf
seine Bank zurückzusinken.

„Und weshalb können Sie es nicht? Eine solche Er=
klärung ohne die Angabe bestimmter Gründe kann dem
Gerichtshofe nicht genügen."

„Dieser Mann, Herr Präsident, der jetzt Karl Vollrath
heißt und sich drüben in Amerika Karl Hartwig nannte,
ist mein bester Freund! Er hat mir das Leben gerettet
und mich durch seine Großmut vor Elend und Verzweiflung
bewahrt. Ich könnte nicht über ihn richten, auch wenn ich
nicht die Pflicht hätte, ausdrücklich meine Vernehmung
als Zeuge zu verlangen."

„Sie werden begreifen, Herr Geschworener, daß Ihr
Verlangen den Gerichtshof einigermaßen überrascht. Wes=
halb haben Sie denn alle diese Bedenken nicht schon vor
Ihrer Auslosung geltend gemacht?"

„Aus einem sehr triftigen Grunde, Herr Präsident!
Ich wußte damals noch nicht, daß mein Freund Hartwig
und der Angeklagte in diesem Prozeß eine und dieselbe
Person seien. An seiner Stimme erst habe ich ihn erkannt.“

„Und Sie sind ganz sicher, sich nicht etwa doch noch
in einem Irrtum zu befinden?“

„Ganz sicher, Herr Präsident.“

An dem Richtertische fand eine kurze, flüsternde Beratung statt, dann rührte der Vorsitzende die Glocke und
verkündete: „Nachdem sich der Geschworene v. Loßberg
selbst als befangen erklärt hat, mußte der Gerichtshof
beschließen, daß er für die Dauer der Verhandlung in
dieser Sache von seinen Funktionen als Mitglied der Jury
zu entbinden sei. Der ausgeloste Ersatzgeschworene Hernitz
wird an seine Stelle treten. — Herr v. Loßberg, Sie
sind bis auf weiteres entlassen.“

„Aber ich habe in dieser Angelegenheit noch etwas zu
sagen — etwas, das von äußerster Wichtigkeit ist. Das
Geständnis des Angeklagten ist in seinem wesentlichsten
Teil eine Unwahrheit. Wie er seine Verhaftung geflissentlich
selbst herbeigeführt hat, so wünscht er jetzt auch seine
Verurteilung zur härtesten Strafe herbeizuführen, indem
er sich fälschlich als einen Raubmörder bezeichnet. Ich —“

Der Vorsitzende fiel ihm in die Rede.

„Ich habe Ihnen zu einer Zeugenaussage vorläufig
das Wort nicht erteilt. Wenn der Herr Staatsanwalt
und der Herr Verteidiger nichts Gewichtiges gegen Ihre
Vernehmung einzuwenden haben, wird dieselbe später
erfolgen. Treten Sie deshalb in das Zeugenzimmer, bis
man Ihren Namen aufruft.“

Horst v. Loßberg verließ den Saal. Sein Blick hatte
vorher noch das Gesicht des Angeklagten gesucht; Vollrath
aber verharrte regungslos in der Stellung, die er bei der
unerwarteten Einmischung des Freiherrn angenommen

hatte, und vergebens bemühte sich auch nach der Entfernung des letzteren der Präsident, irgend eine weitere Antwort von ihm zu erlangen.

Als er zu der Ueberzeugung gekommen war, daß diesem hartnäckigen Schweigen gegenüber alle Fragen nutzlos seien, brach er deshalb die Vernehmung des Angeklagten ab und ließ zunächst die vor fünf Jahren abgegebenen Gutachten der medizinischen Sachverständigen über die Verletzung des Barons, sowie den Sektionsbefund verlesen. Daß der Tod des Herrn v. Steinau lediglich eine Folge jenes mit fürchterlicher Wucht geführten Beilhiebes gewesen sei, wurde dadurch unzweifelhaft festgestellt und das Zeugen= verhör konnte nunmehr beginnen.

Bevor der erste Namen aufgerufen wurde, erbat sich der Verteidiger das Wort. Es war ein junger Rechts= anwalt, den man von Amts wegen für den Angeklagten bestellt hatte, da Vollrath überhaupt keinen juristischen Beistand hatte annehmen wollen. Er war ursprünglich von großem Eifer für seinen Klienten erfüllt gewesen, hatte aber bald alle Hoffnungen auf einen großen Erfolg fahren lassen, als er zu seiner Ueberzeugung gelangt war, daß Vollrath bei der Verhandlung alle Behauptungen der Anklage unumwunden zugeben werde. Was ließ sich am Ende noch für einen Menschen thun, der seine Ver= urteilung zu der schwersten Strafe als etwas Selbstver= ständliches und Unvermeidliches anzusehen schien!

Der sensationelle Zwischenfall, der durch die Erklärungen des Geschworenen Loßberg herbeigeführt worden war, hatte seinen gesunkenen Mut indessen neu belebt und ihm allerlei lockende Bilder von plötzlich erlangter Berühmtheit und glänzender Anwaltspraxis vor die Seele gezaubert. Und da er ein tüchtiger Mensch von scharfem Verstande und warmem Herzen war, nahm er sich mit Feuer der schon verloren gegebenen Sache seines seltsamen Klienten an.

„Ich richte an einen hohen Gerichtshof das Ersuchen, zuerst den Freiherrn v. Loßberg, dessen Zeugnis mir unter den obwaltenden Umständen von ganz besonderer Wichtigkeit scheint, vernehmen zu wollen. Ich selber ahne nicht, von welcher Art die Bekundungen dieses Herrn sein werden, und ich begebe mich vielleicht sogar eines gewissen Vorteils, indem ich bitte, seine Aussage derjenigen der Belastungszeugen voraufgehen zu lassen. Bei dem tiefen Eindruck aber, den der Zwischenfall von vorhin wohl auf jeden hier Anwesenden und nicht am wenigsten auf die Herren Geschworenen gemacht haben dürfte, bezweifle ich nicht, daß der hohe Gerichtshof die schwerwiegenden Gründe würdigen wird, die mich zu meinem Antrage bestimmen."

„Haben Sie gegen diesen Wunsch der Verteidigung etwas einzuwenden, Herr Staatsanwalt?"

Der Vertreter der Anklagebehörde verneigte sich stumm.

„Und Sie, Angeklagter, wollen Sie uns nicht zuvor einige Aufklärungen über die Natur der Beziehungen geben, die nach der Angabe des Herrn v. Loßberg zwischen ihm und Ihnen bestanden haben?"

Der Angeklagte ließ die Hände vom Gesicht herab sinken. Es war ganz fahl und schien innerhalb der letzten zehn Minuten abermals um Jahre gealtert.

„Ich weiß nicht, was ich darauf antworten soll. Ich möchte gegen die Vernehmung dieses Herrn protestieren, denn er befindet sich in einem Irrtum — ich habe ihn nie zuvor gesehen."

„Nun, darüber werden wir ja bald Gewißheit erhalten. Gerichtsdiener, rufen Sie den Freiherrn v. Loßberg in den Saal."

Horst trat vor den grün verhängten Tisch und leistete, nachdem er die üblichen Personalfragen beantwortet, den vorgeschriebenen Eid.

„Was können Sie nun zur Sache bekunden, Herr

Zeuge, die wir hier verhandeln? Ich bitte Sie noch
einmal, Ihr Gedächtnis genau zu prüfen, denn der An=
geklagte hat uns noch soeben erklärt, daß Sie ihm gänzlich
unbekannt seien."

Loßberg sah mit einem schmerzlich vorwurfsvollen
Blick zu Vollrath hinüber, und wie in tiefer Beschämung
senkte dieser das Haupt.

„Wenn der Angeklagte mich nicht mehr kennen will,
Herr Präsident, so hat er dafür dieselben Beweggründe,
die ihn vorhin bestimmten, ein unwahres Geständnis ab=
zulegen. Er weiß, welche Strafe einen Raubmörder er=
wartet, und er will alles verhindern, was ihn vor dieser
Strafe bewahren könnte. Er sucht den Tod."

„Solche Meinungsäußerungen, Herr v. Loßberg, gehen
über den Rahmen einer Zeugenaussage hinaus. Ich muß
Sie bitten, sich an die Sache zu halten. Woher kennen
Sie den Angeklagten?"

Freimütig erzählte Horst die Geschichte seiner ersten
Begegnung und seines monatelangen Zusammenlebens mit
dem angeblichen Karl Hartwig. Die tiefe Stille im Saale
verriet, mit wie gespannter Aufmerksamkeit ihm alle An=
wesenden folgten. Einmal nur, als er für einen Moment
inne hielt, sagte der Vorsitzende, der in den Papieren
geblättert hatte: „Aus den Personalakten geht hervor,
daß er nach Absolvierung des Realgymnasiums zunächst
eine Baugewerkschule besucht hat, bevor er sich der Land=
wirtschaft zuwandte. Die befremdlich erscheinende Be=
hauptung, daß er in Amerika als Maurer gearbeitet habe,
könnte durch diese Feststellung vielleicht an Wahrscheinlich=
keit gewinnen. Ich bitte den Herrn Zeugen, fortzufahren."

Loßberg, der in seiner Darstellung bis zu dem Moment
des Abschieds von dem damaligen Hausgenossen gekommen
war, sprach in mühsam unterdrückter Bewegung weiter:
„Daß der Mann, der sich eines wildfremden Nebenmenschen

so selbstlos und aufopfernd annahm, niemals fähig gewesen
sein kann, einen Raubmord zu begehen, muß meiner Ueber=
zeugung nach jedem einleuchten. Wie weit aber die Seele
dieses Angeklagten von niedriger Habgier entfernt war,
dafür habe ich nach meiner Rückkehr in die Heimat wahr=
haft beschämende Beweise erhalten. Ich hatte natürlich
das Bedürfnis, mich meinem Lebensretter dankbar zu er=
weisen, und ich besaß dazu leider kein anderes Mittel, als
das mir zugefallene Vermögen. Ein volles Jahr hindurch
habe ich auf jede nur erdenkliche Weise versucht, den armen
Mann, der sich von der Arbeit seiner Hände hart und
mühselig ernähren mußte, zur Annahme einer Geldsumme
zu bewegen, die ihm ein behagliches und sorgloses Leben
ermöglichen sollte. Er aber wies sie mit immer gleicher
Beharrlichkeit zurück und seit einem Jahre antwortete er
nicht einmal mehr auf meine Briefe."

„Nun, Angeklagter, Sie hören, was Herr v. Loßberg
hier unter seinem Zeugeneid ausgesagt hat. Wenn Sie
wirklich derjenige sind, von dem er uns eine so wohlwollende
Schilderung entworfen hat, so werden Sie Ihren Freund
nicht hier vor aller Welt einer Lüge bezichtigen wollen.
Ich frage Sie also noch einmal: Geben Sie zu, den
Zeugen zu kennen? Und bestätigen Sie die Wahrheit
seiner Bekundung?"

Ohne den Kopf zu erheben, sagte Vollrath mit bebender
Stimme:

„Er sprach die Wahrheit, Herr Präsident!"

„Hatten Sie gleich nach Ihrer Ankunft in Amerika das
Maurerhandwerk ergriffen?"

„Ja. Ich besaß nicht einen Pfennig, als ich in New
York ans Land stieg und mußte doch auf irgend eine
Weise mein Dasein fristen. Später gefiel mir diese Be=
schäftigung ganz gut. Bei einer Thätigkeit als Landwirt
hätte ich viel zu viel Zeit gehabt, meinen Gedanken nach=

zuhängen. Die schwerste und anstrengendste Arbeit war
mir eben die liebste."

„Das heißt, Sie empfanden Gewissensbisse über die
von Ihnen begangene That?"

„Nein. Aber ich sehnte mich nach meinem Kinde,
Herr Präsident."

„Nur nach Ihrem Kinde? Nicht auch nach Ihrer Frau?"

Der Angeklagte schwieg, und der Vorsitzende wandte
sich wieder dem Zeugen zu.

„Was Sie uns da erzählt haben, Herr v. Loßberg,
war im Grunde nichts anderes als eine ausführliche Bestätigung, daß Vollrath sich drüben in Amerika wie ein
rechtschaffener Mann geführt habe. Ihre Ansicht, daß er
kein gemeiner Raubmörder sein könne, ist danach wohl
begreiflich; aber Sie werden einsehen, daß sie in Anbetracht
der vorliegenden Beweise und des von dem Angeklagten
abgelegten Geständnisses für uns nicht weiter ins Gewicht
fallen kann. Von der hier zur Verhandlung stehenden
That wissen Sie jedenfalls nicht mehr als wir alle."

„Doch, Herr Präsident, ich glaube etwas mehr davon
zu wissen. Wenn Vollrath den Baron v. Steinau erschlug,
so that er es aus ganz anderen Gründen. Er that es in
der Leidenschaft, aus Verzweiflung über den Zerstörer
seines häuslichen Friedens, er erschlug den Räuber seines
Glückes."

„Was wollen Sie damit sagen, Herr Zeuge? Und
woher kommt Ihnen diese Kenntnis?"

„Aus Vollraths eigenem Munde."

Er erzählte von jenem Weihnachtsabend in Chicago
und von der verräterischen Aeußerung, die ihrem Hausgenossen damals halb gegen seinen Willen entschlüpft war.
Als er geendet, hatte der Angeklagte sich von seiner Bank
erhoben und die Schranke mit beiden Händen umklammert.
Furchtbar arbeitete es in seinem bis dahin beinahe un-

beweglichen Gesicht. Ohne eine Frage des Präsidenten abzuwarten, stieß er hervor: „Herr v. Loßberg befindet sich im Irrtum. Er muß mich mißverstanden haben. Ich habe etwas Derartiges nicht gesagt."

Da trat der Zeuge bis an den Tisch des Verteidigers heran, so daß er nur noch um die Länge eines Schrittes von Vollrath entfernt war, und ohne daß ihn jemand daran gehindert hätte, richtete er seine Rede direkt an ihn. Mit Worten, wie nur die tiefe Bewegung eines solchen Augenblicks sie einzugeben vermag, beschwor er ihn, der Wahrheit die Ehre zu geben, die ja doch nicht verschwiegen bleiben könne. Sein Kind sei ja tot, er könne daher auch nicht einmal für dieses das Andenken der Mutter retten.

Da endlich brach der starre Trotz des unglücklichen Mannes zusammen. Er bedeckte die Augen mit der Hand, und die, welche ihm zunächst waren, vernahmen das Schluchzen, das seinen mächtigen Körper erschütterte. Nur eine Minute noch, dann wandte er sich dem Richtertische zu und sagte: „Ich widerrufe mein Geständnis. Nein, es verhält sich nicht so, wie es in der Anklage geschrieben steht. Nicht i ch habe den Baron v. Steinau bestehlen wollen, sondern e r war es, der mich bestahl. Ich habe meine verletzte Mannesehre an ihm gerächt, denn er hatte wie ein Schurke an mir gehandelt."

Der Präsident gab Horst einen Wink, sich auf die Zeugenbank zurückzuziehen, dann forderte er Vollrath auf, eine zusammenhängende Darstellung des Sachverhalts zu geben, und mit tiefer Bewegung vernahmen jetzt alle das Geständnis des Angeklagten. Vollrath verschwieg nichts mehr. Er schilderte den Verlauf jenes unglücklichen Abends von dem Augenblick an, wo er ahnungslos sein Haus betreten hatte, bis zu der Katastrophe und zu seiner gänzlich unvorbereiteten Flucht, deren Gelingen ihm selber als ein Wunder erschienen war.

„Es geschah um meines Kindes willen, daß ich mich in Sicherheit zu bringen suchte," fügte er hinzu. „Ich wollte irgendwo in einem Winkel der Erde für seine Zukunft arbeiten. Keine Kunde kam mir von ihm. Endlich, nach fünf Jahren, hielt ich es in meiner Vereinsamung nicht mehr aus. Ich wollte und mußte mein armes Kind wiedersehen. Ich hörte, daß es gestorben sei. Nun gab ich mir nicht die geringste Mühe mehr, mich zu verbergen. Ich war des Lebens überdrüssig, ich wollte sterben. Ich wußte, daß man mich für einen gemeinen Raubmörder hielt, und es war mir eben recht so. Man mußte mich also hinrichten. So dachte ich. Jetzt ist es anders gekommen. Ich werde die mir zufallende Strafe, welche es auch sei, hinnehmen als gerechte Sühne für meine leidenschaftliche That. Mein Glück ist ja doch zerstört für immer — so oder so."

Als der Angeklagte geendet, erbat sich der Staatsanwalt das Wort.

„Die romantische Erzählung, die wir da soeben gehört haben, erscheint um so weniger glaubwürdig, als weder bei den damaligen Erhebungen als bei der jetzigen Voruntersuchung gegen Vollrath irgend etwas zu Tage gekommen ist, was auf Beziehungen des Barons v. Steinau zu der Frau des Angeklagten hingedeutet hätte. Die Magd Emma Streblow, die nach Vollraths Behauptung die Angeberin gemacht haben soll, ist damals vernommen worden, ohne daß sie dabei nur ein einziges Wort von jenem Briefwechsel erwähnt hätte. Ich möchte also die Herren Geschworenen bitten, sich durch die sensationellen Zwischenfälle dieser Verhandlung nicht in Ihrem klaren Urteil beeinflussen zu lassen."

Aber der junge Verteidiger war schon zur Antwort bereit.

„Ich stelle den Antrag, die Verhandlung zu vertagen,

bis die Zeugin Emma Streblow aufgefunden und vor=
geladen worden ist. Ich kann bei der völlig veränderten
Sachlage auf die Aussagen dieser Zeugin nicht verzichten."

Der Gerichtshof wollte sich eben zur Beratung zurück=
ziehen, als sich jemand aus dem Zuschauerraum zu einer
wichtigen Mitteilung meldete. Er wurde vorgeführt und
erklärte nach Angabe seines Namens, daß die erwähnte
Emma Streblow als Ehefrau des Kutschers Johann Meiß=
ner in seinem Hause wohne und gewiß innerhalb einer
Stunde herbeigeschafft werden könne. Daraufhin wurde
beschlossen, eine schleunige Ladung dieser Zeugin zu veran=
lassen und einstweilen in der Verhandlung fortzufahren.

Eine gewaltige Erregung ging durch den Saal, als die
Zeugin Emma Meißner, die frühere Dienstmagd des
Vollrathschen Ehepaares, erschien. Die unerwartete Vor=
ladung hatte sie begreiflicherweise in große Bestürzung
versetzt, und ihre Antworten waren anfänglich verwirrt
und unbestimmt. Auf die energischen Vorhaltungen des
Präsidenten aber kam sie dann doch mit der Sprache heraus
und bestätigte Wort für Wort die Erzählung des An=
geklagten von dem an jenem Abend zwischen ihnen statt=
gehabten Auftritt. Als der Vorsitzende sie mit strengen
Worten fragte, warum sie diese wichtigen Dinge vor fünf
Jahren bei ihrer polizeilichen Vernehmung nicht erwähnt
habe, begann sie zu weinen und gestand, daß sie von der
Frau Vollrath veranlaßt worden sei, darüber zu schweigen.

In diesem Augenblick gab es unter den Geschworenen
wohl keinen mehr, der über seinen Spruch nicht mit sich
selber bereits im reinen gewesen wäre, und weder das
Plaidoyer des Staatsanwalts noch die glänzende Rede des
jungen Verteidigers vermochten angesichts der entscheidenden
Bedeutung einer so unerwarteten Aussage jetzt noch einen
wesentlichen Einfluß auf das Schicksal des Angeklagten zu
üben.

Von den drei Fragen, die nach der üblichen Rechts=
belehrung der Jury vorgelegt worden waren, wurden zwei
einstimmig bejaht.   Danach war Karl Vollrath schuldig
befunden, den Baron v. Steinau vorsätzlich getötet zu
haben, das erschwerende Moment der Ueberlegung aber
war ausgeschlossen und es war ihm außerdem zugestanden,
daß er durch eine ihm ohne sein Verschulden zugefügte schwere
Beleidigung auf der Stelle zur That hingerissen worden
sei.   Der Staatsanwalt beantragte fünf Jahre Gefängnis,
der Verteidiger bat um eine erheblich mildere Strafe, und
nach einer Beratung von nur zehn Minuten verkündete
der Vorsitzende das Urteil des Gerichtshofes, das auf eine
Gefängnisstrafe von einem Jahre, unter voller Anrechnung
der dreimonatlichen Untersuchungshaft, lautete.

Der Gutsdirektor vom Lindenhof, Vollrath, ist heute
ein geachteter und beliebter Mann.   Weit über die Grenzen
der Loßbergschen Besitzung hinaus kennt man seinen Namen
wie sein schweres Geschick.   Der treuen Freundschaft Loß=
bergs und seiner Frau ist es gelungen, den schwergetroffenen
Mann wieder mit der Welt und dem Leben zu versöhnen
und ihm eine neue Zukunft zu eröffnen.

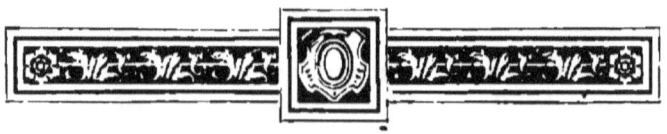

Gasteiner Bilder.

Reiseskizze von K. Westhof.

Mit 17 Illustrationen.

Von der Krimmler Ache, dem Ahrn- und Tauferer-thal bis zum Großahr- und dem Lieserthal erstreckt sich die imposante Kette der Hohen Tauern, ein Gebiet von mehr als hundert Quadratmeilen bedeckend, von dem den zwölften Teil Gletscher — 250 an der Zahl — einnehmen. Es sind aber auch 23 mit landschaftlichen Reizen aus-gestattete Thäler vorhanden, die sich nach Norden und Süden öffnen, von denen das zehn Stunden lange und noch drei größere Nebenthäler umfassende Gasteinerthal das größte und mit seinen 3700 Einwohnern auch das bevölkertste ist. Zugleich muß es auch als das besuchteste Tauernthal bezeichnet werden, denn es birgt ja die edelsten Bodenschätze: heilkräftige Wässer und Gold, und die be-rühmten Quellen von Wildbad Gastein allein ziehen jähr-lich gegen fünftausend Fremde dorthin.

Der Eingang in das Gasteiner Thal öffnet sich bei der Station Lend der Giselabahn, die wir in etwa zweieinhalb-stündiger Fahrt von Salzburg aus erreichen. Gegenüber, am rechten Ufer der Salzach, liegt der kleine Ort Lend, wo die jetzt verwaisten Hüttenwerke zur Gewinnung des

Goldes aus den Raurifer und Böckfteiner Erzen ftehen. Zehn Minuten unterhalb des Ortes ftürzt die aus dem Engthor der Gafteiner Klamm hervorftrömende Ache in einem herrlichen Wafferfall zur Salzach hinab; die Brücke

Lend an der Salzach.

unter diesem bildet die Grenze zwischen Pongau und Pinzgau.

Bis zum Wildbab ift das Gafteiner Thal für eine Fußwanderung kaum lohnend genug; man nimmt daher am beften in Lend die Poft oder einen der am Bahnhofe bereit ftehenden Zweifpänner. Gleich am Pofthaufe fteigt

die Straße steil empor bis zum Klammsteinpasse. Die
Klammstraße war ehedem in schwindelnder Höhe an schroffer

Ansicht von Hofgastein.

Felswand hingeführt, häufig auf hölzernen Galerien oder
auf schwankenden Kettenbrücken. Da ließ seit 1832 Kaiser
Franz I. die jetzige prächtige Kunststraße erbauen, die nur

im Frühjahr wegen der Lawinen gefährliche Stellen bietet, sonst aber vollkommen sicher ist. Auf der Klammhöhe ist eine Kapelle errichtet, in deren Nähe ein Lawinenbett, die schlimmste Stelle der Straße, liegt. Nun beginnt der eigentliche Klammpaß, eine tief in den Kalkfelsen eingeschnittene, dunkle und eisig kühle Schlucht, an deren Aus-

Schweizerhütte bei Gastein.

gang man zur Klammsteinbrücke und von hier über die Ache in den Thalabschnitt von Hofgastein gelangt.

Hier weitet sich das Thal; wir blicken auf Matten, Wälder, bis zur Höhe begrünte Berge und sehen zwischen den ersteren die Ache ruhig dahingleiten. An Mayrhofen vorbei erreichen wir Dorf Gastein und nach weiteren zwei Stunden den Hauptort des Thales, den stattlichen Marktflecken Hofgastein. Wohl schon in römischer Zeit dürften die goldhaltigen Quarzadern, die sich hoch an den im Thalhintergrunde aufragenden Bergen in der Nähe der Gletscher vorfinden, bekannt gewesen sein, aber erst im

15. und 16. Jahrhundert erschlossen sie ihren reichsten
Segen. Um die Mitte des 16. Jahrhunderts war Hof=
gastein neben Salzburg der reichste Ort des Salzburger
Landes, und die von dreihundert Knappen betriebenen Berg=
werke lieferten als Ausbeute jährlich an 2350 Mark Gold und
19,000 Mark Silber. Der Bergsegen machte die Familien
der dort lebenden Gewerke, der Weitmoser, Zott und an=
derer, steinreich; so hinterließ Christoph Weitmoser, der als
Bergherr in der Gastein und Rauris starb, bei seinem
Ableben seinen drei Söhnen mehr als eine Million Gulden
und seinen Töchtern je 80,000 Gulden, was für jene Zeit
ganz gewaltige Summen waren. Noch jetzt geben von
jener „goldenen Zeit" und ihrem Reichtum einzelne Häuser
in Hofgastein mit Säulengängen aus Serpentin und reicher
Ornamentik Kunde. Wie die Sage erzählt, bewirkte der
Uebermut der Bergknappen, die mit silbernen Kugeln
kegelten und lebendigen Ochsen das Fell abzogen, das Ver=
siegen der Gold= und Silbergänge im Radhausberge. In
Wahrheit ist durch die abnehmende Qualität der Erze, wie
wegen der gesteigerten Entwertung des Goldes durch die viel
reicheren überseeischen Funde die Rentabilität des Gasteiner
Bergbaus immer geringer geworden. Jetzt sind nur noch
vielleicht fünfzig Bergleute mit der Schürfung im Rad=
hausberge beschäftigt, doch wird der Bergbau nicht mehr
vom Staate, sondern von privaten Unternehmern betrieben.
    Wenn aber der Goldsegen auch so ziemlich versiegt ist,
so erfreut sich doch das Thal durch die Tausende von
wohlhabenden Fremden, die bei den Gasteiner heißen
Quellen Genesung suchen, einer reichen und mit dem zu=
nehmenden Weltverkehr stets wachsenden Einnahme. Unter
Kaiser Franz I. wurden auf Betreiben des Erzbischofs
und Dichters Ladislaus Pyrker, dessen ehemalige Villa
in Hofgastein sich befindet, die Heilwasser des Wildbades
mittels einer 8,5 Kilometer langen Röhrenleitung dorthin

Gesamtansicht von Gastein.

geleitet, und seitdem ist Hofgastein eine Art Badefiliale des Wildbades, namentlich für weniger bemittelte Kurgäste. Das Wasser sinkt unterwegs an Wärme von 31 Grad

Wasserfall und Badeschloßhotel.

Réaumur auf 27 und kann sogleich zum Baden benutzt werden.

Die Lage von Hofgastein mit dem schlanken Turme seiner alten Pfarrkirche ist überaus anmutig; im Hintergrunde ragt die 2465 Meter hohe Pyramide des Gamskar-

kogl empor. Der Ort zeigt mit seinen zahlreichen Gast=
stätten und Badehäusern alle Merkmale eines in regem
Aufschwunge begriffenen Kurortes.

Um nun zu den Quellen des Wildbades zu gelangen,
müssen wir von Hofgastein zu Fuß noch anderthalb Stun=
ben thaleinwärts wan=
bern, während uns
der Wagen in einer
Stunde an das Ziel
bringt. Die Straße
durchschneidet schräg
den Thalboden und
steigt dann an der
westlichen Thalseite
wieder bergan. Rechts
mündet das Anger=
thal ein, während man
links in das Kötschach=
thal schaut mit dem
Bocksteinkogl und dem
Tischlkar=Kees, links
davon der Gamskar=
kogl, rechts Graukogl,

Neue katholische Kirche.

Feuerseng und noch weiter rechts die Pyramide des Kreuz=
kogls. An der Straße liegen die Schweizerhütte, eine Re=
stauration, und weiter das Englische Kaffeehaus, die beide
vom Wildbad aus viel besucht werden.

Nun verändert das Thal seinen Charakter; das weite
Becken, in dem wir von der Klamm bei Lend aus vor=
gebrungen sind, erreicht hier sein Ende, indem es durch
einen Riegel festeren Gesteins abgesperrt wird. Fast
300 Meter liegen die oberen Teile des Thales höher, und
über diese Stufe stürzt nun die Ache in herrlichen Fällen
herab. Dort, wo sie aus einer in die Felsen gehöhlten

Schlucht hervorbricht, befinden sich auch die heißen Quellen, und dort ist im Laufe der Zeit in einer Höhe von 1064 Meter über dem Meere Wildbad Gastein entstanden.

Fast überall, wo heiße Quellen aus dem Erdinnern hervorbrechen, läßt die Sage sie durch ein angeschossenes, flüchtendes Wild entdecken, was bei Gastein im Jahre 680

Badeschloßhotel.

geschehen sein soll. Im 15. Jahrhundert, als Kaiser Friedrich IV. dort Genesung suchte, waren die Heilquellen schon weithin bekannt; hundert Jahre später analysierte und empfahl sie Theophrastus Paracelsus von Hohenheim. Es sind im ganzen vierundzwanzig, lauter „indifferente Thermal- quellen", die jedoch nicht alle benutzt werden; dreizehn Quellen sind Eigentum des Kaisers Franz Joseph, die übrigen gehören Privatleuten. Die Quellen haben eine zwischen 19,5 Grad und 39,5 Grad Réaumur schwankende Wärme, welche sich in den verschiedenen Jahreszeiten nicht ändert; alle zusammen liefern binnen 24 Stunden eine Wassermenge von 5696 Kubikmeter. Das heiße

Wasser von Gastein ist beinahe vollständig frei von fremden Beimischungen; es wird zu Bädern verwendet und besitzt eine Belebungskraft, die sich bei beginnenden Altersbeschwerden, Nervenschwäche, Gicht und dergleichen vielfach bewährt hat. Kaiser Wilhelm I. hat bekanntlich lange Jahre hindurch die Thermen von Gastein mit Vorliebe aufgesucht, und auch Kaiser Franz Joseph kommt oft dorthin. Man pflegt 17 bis 21 Bäder (empfindliche Personen nur 11 bis 14) zu nehmen, und

St. Nikolaus bei Gastein.

die Badesaison reicht vom 15. Mai bis Ende September.

Die Lage des vom Sturzwasser des Wasserfälles um-

Hohe Brücke bei Gastein.

donnerten Kurortes ist eine ganz eigenartige; sein Baugrund von der größten Unregelmäßigkeit und Unebenheit, so daß sich die Gesamtanlage in zahlreiche Einzelgruppen auflöst. Beide Thalwände trennt die Ache, welche in zwei Fällen, der obere 63 Meter, der untere 85 Meter hoch, sich von der oberen Thalstufe herabstürzt — ein Wasserfall, der neben den Krimmler Fällen im Oberpinzgau wohl als der großartigste in den deutschen Alpen bezeichnet werden darf.

Den eigentlichen Kern von Gastein stellt ein Komplex von Anlagen im Mittelgrunde neben dem zweiten Wasserfall und unterhalb davon dar, der aus der gedeckten Wandelbahn, den darunter stehenden Kurhäusern, dem Straubingerschen Gasthofe (Post) mit Dependenz (Schweizerhaus) und Restauration und dem Hotel Badeschloß, in dem Kaiser Wilhelm I. stets Wohnung nahm und das seit 1886 Eigentum des Kaisers von Oesterreich ist, besteht. Mittelpunkt des Badelebens ist der kleine Platz zwischen Straubinger und Badeschloß und auf der Westseite der Brücke die Wandelbahn, eine lange Glasgalerie mit Trinkhalle, Konditorei und Lesesaal, in der man bei Regen promenieren kann. Nach Norden genießt man hier die Aussicht in die wildromantische Gasteiner Schlucht. Etwas weiter links tritt dann noch besonders eine Häusergruppe hervor, aus der

Blick von der Schreckbrücke zu Gastein.

der schlanke gotische Turm der neuen katholischen Kirche emporragt. Im ganzen stellen gegen 50 Gasthöfe und Logierhäuser den Fremden 900 Zimmer und 130 Separat=

bäder zur Verfügung. An den Thalhängen auf beiden
Seiten ziehen sich Landhäuser und allerlei sonstige Bau=
lichkeiten empor. In der jetzigen Villa Hollandia schloffen
Bismark und Blome am 19. August 1865 die Gasteiner
Konvention, welche die Zuspitzung des österreichisch=

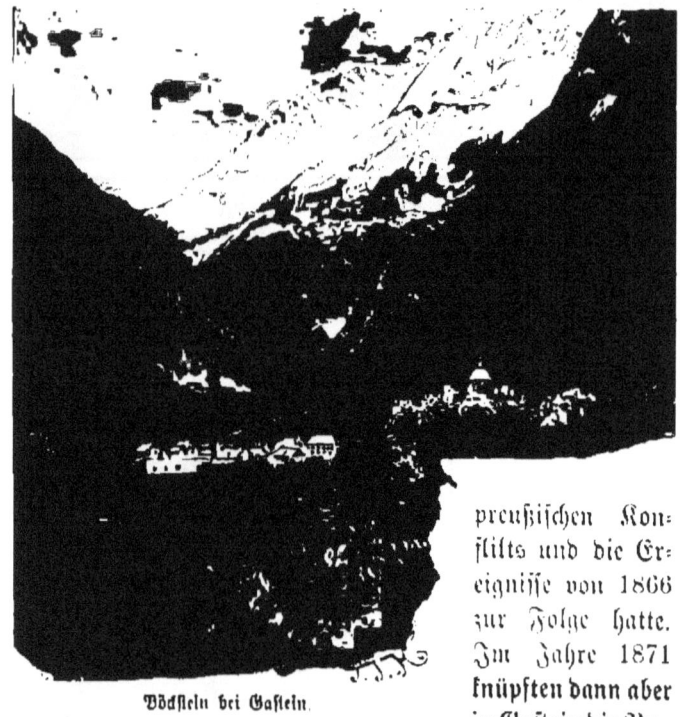

Böckstein bei Gastein.

preußischen Kon=
flilts und die Er=
eignisse von 1866
zur Folge hatte.
Im Jahre 1871
knüpften dann aber
in Gastein die Ver=
handlungen Bismarcks mit Beust die zerrissenen Fäden
wieder an, und im Schwaigerhause setzten endlich der
„eiserne Kanzler“ und Andrassy ihre Namen unter den
Akt, der die Völker Österreich=Ungarns und Deutschland
verbrüderte.

Außer der neuen katholischen Kirche, die der verstorbene
Wiener Dombaumeister Schmidt, der Wiedererwecker der

Gotik, gebaut, hat Wildbad Gastein auch eine protestantische, die seiner Zeit dem Kaiser Wilhelm I. übergeben wurde.

Erwähnenswert ist auch das ein halbes Jahrtausend alte, von verwitterten Grabkreuzen umgebene St. Nikolauskirchlein mit seinem lanzenspitzenartigen Turme. Daß es an schönen Promenaden und lohnenden Ausflügen mit prächtigen Aussichtspunkten für die Kurgäste nicht fehlt, ist selbstverständlich. Von der Hohen Brücke bei Gastein zu Beginn der Kötschacher Straße kann man den ganzen Wasserfall am besten überschauen, während die Schreckbrücke, oberhalb welcher sich der Patriarchenkogl erhebt, Einblicke in die malerische Schlucht gewährt, durch welche die Ache sich Bahn gebrochen. Hier schaut man die weiße Wölbung des oberen Falls zwischen den ausgehöhlten und unterwaschenen Wänden. Entzückend ist der Rundblick von der nahegelegenen Höhe Sonnenwende.

Gasteierfall bei Gastein

Von den Spaziergängen seien hervorgehoben: die Schwarzenbergschen Anlagen mit dem König Otto-Belvedere am Ende dieser schattigen Pro-

menade, die Erzherzog Johann=Promenade, die Wege zur
Pyrkers= und Schillerhöhe, über die Hohe Brücke zur
Wirtschaft der bekannten „Schwarzen Liesl" und zur

Kesselfall bei Gastein.

Rudolfshöhe, die Kaiserpromenade, von der man zum
Kötschachbache hinabgelangt, der Weg zur Windischgrätzhöhe
auf dem Badberge.

Die weiteren Ausflüge richten sich nach den oberen Stufen des Gasteiner Thales und zu dessen Seitenthälern: dem Anlaufthal, dem Kötschachthal und dem Angerthal. Vor Wildbad bereits wendet sich das Thal mehr nach Südwesten und sendet gegen den Hauptkamm des Gebirges selbst noch einige kürzere Querthäler, deren erstes das

Kötschachthal ist, auf das wir später zu= rückkommen. Es mün= det noch unter der Stufe des Wildbades in jenes Hauptthal, läßt eine ähnliche Stufenbildung wie dieses gewahren und endet in den Glet= schern der nach dem kärntnerischen Malta= thal hinüberführenden Elendscharte.

Steigen wir zu der Höhe des Thalriegels empor, an dessen Ab= hange das Wildbad sich aufbaut, dann

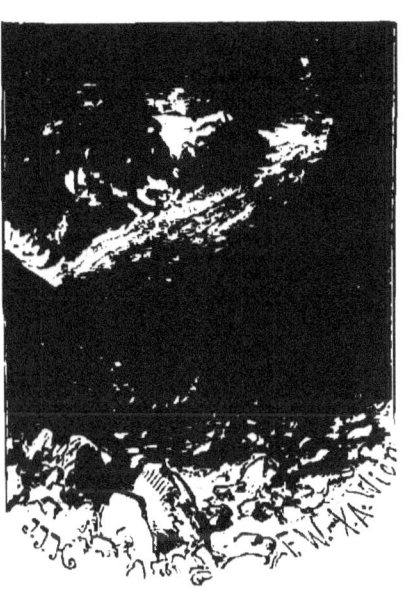

Anlagl im Anlaufthale.

sehen wir oberhalb sich wiederum ein ebenes Thalgelände öffnen, von dem unteren durch geringere Länge und Breite unterschieden: die Terrasse von Böckstein.

Am Schlusse dieser Terrasse liegt das Dörfchen Böckstein, das man von Wildbad in drei Viertelstunden erreichen kann. Der Weg führt von der Schreckbrücke erst am linken, dann am rechten Ufer der Ache entlang. Dort befinden sich einige kleine Gast= und Logierhäuser, sowie eine gut ein= gerichtete Kuranstalt. Eingeschlossen wird das Thal vom

Stubnerkogl, Hirſchkar, Graukogl, Hohen Stuhl, Radhaus=
ſtock und Schareck. Böckſtein iſt der Sitz der Bergbau=
verwaltung; früher befanden ſich hier auch die Poch= und
Waſchwerke für die Goldminen. Der Radhausberg, der

Bärenfall bei Gaſtein.

ſich zwiſchen dem Anlaufthal und der Fortſetzung des
Hauptthales einſchiebt, iſt der Fundort goldhaltiger Quarze.
Leider iſt aber immer nur in gewaltigen Mengen dieſes
Geſteines ganz wenig Gold in überaus feinen Blättchen
eingeſchloſſen. Deswegen muß der Quarz zunächſt durch

ein Pochwerk zu feinem Brei zerstampft werden, aus dem man nun das schwerere Gold durch Schlämmen und Waschen, sowie schließlich durch Amalgamierung mit Quecksilber ge-

Nönschachthal bei Gastein.

winnt. Seit das Bergwerk nicht mehr dem Staate gehört, sind diese Anlagen von der das Werk betreibenden Aktiengesellschaft auf die Bergeshöhe verlegt worden.

Hinter Böckstein beginnt der Anstieg zur letzten und höchsten Thalstufe, dem Naßfelde, dessen Schluß die Haupt=

kette selbst bildet. Durch zweistündiges Aufwärtssteigen
in einem engen Thale gelangen wir dorthin, durch die
vom Hohen Tisch, der Bockhartsscharte und den Radhaus=
stock eingezwängte Astenschlucht, vorüber an der Stelle,
wo sich früher der Aufzug für die Radhausberger Erz=
gruben befand — eine 631 Meter lange hölzerne Schienen=
bahn, worauf die Bergknappen mittels einer oben thätigen
einfachen Maschine binnen wenigen Minuten zum Gold=
bergwerk emporfuhren. Die Ache bildet neben uns mehrere
sehenswerte Wasserfälle, darunter die beiden größten,
am Eingang den Kesselfall und am Ausgang den Schleier=
fall. Unterhalb des letzteren rinnt der Ausfluß des Bock=
hartsees über eine rote, 80 Meter hohe Klippenwand und
bildet so den zierlichen Schleierfall. Etwas weiter zeigt
sich dann der Bärenfall, hinter dem der Engpaß abschließt
und man die oberste Thalstufe betritt.

Das in bräutlicher Alpenschönheit prangende Naßfeld
ist die Wiege der Gasteiner Ache, die aus den zahlreichen
Bächen entsteht, welche den Eis= und Schneefeldern der
umliegenden Berge entströmen. Ringsum liegt die groß=
artigste Gletscherwelt: im Süden erhebt sich der Riesenwall
der Hauptkette der Hohen Tauern mit dem Herzog Ernst
und dem westlich davon gelegenen Goldberggletscher, mit
dem Schareck, Höllkar, dem Mallnitzer Tauern; ihnen
vorgelagert sind der Radhausstock, das Stockhartgebirge
und die Riffelscharte, alle zwischen 2500 bis 3600 Meter
hoch.

Steigen wir nun wieder abwärts nach Böckstein, so
lockt uns dort ein von Südosten her einmündendes Seiten=
thal, das Anlaufthal. Den Eingang bildet ein enges
Felsenthor zwischen Radhausberg und Stuhl, dann kommt
man in einen großartigen Vorhof der Gletscherwelt, der
durch den prächtigen Hiekarfall belebt wird, und weiter
hinein erreicht man über von Lawinen erzeugte Trümmer=

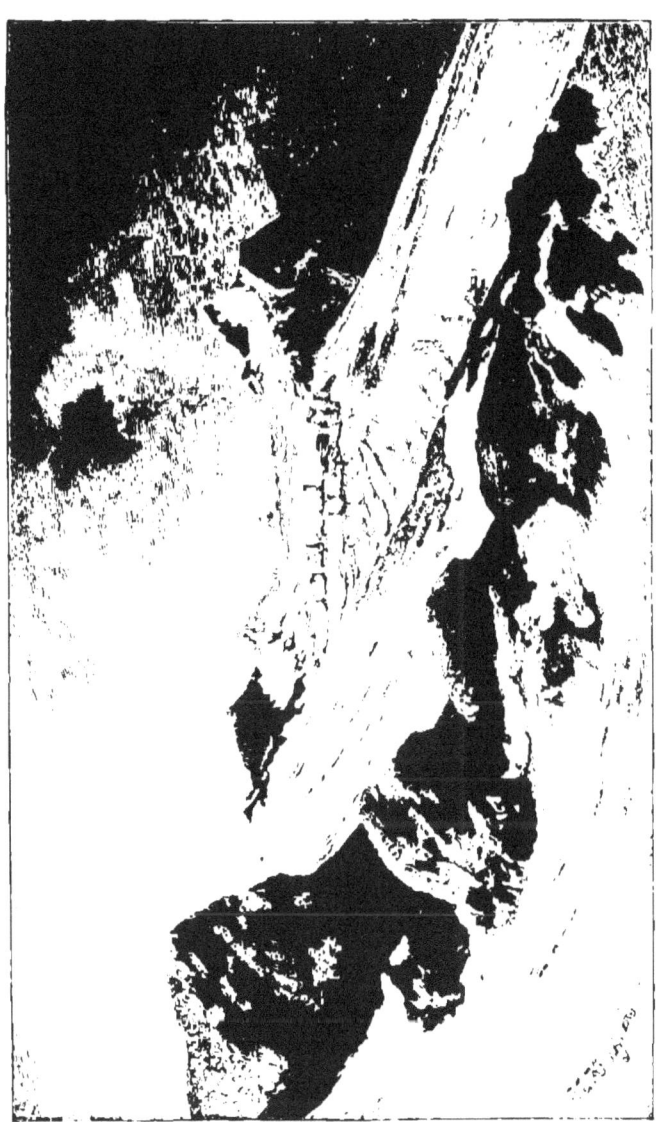

Goldberggletscher bei Gastein.

felber dann den Tauernfall, von wo uns der gewaltige
Ankogl (3253 Meter) entgegenblickt.

Das zweite östliche Seitenthal ist das schon erwähnte
Kötschachthal, das sich zwischen Fulneck, Throneck und
Graukogl hinzieht und sehr fleißig von Wildbad aus besucht
wird. Auch hier sind Wasserstürze und eisbedeckte Höhen
zu sehen, und die Idylle findet keinen Platz. Wer den
Anblick einer solchen sucht, der mache einen Ausflug in
das westliche größere Seitenthal, das oben genannte Angerthal, das sich zwischen Wildbad und Hofgastein öffnet und
grüne Almen und schmucke Bauernhöfe in Fülle enthält.

So bietet, wie schon diese bei weitem nicht erschöpfenden
Angaben genugsam gewahren lassen, das ganze Gasteiner
Thal, namentlich aber das Wildbad und seine Umgebung
auch jedem, den nicht Rücksichten auf seine Gesundheit
dorthin führen, eine Menge von wunderbaren Naturschau-
stücken. Bemerkenswert ist endlich auch noch, daß die
Stufenbildung des Gasteiner Thales durchaus typisch für
sämtliche Tauernthäler ist: die erste Stufe befindet sich
nahe dem Ausgange in das Hauptthal, dann folgt eine
lange Ebene, die den größeren Teil des Thales einnimmt,
hierauf neue Stufen von zunehmender Höhe, bis endlich
eine Hochmulde, die bereits der Hauptkette anliegt, den
Abschluß bildet.

Der internationale Nachrichtendienst.

Etwas vom modernen Zeitungswesen.

Von

Hans Scharwerker.

Mit 16 Illustrationen.

(Nachdruck verboten.)

Wenn der moderne Mensch am Morgen nach dem Frühstück schnell einen Blick in die Zeitung thut, um zu sehen, was es Neues in der Welt giebt, oder nach ge= thaner Tagesarbeit behaglich im Restaurant sitzt und die Spalte der Telegramme durchmustert, welche Berichte aller Art von Ost und West enthält, so denkt er nicht im entfern= testen daran, welche Unsumme von Arbeit, Fleiß, Geschicklich= keit und Geld es kostet, damit er sofort erfährt, „wie hinten weit in der Türkei die Völker aufeinanderschlagen", daß in China die Pest ausgebrochen, im „wilden Westen" Nord= amerikas ein Neger gelyncht oder im äußersten Norden Sibiriens eine angebliche Spur der jüngsten Nordpol= expedition aufgefunden, in Frankreich ein Kabinett gestürzt, in Portsmouth ein neues Kriegsschiff vom Stapel gelaufen ist, und mit welchen Kursen in London die Effektenbörse geschlossen hat.

Dem Leser erscheint es selbstverständlich, daß er alles

dies und hunderterlei anderes sofort erfährt. Dazu sind
ja die über= und unterirdischen Telegraphen und die Kabel,
sowie die Reporter, Agenten und Redakteure da. Welch
ein ungeheurer lebendiger und toter Apparat Tag und
Nacht fieberhaft arbeitet, um das alles zu übermitteln, davon
haben nur wenige einen Begriff.

Wir wollen daher unseren Lesern heute einen kleinen
Einblick in den internationalen Nachrichtendienst gewähren,
diese gewaltige Maschinerie, die so geräuschlos ihre Netze
um den ganzen Erdball spinnt und doch wahrlich ein
weit größeres Wunder ist, als die, von welchen Märchen,
Sagen und Legenden aus der Vergangenheit uns erzählen.

Der internationale Nachrichtendienst im heutigen Sinne
begann erst mit der Wirksamkeit des ersten transatlantischen
Kabels, das dem Dienst der Oeffentlichkeit freigegeben
wurde, also im Jahre 1861. Zwar wurde das erste Kabel
nach mancherlei mißlungenen Anstrengungen bereits im
Jahr 1858 gelegt, doch arbeitete es sehr schlecht und diente
nur der englischen Regierung und der Börse. Die erste
der 732 Depeschen, die im ganzen über dieses Kabel
zwischen Nordamerika und England liefen, wurde am
17. August 1858 abgesendet und enthielt eine Meldung des
amerikanischen Agenten der Cunard=Dampferlinie an die
Atlantische Telegraphengesellschaft in London. Der Agent
meldete den erfolgten Zusammenstoß zwischen den Dampfern
„Arabia" und „Europa" auf den Neufundlandbänken mit
dem Hinzufügen, daß Menschenleben nicht verloren gegangen
seien. Aus dem Vermerk auf dem Depeschenformular ist
ersichtlich, daß mit dem Telegraphieren um 12 Uhr 56 Mi=
nuten begonnen wurde, und erst um 1 Uhr 21 Minuten
waren die wenigen Worte aufgenommen. So schwerfällig
und unvollkommen arbeiteten damals die Apparate.

Seitdem hat sich das Netz der unterseeischen Kabel
zwischen allen Erdteilen in erstaunlicher Weise entwickelt,

auch die Telegraphenapparate sind in jeder Hinsicht ver=
bessert und verfeinert worden, und dieser Prozeß schreitet

Atlantic Telegraph Company.

Valentia Station.

*Received per the Atlantic Telegraph Company,
the following Message, this ___ 17th ___ day of
August ___ 18 58 Thursday*

Commenced *12 56* Rec'd by *Lundy*
Finished *1 21* *&*
Brill

*and Whitehouse Mr Cunard
wishes telegraph Mc Iver Europa
Collision Arabia put into St Johns
no lives lost will you do it
stay anxiety now arrive
De Sauty*

Die erste transatlantische Kabeldepesche.

noch stetig vorwärts. Die Länge der unterseeischen Kabel
beträgt gegenwärtig rund 250,000 Kilometer, die sämtlicher

Telegraphenlinien haben eine Länge von über 2 Millionen Kilometer, also 51mal den Umfang des Aequators. Im Jahre 1894 wurden auf diesen Linien insgesamt über 351 Millionen Telegramme befördert. Die meisten derselben im Nachrichtendienst der Zeitungen. Von den 250,000 Kilometern Kabel, deren Legung rund 800 Millionen Mark verschlungen hat, gehört der größte Teil englischen Privatgesellschaften. Die bedeutendste derselben, die Eastern Telegraph Company, hat allein 80,000 Kilometer unterseeischer Kabel im Besitz, beschäftigt 1800 Telegraphen= und Verwaltungsbeamte, hat 124 Stationen in den entferntesten Teilen der Erde und befördert jährlich 2,100,000 Depeschen. Nach England müssen wir uns also in erster Reihe wenden, wenn wir den heutigen internationalen Nachrichtendienst in vollem Umfange kennen lernen wollen.

Auf den unterseeischen Kabeln kann man zum Telegraphieren nicht die gewöhnlichen Apparate gebrauchen, die einen viel zu starken Strom erfordern. Man mußte eigene, äußerst feine, auch auf die leisesten elektrischen Schwankungen antwortende Apparate erfinden. Bis vor kurzem war bei der Kabeltelegraphie das Spiegelgalvanometer des berühmten englischen Physikers Thomson, der in Anerkennung seiner Verdienste zum Lord Kelvin ernannt wurde, fast allgemein in Gebrauch. Neuerdings ist an Stelle des Spiegelgalvanometers der ebenfalls von Lord Kelvin erfundene äußerst künstliche und empfindliche Heberschreib= apparat getreten, der auf einen beweglichen Papierstreifen mit Tinte eine feine Schlangenlinie zieht. Ehe die Depeschen an die Empfänger gelangen, werden sie natürlich auf dem Formular in die gewöhnliche Schrift übertragen.

Kabelnachrichten aus allen Weltteilen laufen auf dem Hauptpostamt in London ein und werden von dort aus weiter befördert. Für den Nachrichtendienst der Zeitungen

giebt es im Londoner Hauptpostamt einen eigenen Tele=
graphensaal, in dem beständig die Telegraphenapparate
klappern, und zwar zu gewissen Zeiten in einer für den
eintretenden Neuling betäubenden Weise. Eine Ruhepause
giebt es dort niemals. Zwar ist des Morgens zwischen
8 und 9 Uhr der Verkehr so gering, daß 14 Beamte

Telegraphensaal für den Zeitungsdienst im Londoner Hauptpostamt.

genügen, ihn zu bewältigen, aber dann steigt er stetig an,
immer mehr Beamte müssen herbeigezogen werden, um
10 Uhr sind es schon über 40, um 2 Uhr mittags 90
und zwischen 6 und 8 Uhr abends, wo die Hochflut der
Nachrichten für die Zeitungen eintritt, arbeiten 140 Tele=
graphenbeamte mit Aufbietung aller Kräfte. Dabei sind
alle auserlesene, besonders gewandte und erfahrene Leute,
von denen jeder zwischen 300 und 450 Worte in der
Minute aufgeben oder empfangen kann. Wer unter

300 Worten in der Minute bleibt, ist für den Nachrichten=
saal des Hauptpostamts nicht brauchbar.

Aehnlich, nur nicht in ganz so großem Maßstabe, liegen
die Verhältnisse in Berlin, Paris oder anderen Weltstädten.

Mittelpunkte des telegraphischen Verkehrs für den

Redaktionszimmer in Reuters Bureau.

Zeitungsdienst sind die sogenannten Telegraphenbureaus,
von denen das von Reuter in London das älteste und
bedeutendste ist. Zwar hat jede große Zeitung ihre eigenen
Korrespondenten und Berichterstatter in den verschiedensten
Orten des betreffenden Landes und auch wohl einige im
Auslande, aber das genügt nicht. Die wichtigsten und
meisten Nachrichten aus der Ferne gehen den Redaktionen
durch die Telegraphenbureaus zu. Ein solches, wie das
von Reuter, hat seine Fühlfäden in allen Ländern der
Erde, in allen Gesellschaftskreisen, besoldet eine Unzahl
von Agenten, Berichterstattern und Korrespondenten, und

bildet einen Mittelpunkt erſten Ranges für den Neuigkeits=
markt des Tages. Die meiſten der beſſeren Zeitungen
ſind bei einer oder mehreren dieſer internationalen Nach=
richtenagenturen abonniert und empfangen gegen eine jähr=
liche feſte Bezahlung täglich telegraphiſch die einlaufenden
Neuigkeiten aus aller Welt übermittelt.

Sobald ein Telegramm im Reuterſchen Bureau ein=

Uebermittelung von Depeſchen durch Radfahrer.

läuft, wird es durch einen Beamten im Einlaufregiſter
verzeichnet und dann dem Chefredakteur eingehändigt, der
darüber entſcheidet, ob es zu verbreiten iſt oder nicht.
Wird die Richtigkeit der Nachricht angezweifelt, ſo arbeiten
ſofort Telegraph und Kabel nach allen Himmelsgegenden,
um nähere Kunde einzuziehen. Iſt alles in Ordnung, ſo
wird die Depeſche vervielfältigt und gleichzeitig an ſämt=
liche große Londoner Zeitungen geſchickt, entweder tele=
graphiſch durch den Hughes=Apparat, der die Telegramme
in gewöhnlicher Druckſchrift übermittelt, oder, falls die
betreffende Zeitungsredaktion nicht direkt mit Reuters
Bureau verbunden iſt, durch einen der Radfahrer, die in

Diensten des Bureaus stehen. Vorher muß die Nachricht
natürlich durch einen der Redakteure aus der Chiffernschrift,
in der sie anlangte, übersetzt und in eine für die Oeffentlichkeit passende Form gebracht werden. Was nicht zeit-
gemäß erscheint, wird auch wohl ganz unterdrückt, nicht
selten nehmen die Aenderungen eine Form an, die einer
Fälschung sehr ähnlich sieht. Da aber die Depeschen stets
stark gekürzt sind, oft auch verstümmelt ankommen, weiß
man nie, ob Mißverständnis oder Absicht zu Grunde lag.
Die Zeitungen Deutschlands empfangen auf diese Weise
leider oft genug durch die ausländischen Telegraphenbureaus
politische Nachrichten, die nur dem Interesse Englands
oder Frankreichs dienen und der Wahrheit sehr wenig entsprechen.

Mit der nahegelegenen französischen Hauptstadt ist natürlich von London aus der Depeschenverkehr ein besonders
lebhafter. Seit kurzem besteht auch eine Fernsprech-
verbindung von Reuters Bureau nach der Pariser Agentur,
durch welche auch die erste Nachricht von der Ermordung
des Präsidenten Carnot in die Welt ging. Der Beamte
sitzt in einem kleinen Zimmer, dessen Wände und Thüren
mit dicken, schalldämpfenden Polsterungen versehen sind.
Hier vernimmt man keinen Laut, gänzliche Stille ist nötig,
soll der Beamte hören, was sein Kollege in Paris in das
Telephon spricht.

Der Telephonist hat die beiden Hörmuscheln durch ein
über den Kopf laufendes Band an seinen Ohren befestigt
und stenographiert nieder, was in Paris in den Apparat
gesprochen wird. Dann spricht er selbst mit klarer,
scharfer Stimme Silbe für Silbe gegen die empfindliche
Membran, die gerade vor ihm angebracht ist. So voll-
zieht sich der Fernsprechdienst über den Kanal. An Miß-
verständnissen fehlt es dabei natürlich nicht, und man kann
noch von Glück sagen, wenn diese wenigstens von ergötz-

licher Art sind. So telephonierte zum Beispiel kürzlich der Pariser Beamte, daß die Polizei die Leute angewiesen habe, allen frei herumlaufenden Hunden (chiens errants) Maul-körbe anzulegen. Der Londoner verstand und stenographierte jedoch statt „chiens errants" das ähnlich klingende „chats

Fernsprechdienst Paris-London.

et rats", und so erfuhren die Londoner zu ihrem grenzen-losen Erstaunen, daß hinfort in Paris alle „Katzen und Ratten" Maulkörbe tragen müßten.

Welch ungeheure Summe solch ein Telegraphenbureau für die Erlangung und Uebersendung von Nachrichten aufwendet, mag man daraus ersehen, daß besondere über-seeische Agenten in wichtigen Fällen dafür t ä g l i c h bis zu 4000 Mark ausgeben dürfen, und, wenn es das öffent-liche Interesse erheischt, diese Summe nicht selten über-

schreiten. Der Vertreter der „Central News" in Tokio
sandte nach der Seeschlacht am Yalusflusse einen Bericht
von einem der japanesischen Offiziere ein, der allein an
Telegraphengebühren 2300 Mark kostete.

Die Berichterstattergalerie im englischen Unterhause.

Ein gewaltiges Zentrum des Nachrichtenverkehrs ist
auch die Londoner Börsen-Telegraphengesellschaft (Exchange
Telegraph Company). Diese empfängt ihre Nachrichten
von über 1200 Berichterstattern und Agenten aus allen

Teilen der Welt und sendet sie weiter an Zeitungen, Klubs, Börsen, Bureaus, Bankiers, Private u. s. w.

Die Nachrichten laufen auf dem Redaktionsbureau am Haymarket ein, und besonders heiß geht es dort her zur Zeit der Wahlen oder wenn das Parlament tagt. Das Bureau ist durch einen direkten Draht mit der Galerie

Redakteur eines Telegraphenbureaus diktiert den Telegraphisten
die Ziffern des Budgets.

der Berichterstatter im Unterhause verbunden, und während dort einer der Führer der Parteien oder einer der Minister spricht, gehen seine Worte schon durch den Telegraphen an das Bureau der Börsen-Telegraphengesellschaft und werden von dem Chefredakteur einem seiner Beamten diktiert, der sie vermittelst des Typendrucktelegraphen gleich= zeitig an mehrere hundert Klubs in London übermittelt. Die im Bureau der Börsen-Telegraphengesellschaft stehenden Hughes=Apparate sind nämlich mit denen an den betreffenden

Empfangsstellen in der Art verbunden, daß letztere auto=
matisch in Lettern der gewöhnlichen Druckschrift sofort die
Worte niederschreiben, welche im Bureau am Haymarket
aufgegeben werden. So kann man in den verschiedenen
politischen Klubs Londons, an der Börse und ähnlichen

Rauchzimmer des englischen Unterhauses.

Orten den Anfang einer Budgetrede des Finanzministers
oder einer Erklärung des Premierministers über die aus=
wärtige Lage bereits lesen, während der Redner im Unter=
hause noch fortspricht. Für die Börse ist dies besonders
von Wichtigkeit. Solch eine Rede vom Regierungstisch
beeinflußt die Kurse bedeutend; andererseits arbeiten an
der Börse selbst Berichterstatter, Telegraphen, Fernsprech=
apparate u. s. w. während der Geschäftsstunden fieberhaft,

zu thun, sobald die Depeschen
's daß in St. ...   on
uns das Bu...   ...
unterrichte...   ...
.. die ...
n an ...   ...

Sitzungsſaale aus bedient. Ein Blick der im Rauch=
zimmer Anweſenden genügt, um ſie jederzeit darüber zu
unterrichten, welcher Gegenſtand zur Debatte ſteht, ob
intereſſante Zwiſchenfälle vorgekommen ſind, wer redet und
dergleichen mehr, ſo daß alſo jeder rechtzeitig wieder im
Sitzungsſaale eintreffen kann, falls ſeine Anweſenheit im

Nachrichten vom Pferderennen.

Intereſſe der Partei erforderlich iſt. Der Anzeiger auf
unſerem Bilde verkündet zum Beiſpiel, daß das Haus von
12 bis 1 Uhr vertagt iſt und dann die Debatte über die
Sache der Eiſenbahnarbeiter von Wales beginnt.

Aehnliche Apparate werden bei den Wahlen in Amerika
im größten Maßſtabe von den Redaktionen der bedeutendſten
Zeitungen benutzt, um der auf der Straße vor den Re=
daktionslokalen harrenden Menge die Zahlen der Ab=
ſtimmungen und die Ausſichten der verſchiedenen Präſi=

dentschaftskandidaten kund zu thun, sobald die Depeschen einlaufen. So kommt es, daß in St. Louis wie in Chicago oder New Orleans das Publikum über den Gang der Wahl fortlaufend unterrichtet wird, noch ehe diese abgeschlossen ist. Was die Zeitungsberichterstatter selbst während solcher Wahlen an List und Kniffen aller Art

Redakteur eines Telegraphenbureaus, während der Ruderwettfahrt Cambridge-Oxford.

aufbieten, um so schnell als möglich und vor ihren Kon= kurrenten in Besitz der wichtigsten Nachrichten zu kommen, darüber könnte man Bände füllen. Kein Geld wird ge= spart, kein noch so zweifelhaftes Manöver gescheut, um dem nach Neuigkeiten hungrigen Publikum und dem Inter= esse der großen Zeitungsunternehmer oder dem der Par= teien zu dienen, die Geheimnisse der Höfe, der Politik, der Diplomatie, der Kapitalistengruppen u. s. w. auszukund=

schaften und in der Presse in mehr oder minder sensationell
aufgeputzter, dem Leser gefälliger Form zu veröffentlichen.

Eine kolossale Menge von Arbeit bringen den Tele=
graphenbureaus auch die großen Pferderennen in England,
Frankreich und Deutschland. Diese stellen im Grunde
nichts als ein großes Glücksspiel dar, an dem Hundert=
tausende von Sportsleuten und Nichtsportsleuten in den
drei genannten Ländern teilnehmen und fieberhaft die
Nachrichten vom Rennplatze erwarten, da für sie an dem
Ausgange des Rennens oft der Gewinn oder Verlust eines
Vermögens hängt. Am Renntage sind daher alle Kräfte
im Telegraphenbureau an der Arbeit, um die vom Renn=
platze einlaufenden Depeschen aufzunehmen, zu verviel=
fältigen und dann so schnell als möglich in die Provinzen
und an die Klubs und Redaktionen der Nachbarländer
zu übermitteln.

Nicht anders steht es in Amerika und England mit
den großen Wettkämpfen der Ruderer, Segler, Radfahrer,
Lawn Tennis= und Fußballspieler. Da müssen die Tele=
graphisten und Berichterstatter, die Redakteure und Setzer
ihr möglichstes thun, um all die Neugierigen in Stadt
und Land zu befriedigen, die den Wettkämpfen nicht selbst
beiwohnen können, aber auf den Ausgang brennen. Im
Telegraphenbureau folgt stets ein Redakteur dem Fort=
gange des Wettkampfes, indem er von dem Papierstreifen,
der, bedeckt mit Strichen und Punkten, vom Telegraphen=
apparate abrollt, die fortlaufend eintreffenden Nachrichten
abliest und sie den harrenden Beamten zur Weiterbeför=
derung diktiert.

Bei der großen Ruderwettfahrt zwischen Cambridge
und Oxford hatte die Londoner Exchange Telegraph Com=
pany zum Beispiel längs der von den Booten zu durchfahren=
den Strecke in bestimmten Abständen zwölf fliegende Tele=
graphen aufgestellt, so daß der Fortgang und das Ende

ber Wettfahrt innerhalb breier Sekunden von ber Themse
bis zum Zentralbureau am Haymarket und von bort sofort
an die Abonnenten in Stadt und Land gelangte.

Der Gründer der Central News Agency, Saunders,
aber hat sogar einmal einen elektrischen Apparat in ber
Londoner St. Paulskirche aufgestellt, um über den pompösen

Eine elektrische Batterie.

Dankgottesbienst zu berichten, ber bort anläßlich ber Genesung des Prinzen von Wales vom Typhus abgehalten
wurde.

Aber nicht nur Telegraphisten, Berichterstatter, Re-
balteure u. f. w. arbeiten hart im Dienste des modernen
Nachrichtenwesens. Ihnen schließt sich eine unzählbare
Menge von Technikern, Ingenieuren, Maschinisten, Schmie-
ben, Schlossern, Schiffern, Postkutschern, Melbereitern,

Boten und Arbeitern an.   Auch die Wissenschaft sinnt und
experimentiert unablässig, um die Telegraphen, Telephone,
Heliographen u. s. w. noch besser und leistungsfähiger zu
machen, und es wird vielleicht nicht mehr lange dauern,
bis man über den Atlantischen Ozean von Europa nach
Amerika wird spre=
chen können, wie
jetzt schreiben. Nur
die großartigen elek=
trischen Batterien zu
sehen, die den Strom
für den internatio=
nalen Telegraphen=
verkehr erzeugen, ist
schon der Mühe wert
und zeigt uns den
Triumph des Men=
schengeistes über die
widerstrebenden
Kräfte der Natur.

Oberirdisches Telegraphennetz einer Weltstadt.

Denn diese sind
in sehr mannigfacher
Weise und unablässig
bemüht, das Gebild
der Menschenhand zu schädigen und zu zerstören.   Am
meisten sind diesen Einflüssen natürlich die oberirdischen
Leitungen ausgesetzt.   Sturm und Regen, der den Boden
unterwäscht, stürzt die Telegraphenpfähle um, der Blitz
schlägt hinein und zerschmettert häufig genug auch die
Apparate in den Bureaus.   An den Telegraphen= und
Telephondrähten, die sich wie ein Netz über den Dächern
der Weltstädte ausbreiten, giebt es beständig auszubessern.
Besonders der Winter ist für die Telegraphenarbeiter
eine böse Zeit.   Alle Augenblicke reißt der Sturm oder

die wuchtende Last des Schnees Drähte durch, und
dann muß sofort und bei jedem Wetter der Schaden aus-
gebessert werden, denn der Dienst darf keine Unterbrechung
erleiden. Da sehen wir die Leute im eisigen Sturm hoch
oben über den
Dächern der größ-
ten Gebäude an
den eisernen Trä-
gern der Drähte
arbeiten, wie Ma-
trosen in dem Ta-
felwerk des Schif-
fes. Auch sie stehen
im Dienste des mo-
dernen Nachrich-
tenwesens, das die
Völker der Erde
miteinander ver-
bindet.

Aber nicht nur
die Naturkräfte,
sondern auch leben-
dige Feinde und
Schädiger sind zu
überwinden. Be-
sonders die Tele-

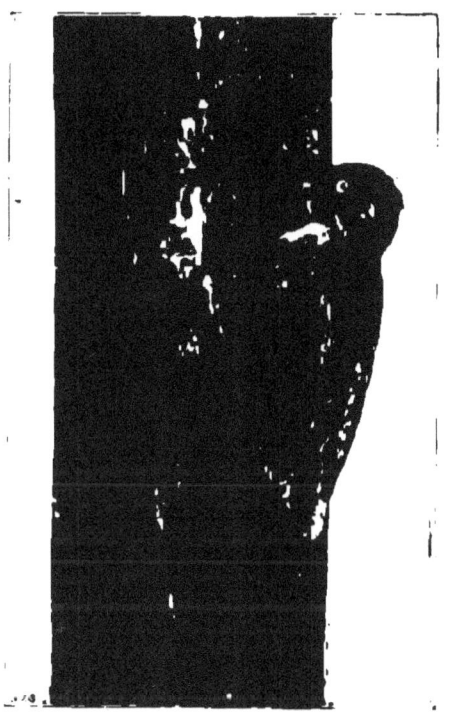

Specht, ein Loch in eine Telegraphenstange hackend.

graphenleitungen, welche durch wilde, unkultivierte oder
tropische Gegenden führen, leiden von solchen. In
Australien mußte man bei manchen Linien im Innern
eiserne Träger anwenden, weil die Termiten selbst die
festesten Eichenholzpfähle zerfraßen. Besonders bedroht ist
auch die große Ueberlandslinie nach Indien. Wilde Gänse
fliegen in den Steppen Südrußlands oft in Scharen gegen
die Drähte, so daß sie reißen, und im holzarmen Kaukasus

fällen die Einwohner zuweilen die Stangen, um sie als
Brennholz zu verwenden. In Europa endlich kommt es,
wenngleich als seltener und merkwürdiger Fall vor, daß
Spechte große Löcher in die meist aus Tannen= oder
Kiefernholz bestehenden Telegraphenstangen hacken, wahr=

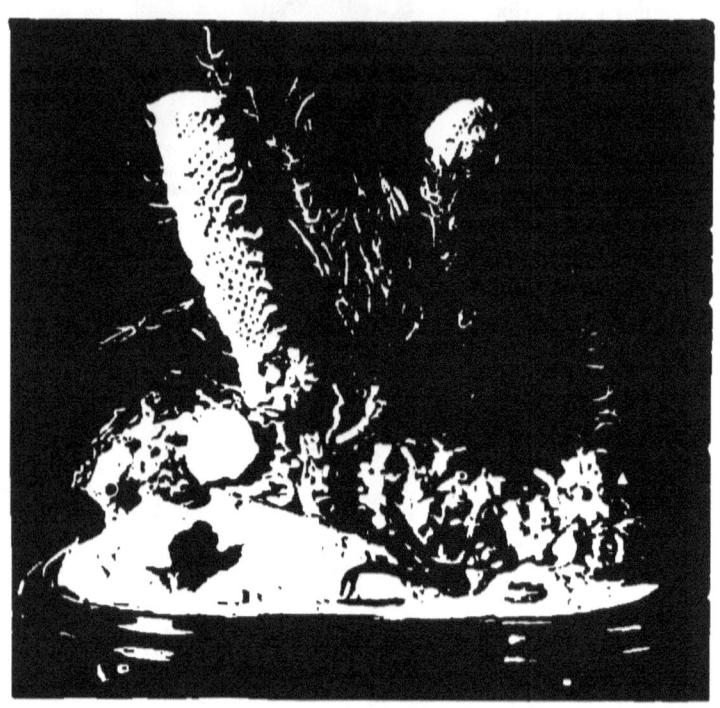

Korallen und Polypen, gefunden an unterseeischen Kabeln.

scheinlich getäuscht durch das eigentümliche Summen der
Stangen bei Wind. Die Vögel glauben, dieses Summen
rühre von in dem Stamme befindlichen Insekten her.

Wohl minder häufig, aber schwerer und kostspieliger
sind die Beschädigungen der unterseeischen Kabel. Die
eingangs erwähnte Eastern Telegraph Company besitzt
allein neun eigens zu dem Zweck der Kabellegung und

=ausbesserung gebaute und ausgerüstete Schiffe. Kabel=
brüche kommen aus mannigfachen Ursachen vor. ·Oft
beißen Haifische in das Kabel, und ihre Zähne bringen durch
die Schutzhülle,
verderblicher
noch wirken: die
stete Reibung
am Meeresbo=
den auf den
scharfen Fels=
kanten, schlep=
pende Schiffs=
anker, unter=
seeische vulka=
nische Aus=
brüche und die
wechselnden
Strömungen;
der schlimmste
Feind aller Ka=
bel aber war
bis vor kurzem
der Bohrwurm.
Dieses etwa an
Gestalt einem
Regenwurm
ähnliche Tier
richtet trotz aller
Schutzmaß=
regeln an den

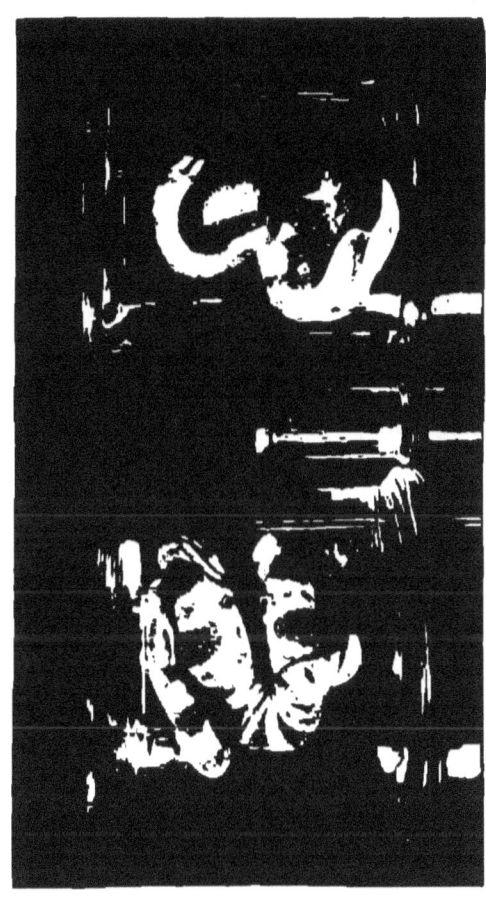

Bohrwurm und „Seeschlangen".

Kabeln bedeutende Verwüstungen an, bis man ihm in neuester
Zeit durch Umwickelung der Kabel mit Messingband die Lust
zu weiteren Angriffen verdarb. Auf unserem Bilde steht das
Spiritusglas mit dem Bohrwurm zwischen zwei großen

Gläſern, in denen ſich „Seeſchlangen" befinden, die um ein Kabel, das man zum Zweck der Ausbeſſerung aus der Tiefſee heraufholte, gewickelt waren. Die Eaſtern Telegraph Company bewahrt ſie in ihrem Muſeum als Reliquien auf, ohne jedoch „ihr Nam' und Art" angeben zu können, zugleich mit einer reizenden Trophäe von Korallen und Polypen, die ſich eben= falls an einen Kabelbruch angewachſen vorfanden.   Das merkwürdigſte Objekt jedoch, welches der Schleppanker eines Reparaturſchiffes wohl jemals mit heraufbrachte, war das Skelett eines Walfiſches, der ſich in eine Schlinge des Kabels verwickelt hatte und elend umgekommen war.

Wir haben unſeren Leſern im vorſtehenden einigen Stoff zum Nachdenken gegeben.   Wenn ſie fernerhin die Telegrammſpalte der Tageszeitungen durchfliegen, werden ſie ſich an die Unſumme von Wiſſen, Erfahrung, Geſchick, Kraft, Mut, Arbeit und Geld erinnern, die dazu nötig iſt, um aus fernen Weltteilen eine Nachricht zu bringen, die der Leſer vielleicht als unintereſſant geringſchätzt, oder als unwahr verachtungsvoll weglegt.   Freilich werden auch auf dem internationalen Neuigleitsmarkte „Enten" feil= geboten, aber im großen Ganzen iſt der moderne Nach= richtendienſt eine ebenſo nützliche, notwendige und ſicher arbeitende, als bewunderungswürdige Maſchinerie, eines der wichtigſten Kulturhilfsmittel, auf das ſtolz zu ſein die Zivilifation unſerer Zeit alle Urſache hat.

Die deutscheste Stadt Amerikas.

Skizzen aus Milwaukee. Von **Franz Westege.**

Mit 13 Illustrationen.

———

(Nachdruck verboten.)

Einer der fünf großen kanadischen Seen in Nordamerika
ist der Michigansee, der gleichsam eine südwestliche
Abteilung des Huronsees bildet, jedoch ganz dem Gebiete der
Vereinigten Staaten angehört. An seiner Südspitze liegt
Chicago, aber er besitzt außer dieser „Königin des Westens"
noch eine zweite große und wichtige Handels= und Hafen=
stadt, die jener bedeutende Konkurrenz macht und sich in=
folge ihrer günstigen Lage, ihres sicheren Hafens und der
rührigen Betriebsamkeit ihrer Bewohner einer hohen Blüte
erfreut.

Es ist Milwaukee (sprich: Milwohki), die größte und
wichtigste Stadt des nordamerikanischen Staates Wisconsin
und nach Chicago des Nordwestens überhaupt, an der
Mündung des Milwaukeeflusses in den Michigansee. Sie
hat eine prächtige Lage, teils auf bis an das Gestade heran=
tretenden Höhen, teils in einer Ebene am See sich aus=
breitend. Milwaukee ist hübsch gebaut: die Straßen sind
breit und sauber gehalten, mit besonders vielen Häusern
aus rahmgelben Backsteinen, daher auch der Name „Rahm=
stadt am See" — Cream-City of the lakes. Es ist aber

gleichzeitig auch die deutscheste aller namhaften
Städte der Union, wie Amerikas überhaupt, und
dadurch für uns von ganz besonderem Interesse.

Nordamerika ist bekanntermaßen das Gebiet, wohin
sich von jeher der Strom deutscher Auswanderung am
ergiebigsten ergossen hat. Man schätzt die Zahl sämtlicher
Angehörigen der deutschen Nation in den Vereinigten

Blick auf Milwaukee von North Point aus.

Staaten, das heißt derjenigen Personen deutschen Blutes, die
heimischer Sitte treu geblieben sind, auf über sieben Millionen,
mithin gegen vierzehn Prozent der Gesamtbevölkerung.
Die ältesten Sitze des Deutschtums in der Neuen Welt
bildeten die Staaten New York und Pennsylvanien. Von
dort wanderten die deutschen Ansiedler weiter nach den
westlich und nordwestlich von Pennsylvanien gelegenen
Staaten, Neu-England — mit alleiniger Ausnahme von
Boston — fast unberührt lassend. Hervorragend vertreten
sind sie in den ein zusammenhängendes Wirtschaftsgebiet
bildenden Staaten Ohio, Indiana, Kentucky, Illinois,
Missouri, Kansas, Nebraska, Jowa, Michigan, Wisconsin

und Minnesota. Von diesen aber ist Wisconsin der
Staat, in dem der Prozentsatz der Deutschen in der Ge=
samtbevölkerung der größte, und Milwaukee zählt unter
210,000 Einwohnern mehr als die Hälfte Deutsche.
Das deutsche Element ist aber auch zugleich tonangebend,
weil es in keiner anderen amerikanischen Stadt eine solche
geistige Regsamkeit entfaltet. Hier giebt es deutsche Theater
und Konzerte, deutsche Biergärten und Vereine der ver=

Blick auf den Milwaukeefluß.

schiedensten Art, und hier halten die Deutschen besser zu=
sammen als in irgend einer anderen Stadt der Union von
gleicher Größe. Man findet ganze Stadtteile fast vollständig
von unseren Landsleuten bewohnt, und könnte oft glauben,
sich in einer deutschen Stadt zu befinden.

Der Name Milwaukee kommt zum erstenmal in den
Berichten eines französischen Missionars, des Paters
Marquette, vor, allein damals lag nur ein Indianerdorf
an der morastigen Flußmündung. Ein französischer
Händler trat in regelmäßige Handelsverbindung mit den

Rothäuten, und da die Geschäfte gut gingen, so er-
richtete ein gewisser Juneau dort im Jahre 1820 einige
Block- und Warenhäuser. 1831 ließ der unternehmende
Mann sich dann von den Indianern eine Landabtretungs-
urkunde ausfertigen und suchte nun durch Anpreisungen
in den größeren nordamerikanischen Zeitungen Ansiedler
herbeizuziehen. Dies war von Erfolg; 1834 wurde
Milwaukee County bereits als eigenes Gemeinwesen von
dem Brown County abgetrennt, obwohl es damals kaum
so viel Weiße enthielt, um die Staats- und Gemeinbeämter
zu übernehmen. 1840 war Milwaukee noch ein Dorf mit
1700 Einwohner, allein nun mehrte der Zuzug sich rasch;
1846 ward es zur „City" erklärt und zählte 1850 bereits
20,061 Einwohner, während es gegenwärtig — wie
schon angegeben — das zweite Hunderttausend über-
schritten hat.

Heute ist Milwaukee neben Chicago einer der größten
Getreidemärkte der Welt. Das „gute Land" an den Ufern
des Sees wurde rasch besiedelt und lieferte jahraus, jahrein
reichen Erntesegen, allein erst im Winter 1840 konnte die
erste Schiffsladung Weizen von Milwaukee abgehen. Es
fehlte der Stadt nämlich an einem guten Hafen, und
als der Kongreß endlich die Summe von 30,000 Dollar
dafür bewilligt hatte, wurde diese in durchaus un-
zweckmäßiger Weise verwendet. Der nach vielgewun-
denem Laufe hier in den See mündende Milwaukeefluß
wendet sich nämlich in geringer Entfernung vom Ufer
plötzlich scharf südlich und läuft erst noch etwa anderthalb
Kilometer südlich mit diesem, bevor er sich in den Michigansee ergießt. Milwaukee lag nun gerade an jenem Knie;
anstatt aber von hier einen geraden Durchstich nach dem
See zu machen, legte man den Hafen zuerst an der natür-
lichen Flußmündung an, wo er viel zu weit entfernt von
der Stadt war. Nachher hat Milwaukee dann aus eigenen

Mitteln dieſen Durchſtich ausgeführt und unter Zuhilfe-
nahme des Brackarmes der Küſte einen vortrefflichen Hafen

Blid auf den Milwankeefluß, unterhalb der Brüde bei der Grand Avenue.

hergeſtellt. Zugleich wurde ein Teil der landeinwärts ſich
hinziehenden Sandhügel abgetragen, um mit dieſem Erdreich
die moraſtige Niederung in der Nähe des Seeufers in

trockenen Baugrund zu verwandeln, auf dem das jetzige
Milwaukee erbaut ist. Die Läufe des Milwaukee und des
Menomonee, eines Nebenflusses des Wisconsin, sind durch

Das Gerichtshaus.

Quaibauten eingedämmt und ziehen, mächtigen Kanälen
gleich, mitten durch die Stadt. Wohl bei jeder zweiten
Straße führt eine Zugbrücke hinüber; fortwährend sieht
man diese Brücken in Bewegung, um Seeschiffe durch=

zulassen, die auf dem Menomonee und dem Wisconsin weit ins Land hinein flußaufwärts fahren können. Gleichzeitig ist Milwaukee Knotenpunkt wichtiger Bahnlinien,

Das Depot der Feuerwehr.

wie Chicago = Northwestern und Chicago = Milwaukee= St. Paul.

Die Stadt selbst bedeckt einen Flächenraum von 46 Quadratkilometern; im Mittelpunkte befindet sich das eigentliche Geschäftsviertel, der hochgelegene Stadtteil im

Osten und die Straßen im Westen enthalten vorwiegend
Wohnhäuser. Die Hauptverkehrsstraßen sind: Wisconsin-,
East Water-, Milwaukee-Street und die großartige Grand
Avenue mit dem Washington-Square. Milwaukee macht
besonders dadurch einen sehr freundlichen Eindruck, daß
in seinen Straßen die vielstöckigen häßlichen Mietskasernen
fast ganz fehlen, wogegen man die breiten, geraden und
langen Straßen durchweg mit villenartigen, durch Zwischen-
räume getrennten Wohnhäuser besetzt findet. Die Bewohner
lieben es, nach englischer Art, allein im eigenen Hause zu
wohnen, und selbst die Familien der minder begüterten
Klassen leben größtenteils in kleinen, abgesonderten Häuschen.
Es giebt daher solche zu den verschiedensten Preislagen,
wie in den mannigfachsten Stilen, allein fast immer
liegen diese Privathäuser innerhalb eines dazu gehörigen
Gartengrundstücks, und dieses freundliche Grün der Bäume,
Sträucher und Anlagen ist bezeichnend für die ganze
Physiognomie der Stadt. Die makadamisierten Fahrstraßen
sind durch Rasenstreifen von den Fußsteigen getrennt;
letztere haben häufig einen Belag von Holzbohlen, was
sich jedoch wenig bewährt hat, da die Bohlen sich nur
mangelhaft befestigen lassen und auch bald morsch werden.

Milwaukee ist nicht besonders reich an monumentalen
Gebäuden, immerhin verdienen besondere Erwähnung: die
St. Paul-Episkopalkirche, die St. Johnskathedrale und die
Trinitykirche; ferner das Gerichtshaus mit seinem eigen-
artigen Turme, das ganz inmitten schöner Anlagen liegt, der
Palast der Handelskammer, das Stadthaus, das stattliche
Depot der Feuerwehr, das Mitchellgebäude, das Aus-
stellungsgebäude mit Museum, die Layton-Kunstgalerie und
die deutsche Musikakademie. Die Stadt besitzt mehrere höhere
Unterrichtsanstalten, wie das College für Frauen, das
Marquette-College, eine öffentliche Bibliothek, ein natur-
wissenschaftliches Museum, fünf Waisenhäuser, eine Taub-

Am Ausgang der Grand Avenue.

stummenanstalt, sechs Krankenhäuser, Altersversicherungs=
anstalten u. s. w. Der Unterhaltung dienen drei Theater
und mehrere Konzerthallen, das alte deutsche Theater
brannte am 15. Januar 1895 vollständig nieder, allein

bereits am 9. November konnte das neue, prächtige „Pabst=
Theater" eröffnet werden.

Von dem Einflusse des Deutschtums war bereits die
Rede. Sogar der Sonntag ist in Milwaukee ein **deut=
scher** Sonntag, an dem Theater und Vergnügungslokale
geöffnet sind. Zahlreich sind die deutschen Turn=, Gesang=
und Schützenvereine. Auch besteht ein deutsch=amerikanisches
Lehrerseminar und eine Anzahl deutscher Zeitungen und
Zeitschriften, wie „Herold" und „Deutsche Warte".

Was den Fremden bei einer Wanderung durch die
Stadt besonders angenehm berührt, das sind die ver=
schiedenen mit schönen Anlagen versehenen Plätze, die zum
Teil in vollständige Parks mit rauschenden Springbrunnen
umgestaltet sind. Im Westen der Stadt liegt mitten in
einer derartigen Parkanlage das Kriegerheim, ein riesiges
Invalidenhaus für 2000 Insassen, die im amerikanischen
Bürgerkriege verwundet oder invalide geworden sind und
nun dort in auskömmlicher und bequemer Weise ihren Lebens=
abend verbringen können. Der Tod hat aber schon der=
maßen unter ihnen aufgeräumt, daß das Kriegerheim vor=
aussichtlich bald ganz leer stehen und dann jedenfalls anderen
Zwecken dienstbar gemacht werden wird.

Wie Chicago, so ist auch seine nördliche Schwesterstadt
in erster Linie durch den Getreidehandel bedeutend und
reich geworden. Getreide, hauptsächlich Weizen, bildet
hier den obenanstehenden Handelsartikel, und für die Be=
wältigung der riesenhaften Arbeit bei der Verfrachtung
der nach Milwaukee strömenden Massenzufuhr hat man
eigene, sehr interessante und umfangreiche Vorkehrungen
treffen müssen.

Tagaus, tagein sieht man im Hafen und an den Fluß=
quais zahlreiche Getreideschiffe ent= und beladen. Am
Ufer aber ragen die gewaltigen Kornspeicher, welche Ele=
vatoren genannt werden, empor, mächtige, 45 bis 50 Meter

Springbrunnen in einer Parkanlage

lange, 20 bis 25 Meter tiefe und etwa 25 Meter hohe
Bauten, über deren First sich noch ein schmalerer Bau
von Holz — 12 bis 15 Meter hoch — erhebt. Der

ganzen Länge nach ziehen sich nun durch den unteren
Raum eines solchen Elevators zwei Schienenstränge. Ist
der Eisenbahnzug, der das etwa in dem kornreichen Da-
kota gekaufte Getreide bringt, in das Haus eingelaufen,

Das Kriegerheim.

so befindet sich jedem Wagen ein großer Kasten (Receiver oder Empfänger genannt) gegenüber. In diesen
entleeren zwei in den betreffenden Wagen gestiegene Männer
dessen Inhalt mit Hilfe von Dampfschaufeln, die beinahe
automatisch arbeiten, und zwar so schnell, daß ein ganzer
Eisenbahnzug in weniger als zehn Minuten seiner Fracht

entledigt ist. Wiederum auf mechanischem Wege befördert jeder Receiver seinen Inhalt in eiserne Behälter, die in jeder Minute vierhundertmal auf- und niedersteigen und in dieser Weise stündlich gegen 220,000 Liter Kornfrucht

Beladung eines Getreidedampfers aus einem Elevator.

aus dem unteren Raum des Elevators in den oberen hölzernen Speicher schaffen.

Oben wird das Getreide zunächst durch Maschinen ge= reinigt und gesiebt, um hierauf mit Hilfe eiserner Behälter, die etwa 3 Meter im Geviert messen und doppelt so tief sind, in verschiedene abgeschlossene Kammern trans= portiert zu werden. Es giebt in einem Elevator zwölf

derartige Kasten, von denen jeder in zwölf Stockwerken
mit je einer Kammer in Verbindung steht, deren also im
ganzen 144 vorhanden sind.   Eine entsprechend starke
Dampfmaschine besorgt diesen ganzen Betrieb, und die
fast 78 Meter lange,   aus einem 1,3 Meter breiten

Ein Kornelevator.

Kautschukriemen bestehende Transmission leitet die bewegende
Kraft auf die zahllosen Räder, Wellen und Treibriemen
über.   Es herrscht ein betäubendes Brausen, Sausen und
Rasseln in dem Raume, wenn die Maschine arbeitet, und
in dem darin herrschenden Halbdunkel kann der nicht
daran Gewöhnte nur zögernd und mit großer Vorsicht

seinen Weg finden. Alles geht hier mit wunderbarer Ordnung Hand in Hand: die Eisenkasten wie die Korn= kammern sind numeriert und mit Indikatoren versehen, und

Eine Bierbrauerei in Milwaukee.

ein einziger Inspektor vermag das ganze, den Fremden verwirrende Getriebe zu übersehen und zu leiten. Durch Röhrenleitungen wird schließlich das Getreide, dessen Menge bereits durch die Eisenkasten gemessen wurde, aus den

Kornkammern unmittelbar in den Schiffsraum der vor den Elevatoren im Hafen oder auf dem Flusse ankernden Fahrzeuge übergeführt.

Die Stadt besitzt gegenwärtig neun solcher Elevatoren, deren jeder zwischen 7,300,000 und 37,000,000 Liter, im ganzen 149 Millionen Liter, Korn aufzunehmen vermag.

Der Leuchtturm bei North Point.

Nach besonders günstigen Ernten sind sie sämtlich bis auf das letzte Winkelchen gefüllt.

Hervorragend ist ferner in Milwaukee und seiner Um= gegend die Eisenindustrie vertreten. Bei der Nähe der nördlichen Eisenerzregionen haben sich Eisengießerei und Maschinenbau stark entwickelt.

Die dritte Haupterwerbsquelle von Milwaukee ist die Bierbrauerei, und zwar liegt dieser Industriezweig vor= wiegend in deutschen Händen; die großen Brauereien, obenan Pabst und Schlitz, äußerlich meist palastartige Bauten,

gehören Deutſchen.   Die Ausfuhr von Bier ſteigt mit
jedem Jahr, und die Anzahl der dortigen Brauereien iſt
in ſtetiger Zunahme begriffen.   Das „Milwaukee-Bier"
ſpielt aber auch in den Schenkwirtſchaften der Union von
Neu-England bis Kalifornien die Hauptrolle — nur das
von Cincinnati macht ihm Konkurrenz.   Seine Güte hat
übrigens ſelbſt in Bayern Anerkennung gefunden; man

Blick auf North Point.

verwendet nur das beſte Material von Hopfen und Gerſte
und läßt grundſätzlich das friſche Gebräu mindeſtens fünf
Monate im Keller lagern, bevor es zum Verſand kommt.
     Bei dieſer Vorzüglichkeit des einheimiſchen „Stoffes" und
der großen Zahl deutſcher Konſumenten, die ihm alle Ehre
anthun, kann es nicht wundernehmen, daß ſich auch die
Viergärten nach deutſcher Art in Milwaukee eingebürgert
haben.   Man findet deren in allen Stadtvierteln, die
meiſten aber liegen ſtromaufwärts am Fluſſe.   Kleine
Dampfer und Ruderboote vermitteln die Verbindung zu
Waſſer nach dieſen ganz in deutſcher Art eingerichteten

Kultusſtätten des Gambrinus. Es fehlen weder die Kegel=
bahnen, noch die Muſikpavillons, und den allabendlich aus
letzteren ertönenden deutſchen Weiſen lauſchen auch zahlreiche
unverfälſchte Yankees.

Bis in die neueſte Zeit erſtreckte ſich die „Rahmſtadt"
vorwiegend ſüdwärts und in weſtlicher Richtung zwiſchen
dem Milwaukee und dem Menomonee. Neuerdings ſind
jedoch auch verſchiedene ſchöne Straßenzüge im Norden
entſtanden, und wohlgepflegte Promenaden führen in dieſer
Richtung am Seegeſtabe hin. Von der Esplanade in der
Stadt genießt man eine prächtige Fernſicht über einen
großen Teil des Michiganſees und die ausgedehnte, halb=
kreisförmige Bai — von Minnewawa oder North Point mit
ſeinem Leuchtturme im Norden bis Nojoſhing im Süden —
an der die deutſcheſte Stadt der Union ſich hinzieht.

Mannigfaltiges.

Ein Diplomat. — Als im Jahre 1829 im russisch-türkischen Kriege der russische Feldmarschall Diebitsch Sabalkansky vor den Thoren von Adrianopel stand, ersuchten Frankreich und England Preußen, den Frieden zu vermitteln. Infolgedessen sandte der König Friedrich Wilhelm III. von Preußen den Chef seines Generalstabes, General v. Müffling, nach Konstantinopel. Müffling reiste über Smyrna, wo er sich einige Tage aufhielt. Der bortige preußische Konsul Tezzer, welcher den General als Feinschmecker kannte, bot ihm die besten Diners, unter anderen Delikatessen auch Beccafigen, das heißt kleine, überaus zarte und wohlschmeckende, in süßem orientalischem Essig eingemachte Vögel. Müffling war entzückt von dem Wohlgeschmack berselben und nahm sich eine Anzahl von Gläsern mit dieser seltenen Delikatesse mit nach Konstantinopel, wohin ihn Tezzer begleitete. Nachdem er dort dem Großvezier Chosref Pascha seine Aufwartung gemacht, wurde er schon am folgenden Tage vom Sultan Mahmud II. empfangen. Mahmud, ein korpulenter Herr, hielt Wohlbeleibtheit für ein Zeichen männlicher Schönheit und Würde, und da General v. Müffling eine stattliche Erscheinung war, so imponierte er in seiner großen preußischen Generalsuniform ihm nicht wenig. Nach damaliger Sitte durfte der Padischah jedoch mit einem Ungläubigen nicht birekt reden; Mahmud befahl deshalb seinem Vezier mit einem gnädigen Blick auf den General:

„Chosref, mein Sklave, sage diesem preußischen Seraskier, daß ich Wohlgefallen finde an seiner Erscheinung, bie mir Ver=

trauen einflößt zu seinem Geist und zu seinem Charakter, und daß ich dem Padischah von Preußen für die Entsendung dieses Mannes dankbar bin."

Der Vezier that, wie ihm befohlen, und der General verneigte sich tief, um damit dem Sultan seinen Dank auszudrücken.

Darauf ließ Mahmud dem Gesandten durch Chosref Pascha den Wunsch aussprechen, er möge sofort in das russische Lager nach Adrianopel abgehen und dort versuchen, die Giaurs von weiterem Vordringen abzuhalten. Damit war die Audienz beim Sultan erledigt.

In den nunmehr erfolgenden Unterhandlungen zwischen dem Vezier und Müffling konnte sich Chosref jedoch nicht dazu verstehen, die Annahme der hochgespannten Bedingungen Rußlands zu versprechen. Beim Abschiede wiederholte er aber den Wunsch des Sultans, der General möge sogleich in das russische Lager abreisen.

Bald darauf erschien Konsul Tezzer bei Müffling und teilte ihm mit, die Einnahme Adrianopels sei nach Berichten von Kundschaftern nur noch eine Frage von wenigen Stunden. Dagegen wüte unter den russischen Truppen die Pest, und der Feldmarschall Diebitsch befände sich, ungeachtet seiner äußeren Erfolge, diesem inneren Feinde gegenüber in großer Verlegenheit.

Der preußische Diplomat nahm die Meldung mit feinem Lächeln entgegen und fragte dann ganz unvermittelt, ob noch Beccafigen vorhanden seien. Tezzer, erstaunt über diese Zwischenfrage, entgegnete, es sei nur noch eine halbe Flasche vorrätig, worauf ihn der General ersuchte: „Lassen Sie sogleich durch Eilboten möglichst viel Beccafigen aus Smyrna herbeischaffen. Die Beccafigen sind zu gut; ich kann ohne sie nicht ins russische Lager reisen!"

Betroffen wendete der Konsul ein, daß der Padischah jeden Augenblick seine Abreise erwarte; allein der General erklärte: „Senden Sie nur schleunigst Ihre Eilboten; ich werde ohne die Beccafigen nicht abreisen!"

Der Konsul mußte sich fügen. Er sandte mehrere Eilboten ab, und Müffling blieb ruhig in Konstantinopel und wartete auf das Eintreffen der Beccafigen. Zwei Tage später traf die Nachricht vom Falle Abrianopels ein. Darüber war der Sultan Mahmud aufs höchste entrüstet, und wütend schrie er den zitternden Großvezier an: „So hat denn das Wort des preußischen Pascha keinen Einfluß gehabt auf den russischen Giaur, den Allah verderben möge?"

Bebend gestand Chosref, daß der Gesandte noch gar nicht abgereist sei.

Außer sich vor Zorn, rief Mahmud: „Warum ist er nicht abgereist? Habe ich mich nicht selbst herabgelassen, ihm zu sagen, daß er sogleich nach Abrianopel abgehen solle? Ist er krank geworden, oder welches Hindernis sonst hat ihn zurückgehalten?"

„Herr!" versetzte der zitternde Großvezier, „kaum wage ich dir das Unglaubliche zu sagen! Der preußische Seraskier ist noch hier, weil er eingemachte Beccasigen aus Smyrna erwartet, die er außerordentlich gern verspeist, und ohne welche er nicht abreisen will. Er hat Eilboten dahin gesandt, die ihm solche besorgen sollen. Sobald sie eingetroffen sind, will er aufbrechen!"

Der Padischah starrte seinen Vezier sprachlos an, der atemlos den Ausbruch größter Wut vermutete, aber nicht wenig erstaunte, als sich des Großherrn Gesicht aufheiterte und er ruhig lächelnd sprach: „Chosref, mein Sklave, welch ein gewaltig großer und würdiger Mann muß dieser Seraskier des preußischen Padischah sein, der es wagt, meinem Willen zu widerstehen, weil er eingemachte Beccasigen essen will! O, er muß der Erste und Höchste nach dem Padischah in Preußen sein, weit erhaben über andere; denn wo fände er sonst den Mut zu solchem Wagnis!"

„Ja, Herr!" erwiderte der Vezier, „groß, mächtig und erhaben ist der König von Preußen, und alle Herrscher Europas verehren ihn, und weise ist der Rat seines Abgesandten, sogar so weise, daß auch du auf den Rat eines solchen Mannes hören kannst!"

Mahmud sann nach, dann sagte er: „Allah hat es zugelassen, daß der Feldherr der Ungläubigen in Abrianopel steht; wenn jedoch dieser preußische Seraskier dorthin kommt, so wird seiner Würde und Weisheit der russische Giaur nicht widerstehen. — Chosref, mein Sklave, er muß abreisen, so schnell als möglich.

In jeder Stunde soll ein Bote nach Smyrna abgehen, um Becca=
figen herbeizuschaffen, so viel er tragen kann. Jedem, der in
kürzester Frist nicht zurück ist, soll der Kopf abgeschlagen werden!"

Bote auf Bote eilte jetzt nach Smyrna, Beccafigen zu holen.
Inzwischen blieb General v. Müffling, der nur darauf wartete,
die Russen, deren Heer durch die Pest geradezu dezimiert wurde,
mürbe werden zu lassen, ruhig in Konstantinopel, wo eine ganz
unbeschreibliche Panik über den Fall von Adrianopel herrschte.

Der preußische General wußte nur zu gut, daß die Pest eine
Fortsetzung des Feldzuges unmöglich machte und ihm daher eine
Vermittelung zwischen den beiden Parteien leicht werden mußte.

Endlich, nachdem einige zwanzig Boten mit Beccafigen angelangt
waren, konnte der Vezier dem Sultan melden, daß der preußische
Seraskier abreise. Das war aber auch erst geschehen, nachdem
in der letzten Konferenz der Vezier sich bereit erklärt hatte, die Be=
dingungen anzunehmen, die Müffling glaubte den Russen vor=
schlagen zu können. Auch nachdem der General abgereist war,
brachten ihm Boten täglich noch immer eingemachte Beccafigen
nach. Dafür kam auch in Adrianopel bald der Friedensschluß
zu stande, und noch lange danach sprach Sultan Mahmud mit
Anerkennung und Bewunderung von dem mächtigen, großen und
weisen preußischen Seraskier, der so gern eingemachte Beccafigen
speiste.   E. R.

Neue Erfindungen: I. Ein unzerbrechlicher Zerstäuber.
Es ist kürzlich ein neuer Flüssigkeitszerstäuber in den Handel
gebracht worden, der unzerbrechlich ist, und den man überall in
der Tasche mitführen kann, ohne befürchten zu müssen, daß von
dem Inhalt etwas ausläuft. Er hat die Form einer flachen
runden Büchse, ist aus dünnem Metall hergestellt und nicht um=
fangreicher wie eine große Taschenuhr. Eine Röhre, deren Ein=
richtung sich aus unserer Abbildung ergiebt und die in der Oeff=
nung des Behälters festgeschraubt wird, taucht mit ihrem unteren
Ende in die Flüssigkeit (Kölnisch Wasser oder ein sonstiges
Parfüm), mit der man die Büchse gefüllt hat. Oben sitzt auf
dem Schraubenkopfe dieser Röhre eine bewegliche Platte als
Deckel, der, zugeschoben, die Oeffnung verschließt und jedes Aus=
fließen oder Verdunsten der Füllung verhindert. Will man nun

ben Apparat benutzen, um sich zu erfrischen, so schiebt man den Deckel durch einen leichten Fingerdruck so weit seitwärts, bis ein darin angebrachtes Loch sich gerade über der Mündung der Röhre befindet. Wenn man dann mit dem Daumen und Zeige= finger mehrmals hintereinander leicht auf die beiden Breitseiten

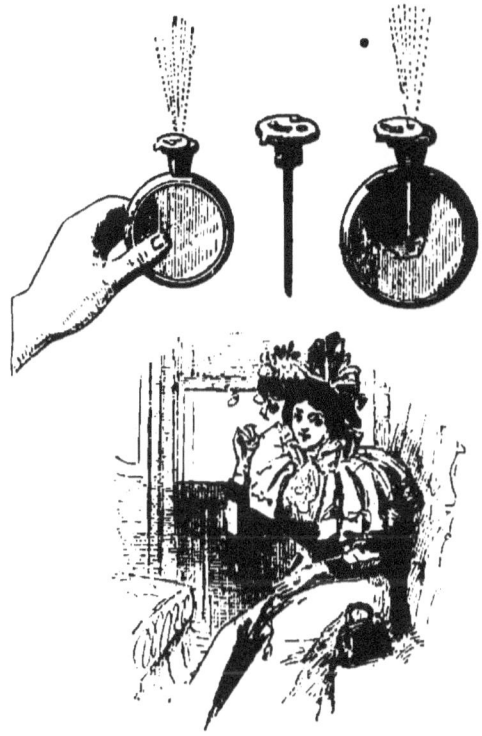

Ein unzerbrechlicher Flüssigkeitszerstäuber.

der Büchse drückt, so nehmen die Metallflächen infolge ihrer Elasticität jedesmal von selbst wieder die ebene Form an. Jeder Druck preßt aber die Luft in der Büchse zusammen, wodurch die Flüssigkeit in die Röhre gedrängt und so hoch darin empor= getrieben wird, daß ein Teil davon in Form eines ganz fein zerstäubenden Strahles oben herausspritzt. Die Wirkung ist außerordentlich erfrischend, so daß der Apparat sich ganz beson=

bers zur Mitnahme auf Reisen während der heißen Jahreszeit und zur Benutzung in heißen Räumen (Bälle, Konzerte, Theater u. s. w.) empfiehlt. Er ist ebenso praktisch wie bequem und dürfte sich bei der Damenwelt rasch beliebt machen.

II. **Elektrischer Apparat zum Reinigen von Küchen-geschirr.** Immer größere Gebiete erobert sich die Elektricität, schon tritt sie als Helferin der fleißigen Hausfrau in der Küche

Elektrischer Geschirrreiniger.

auf, und bereits zeigt sich in der Ferne die beglückende Aussicht, daß die immer dringender und brennender werdende Dienstboten-frage für die mittleren Stände auf elektrischem Wege gelöst und das „Mädchen für alles" ganz entbehrlich werden könne. Als ein bedeutender Schritt auf diesem Wege stellt sich uns der neue elektrische Apparat zum Reinigen von Küchengeschirr dar. Diese lästige Arbeit wird in Zukunft ohne die bisher unvermeid-lichen Unannehmlichkeiten von der Hausfrau selbst besorgt werben können vermittelst des genannten Apparates. Ein kleiner am Küchentisch befestigter, elektrischer Motor setzt vermittelst Räder und Treibriemen eine Anzahl von Bürsten in drehende Bewegung, welche innerhalb eines Spülkastens angebracht sind. Man schiebt das Geschirr zwischen die Bürsten, die es, sobald es gereinigt ist, in den daneben befindlichen Wasserbehälter gleiten lassen. Die Arbeit des Tellerspülens wird auf diese Weise nicht nur erleichtert, sondern auch für die Hausfrau um vieles angenehmer und reinlicher gemacht. A. R.

Der Ring der Rachel. — Die berühmte Schauspielerin Rachel war wegen ihres Geizes bekannt, doch war sie wenigstens einmal in ihrem Leben, und zwar Alfred de Musset gegenüber, äußerst freigebig. Im April des Jahres 1846 lud sie ihn eines Tages mit anderen Freunden zum Diner, und einer der Gäste bemerkte, daß die Künstlerin am kleinen Finger der rechten Hand einen reizenden Ring trug. Der Ring wurde allgemein bewundert, und jeder pries den kostbaren Stein.

„Meine Herren," sagte die Rachel, „der Ring scheint Ihnen zu gefallen, und ich bin bereit, Ihnen denselben zu verkaufen. Wie viel geben Sie mir dafür?"

Der eine der Gäste bot fünfhundert Franken, ein zweiter tausend, ein dritter zweitausend, und in wenig Augenblicken hatten die Gebote eine Höhe von zehntausend Franken erreicht.

„Und Sie, mein Freund," wandte sich die Rachel zu Alfred de Musset, „was wollen Sie mir geben?"

„Ich gebe Ihnen mein Herz!" versetzte de Musset.

„Der Ring gehört Ihnen!" rief die Künstlerin, zog den Ring vom Finger und legte das Kleinod dem Dichter auf den Teller.

Nachdem die Tafel aufgehoben war, wollte Musset dem Scherz ein Ende machen und den Ring zurückgeben, doch die Rachel nahm ihn nicht an.

„Glauben Sie nicht," erwiderte sie dem Dichter, „daß ich gescherzt habe; Sie haben mir Ihr Herz geschenkt, und ich würde dasselbe um keinen Preis der Welt zurückgeben."

Kurze Zeit darauf entzweite sich die Tragödin mit dem Dichter, und dieser sandte den Ring zurück, der jetzt auch ohne weiteres angenommen wurde. L—n.

Ein Bär als Kutscher. — Noch vor einem halben Jahrhundert reiste man in Kurland mit der ritterschaftlichen Jahrpost um ein billiges von Poststation zu Poststation, da Schienenwege noch nicht vorhanden waren. Auf seinem Rückwege nahm dann der Kutscher, wenn sich Gelegenheit dazu bot, Reisende als blinde Passagiere mit und steckte dafür ein kleines Trinkgeld in die eigene Tasche. So zog eines Tages ein Bärenführer langsamen Schrittes durch das Schneegestöber seine Straße, als ein heim= kehrender Postschlitten mit seinem Dreigespann hinter ihm her kam. Der Bärenführer sprach den Kutscher um die Mitfahrt an und versprach dafür in der nächsten Schenke einen Schnaps. Der Kutscher willigte ein; der Bär, welcher an einer Kette be= festigt war, die durch seinen Nasenring führte, wurde hinten am Schlitten angebunden, sein Herr setzte sich zu dem Kutscher in den Schlitten, und nun ging es munter vorwärts. Nach einiger Zeit war die Schenke erreicht, der Kutscher ging mit dem Bären= führer in die Gaststube und sie befanden sich ganz behaglich bei dem immer wieder gefüllten Schnapsglase. Der Bär, welcher am Schlitten angebunden geblieben war, hatte sich von dem scharfen Lauf ausgeschnauft, er schnupperte an dem Schlitten herum und roch das Frühstück des Kutschers, das noch im Schlitten lag. Da ihm richtige Begriffe über das Mein und Dein gänzlich fehlten, gedachte er das Frühstück als gute Prise zu annektieren, stieg von hinten in den Schlitten und holte sich die willkommene Beute behend aus dem Stroh heraus. Kaum hörten die Pferde das Geräusch, so sahen sie rückwärts, und wie sie das gefürchtete Raubtier erblickten, stürmten sie in rasender Flucht davon. Der Schlitten tanzte auf dem unebenen Weg, auf dem es an Löchern und Gruben nicht fehlte, wie ein schwaches Schifflein auf den sturmbewegten Wogen hin und her, neigte sich bald rechts, bald links und drohte jeden Augenblick umzuschlagen. Der Bär krallte sich im Schlitten an, um nicht hinausgeschleudert zu werden, er brummte und schnaufte fürchterlich, und die Bewohner der Dörfer am Wege, die das rasende Schellengeläute herbei= lockte, stoben erschreckt in die Häuser, als das höllische Gefährte in furienhafter Schnelle vorbeisauste. Endlich sprengten die Pferde, denen der Schaum von den Fellen tropfte, in einen Post=

hof; der Stallmeister eilte mit den Knechten herbei, aber die Haare stiegen ihnen zu Berge, als sie den ungewohnten Kutscher sahen. Doch bald verstanden sie die Situation, sie klopften dem halbtoten Bären das schweißtriefende Fell mit Stöcken und Knütteln weidlich durch, und als stundenlang später der wirk= liche Kutscher mit dem Bärenführer atemlos eintraf, bereiteten sie den beiden einen gleichen, echt russischen Empfang. C. X.

Walter Scotts Vetter. — Watty Scott, der Vetter des berühmten englischen Romanschriftstellers Sir Walter Scott, war einst als Seekadett in Leith mit Urlaub ans Land gegangen, hatte mit Kameraden fröhlich gezecht und wollte, als die freie Zeit zu Ende ging, wieder auf das Schiff zurück; da machte er die Entdeckung, daß er die aufgelaufene Schuld der Wirtin nicht bezahlen könne. Seine Kameraden griffen in ihre Taschen, aber was sie da fanden, reichte nicht hin, um die Summe voll zu machen. Sie zuckten mit den Achseln und zogen ab. Die Wirtin drohte mit der Polizei und mit Einsperrung, anderer= seits stand harte Bestrafung auf dem Schiffe bevor bei Uebertre= tung des Urlaubs; Watty Scott war in Verzweiflung.

„Es giebt nur ein Mittel, das Sie retten kann," sagte endlich die Wirtin.

„Nennen Sie es!" rief Scott.

„Wenn Sie mich heiraten, erlasse ich Ihnen die Schuld, und Sie dürfen sofort auf das Schiff zurückkehren."

Scott blickte die alte und häßliche Wirtin verblüfft an.

„Ich bin Witwe und darf mein Geschäft nicht länger ohne Mann fortsetzen, das heißt ich muß der Behörde einen Trau= schein vorlegen, sonst wird mir meine Konzession genommen. Willigen Sie aber ein, mich zu heiraten, so verspreche ich Ihnen, nie Ansprüche auf Ihre Person oder auf Ihr Vermögen zu machen, wenn ich nur in den Besitz eines Trauscheins ge= lange."

Scott hatte sich allmählich von seiner Erstarrung erholt, er folgte seiner Braut vor den Friedensrichter, und nach dem in Schottland damals gültigen summarischen Verfahren war er bald zum Ehemann gemacht. Er kam zur rechten Zeit aufs Schiff, seine Gattin gab am nächsten Morgen ihm und seinen Kame=

raben ein glänzenbes Frühſtück, bann trennte ſich bas jung=
vermählte ſonberbare Paar.

Einige Jahre waren vergangen, Watty Scotts Schiff lag
bei Jamaika vor Anker, unb er blätterte gleichgültig in ben eben
angekommenen Zeitungen. Plötzlich ſchrie er auf, baß ſeine
Kameraben ihn verwunbert anſchauten. „Gott ſei Dank,“ rief
er, „Gott ſei Dank, meine Frau hat ſich aufgehenkt!“   T.

Die längſte unb teuerſte Schachpartie bauerte zwiſchen
zwei Spielern etwa ſechs Jahre; einer bieſer Spieler wohnte in
Auſtralien unb ber anbere in New York. Sie teilten ſich bie
gemachten Züge brieflich mit, wobei ber Amerikaner ſeine Briefe
über Europa unb ben Suezkanal ſanbte, währenb ber Auſtralier
bafür ben Weg über ben Stillen Ozean unb bas Feſtlanb von
Amerika vorzog. — Nach fünfjähriger Dauer ber Partie ſprach
ber Amerikaner ben Wunſch aus, bieſelbe burch Depeſchen zu
beenbigen, welcher Vorſchlag auch angenommen wurbe. Die
Partie zog ſich barauf noch ein Jahr hin unb wurbe von bem
Amerikaner verloren, ber bafür ſechstauſenb Dollars für Tele=
grammkoſten zu bezahlen hatte.   —bn—

Nikolaus Lenaus „Poſtillon“. — Ueber bie Entſtehung
bes trefflichen Lenauſchen Gebichtes „Der Poſtillon“ wirb fol=
genbes erzählt: Der Dichter fuhr einmal in Geſellſchaft bes alten
Dekans Fraas aus Balingen mit ber Poſt von Stuttgart über
Tübingen unb Hechingen auf ber alten Heerſtraße nach Balingen.
In Hechingen war Pferbewechſel, unb ein neuer Poſtillon nahm
ben Bockſitz ein. Es war bereits Nacht geworben, als es im
ſcharfen Trabe gen Balingen ging. Eine kurze Wegſtunbe vom
Ziele ließ ber Kutſcher bie Pferbe plötzlich langſamer laufen unb
ſchließlich im Schritt gehen. Die Inſaſſen fragten nach bem
Grunbe bieſes auffälligen Tempos, unb ber Schwager antwortete:
„Do iſch Steinhofen, unb bo brüben iſch ber Kirchhof. Do hat
man mein' Kameraben vorig' Woche vergraben, 's war a guater
Kerle; jetzt muaß i ihm aber ſei Leiblieb bloſa, bas hat er alle=
weil am liebſchte g'hört unb ſelber bloſa!“

Unb er ſetzte bas Poſthorn an unb blies in bie ſchöne
Maiennacht bas Leiblieb ſeines Kameraben hinüber zum friſchen
Grabe.

„Lang mir noch im Ohre lag
Jener Klang vom Hügel —"
Unter solchem Eindrucke kamen der Dichter und sein Reise-
gefährte auf der Poststation im nahen Balingen an. In der
„Alten Post" setzte sich Lenau sogleich an den Schreibtisch und
entwarf seinen „Postillon".   E. R.

Ein merkwürdiger Irrtum. — Marschall Ney, einer der
tapfersten Generäle Napoleons I., wurde im Jahre 1815 in Paris
hingerichtet. Wenige Tage nach dem Tode Neys veranstaltete
der öffentliche Ankläger Bellart, der einen nur allzu verhängnisvollen Einfluß auf das Schicksal des Marschalls gewonnen hatte,
in seinem Hause eine große Festlichkeit. Unter Singen, Tanzen
und Schwatzen war der Abend vergangen und die Mitternacht
war herangerückt, als die großen Flügelthüren des Salons plötzlich aufgerissen wurden und ein Diener mit lauter Stimme: „Der
Herr Marschall Ney!" meldete. Die Musik verstummte, die Tänzer
blieben erschrocken stehen, und den Sprechenden erstarben die Worte
auf den Lippen. Aller Augen waren auf die Thür gerichtet, in
der in diesem Augenblick ein Herr in tiefer Trauer erschien. Es
war der Marschall Aîné, den der Diener fälschlicherweise als den
Marschall Ney gemeldet hatte.   L—n.

Ein Nachtquartier Peters des Großen. — Während des
nordischen Kriegs bereiste Zar Peter der Große auch Belgien.
Als er am 17. April 1717 in Brüssel eintraf und in Begleitung
des Prinzen Friedrich von Holstein-Plön, des Marquis be Prié
und des Bürgermeisters die Sehenswürdigkeiten der Stadt in
Augenschein nahm, gelangte man auch in den alten, im Tier-
garten gelegenen Palast Kaiser Karls V., woselbst Peter der
Große beim Betreten des einstigen Schlafgemachs Karls V. dessen
Himmelbett erblickte. Obwohl die seit undenklicher Zeit un-
bewohnten Zimmer einen höchst ungastlichen Eindruck machten,
war Peter der Große doch nicht von seinem schnell gefaßten Entschluß abzubringen, die folgende Nacht in Karls V. fast zwei-
hundert Jahre altem Bett zu schlafen. Es sei ihm ein Vergnügen — erklärte der Zar — auf demselben Lager geruht zu
haben, auf dem dieser gloriose Regent seine Glieder ausgestreckt,
die — wie die seinigen — jahraus, jahrein von „beschwerlichen

Reisen und Strapazen ermüdet gewesen". So logierte er sich denn an demselben Abend in Karls V. Schlafzimmer ein. Als am anderen Morgen der Kammerdiener des Zaren zur bestimmten Stunde das Gemach betrat, war er nicht wenig erschrocken, seinen Herrn nicht mehr zu erblicken. Erst bei näherem Herantreten gewahrte der Diener, daß Peter der Große mit sämtlichen Polstern und Kissen durch die morsche Bettstatt hindurchgebrochen war und, noch fest schlafend, auf den Dielen lag. Als der Bür= germeister, von dem komischen Vorfall in Kenntnis gesetzt, gleich darauf mit der Versicherung des tiefsten Bedauerns, daß Seine Majestät eine so üble Nacht in Brüssel verbracht, vor Peter dem Großen erschien, erklärte derselbe, daß er in seinem Leben nie schöner geschlafen habe, als in dem durchgebrochenen Bett Karls V.

J. W.

Zerstreut. — Der bekannte Badearzt, Professor Spindl in Karlsbad, litt, gleich vielen seiner Kollegen, an großer Zer= streutheit.

Einst fragte er einen Patienten: „Nun, wie bekommt Ihnen das Sprudeltrinken?"

„Gar nicht gut!" antwortete der Kurgast. „Nach dem ersten Becher bekomme ich Beklemmung, Uebelkeit, Herzklopfen."

„Und nach dem zweiten Becher?"

„Da geht's schon besser."

„Hm, nun da würde ich an Ihrer Stelle künftig den ersten Becher ganz weglassen!" lautete der ernsthafte Bescheid des Pro= fessors.

—du—

Böses Deutsch. — So sehr Friedrich der Große das Fran= zösische beherrschte, ein um desto schlechteres Deutsch schrieb er. So lautete ein von ihm an seinen Kammerdiener Fredersdorf nach der Schlacht von Soor geschriebener Brief buchstäblich: „Denke dihr, wie Wihr uns geschlagen haben, 18 gegen 50. Meine ganze Equipage zum Teufel. In solcher großen Gefahr und Noht bin ich Mein thage nicht gewesen, als den 30sten und bin doch Herausgekommen. Sistu Wohl mihr thut keine Kugel was!"

C. R.